本書由同濟大學人文學院優秀著作扶持規劃資助項目資助

古體小説叢刊

嬌紅記校證

〔元〕宋遠撰
林瑩校證

中華書局

圖書在版編目(CIP)數據

嬌紅記校證/(元)宋遠撰;林瑩校證. —北京:中華書局,2024.4
(古體小説叢刊)
ISBN 978-7-101-16428-2

Ⅰ.嬌… Ⅱ.①宋…②林… Ⅲ.文言小説-中國-元代 Ⅳ.I242

中國國家版本館 CIP 數據核字(2023)第 216811 號

責任編輯:李艽蓓　劉　明
責任印製:陳麗娜

古體小説叢刊
嬌紅記校證
〔元〕宋　遠　撰
林　瑩　校證
*
中華書局出版發行
(北京市豐臺區太平橋西里 38 號　100073)
http://www.zhbc.com.cn
E-mail:zhbc@zhbc.com.cn
三河市宏盛印務有限公司印刷
*
850×1168 毫米 1/32 · 10 印張 · 2 插頁 · 190 千字
2024 年 4 月第 1 版　2024 年 4 月第 1 次印刷
印數:1-3000 册　定價:48.00 元

ISBN 978-7-101-16428-2

《古體小説叢刊》出版説明

中國古代小説的概念非常寬泛，内涵很廣，類别很多，又是隨着歷史的發展而不斷演化的。古代小説的界限和分類，在目録學上是一個有待研究討論的問題。古人所謂的小説家言，如《四庫全書》所列小説家雜事之屬的作品，今人多視爲偏重史料性的筆記，我局已擇要編入「歷代史料筆記叢刊」，陸續出版。現將偏重文學性的作品，另編爲《古體小説叢刊》，分批付印，以供文史研究者參考。所謂古體小説，相當於古代的文言小説。爲了便於對舉，參照古代詩體的發展，把文言小説稱爲古體，把「五四」之前的白話小説稱爲近體，這是一種粗略概括的分法。本叢刊選收歷代比較重要或比較罕見的作品，採用所能得到的善本，加以標點校勘，如有新校新注的版本則優先録用。個别已經散佚的書，也擇要作新的輯本。古體小説的情况各不相同，整理的方法也因書而異，不求一律，詳見各書的前言。編輯出版工作中不够完善之處，誠希讀者批評指正。

中華書局編輯部

二〇〇五年四月

前言

吾國小説史上，有一特殊文類存焉。其篇幅在短長之間，其敘述則韻散結合，語體以文言爲主而淺近流暢，文體根植於傳奇而兼及志怪。雖事關風月，大旨談情，多虛實相生，雅俗交融。學者或因其詩詞林立，命名曰「詩文小説」〔一〕；或糅合文本屬性與俗化趨向，稱之爲「文言話本」「文言話本小説」〔二〕；或擇取篇幅、語體、文體等多維度特徵，獲致「中（長）篇傳奇小説」〔三〕「文言傳奇小説」〔四〕「新體傳奇小説」〔五〕「中篇文言傳奇」〔六〕諸名。名目紛如，其内涵之豐富可知也。本書以表義相對直觀齊備的「中篇文言傳奇」予以統稱，此亦近年習見之稱法。

元代小説《嬌紅記》，中篇文言傳奇發軔之作也。小説敘申純、王嬌娘之愛戀始末，情事屈折纏綿，文辭雋永斐然。舉手分煤，擁爐絮語，細膩深摯、動人肺腑處有之；幽怪遇合，豪强擾奪，恍惚幽眇、摧人心肝處亦有之。它上承《鶯鶯傳》等唐稗傳統，經由宋代傳奇小説流變，下啟《剪燈新話》《鍾情麗集》等明代小説集和明代中篇文言傳奇，影響波及《金瓶梅》之類明末小説，繼而在人物關係、情節模式方面滋養清初才子佳人小説，終而構成《紅樓夢》的淵源之一。一言以蔽之，以《嬌紅記》爲代表的中篇文言傳奇跨越文言與白話、聯綴韻文與散文，又溝通傳奇、志怪、話本、章回等小説諸體，具備超邁語體和文體的「津梁」性質〔七〕。欲知《嬌紅記》如何與其他作品相關互動，如何出入雅俗之際，又如何歷經傳播史上起降沉浮，詳見後文論述。此處先從作者、標題等基本信息談起。

一

《嬌紅記》作者主要有宋遠、虞集二説，其中宋遠之説來源最早。明宣德十年（一四三五），丘汝乘爲金陵積德堂本《新編金童玉女嬌紅記》撰序，開首即云：「元清江宋梅洞，嘗著《嬌紅記》一編。」〔八〕據考證，宋梅洞名遠，梅洞其字也，祖籍江西淦川，舊屬清江（今宜春樟樹）。詩詞見諸《精選名儒草堂詩餘》《皇元風雅前集》《元草堂詩餘》《元詩選癸集》等。在友人劉將孫《養吾齋集》中，「宋遠」其名三度出現。劉氏生於宋寶祐四年（一二五六），元延祐四年（一三一七）仍在世。縱使兩人爲忘年交，宋遠生活年代亦相去不遠，當在宋元間〔九〕。

至於作者爲元代文人虞集、字伯生者之説，所據應爲單行本題署信息。今知《嬌紅記》最早單行本，是明嘉靖年間高儒《百川書志》所載、署爲「元儒邵庵虞伯生編輯，閩南三山明人趙元暉集覽」的版本，可惜久已不傳。存見唯一明代單行本爲萬曆二三十年間宗文書舍所刊〔一〇〕，卷上無署名，卷下首葉署「元邵庵虞伯生編輯，閩武夷彭海東評釋，建書林鄭雲竹繡梓」。兩種單行本都在閩地刊刻，題署方式又如此接近，其間應有承續關係。

另有一些流行於晚明而未成氣象的説法，其一是多見於晚明曲論的「盧伯生」。溯端竟委，始作俑者乃明末文人吕天成。吕氏《曲品》多數鈔本提及劇作《嬌紅》時曰：「此傳盧伯生所作，而沈翁傳以曲」〔一一〕，此「盧伯生」顯爲「虞伯生」形誤。此後同類書籍論及小説《嬌紅記》，往往徑稱「盧伯生」所作，實皆轉相沿襲《曲品》謬訛之故。明末清初祁彪佳《遠山堂曲品》曰「盧伯生爲申嬌作傳」〔一二〕，清人《見山樓叢録》曰「《嬌紅記》，明盧伯生撰，或曰沈壽卿撰，莫能詳也。與孟稱舜《鴛鴦塚》並據《嬌紅傳》而作」〔一三〕，莫不如此。其二是晚明小説集所署之「李詡」。明季小説選本《緑窗女史》「緣偶下·幽期」收録《嬌紅記》，署名「中州李詡」〔一四〕。與之關係密切的十二卷本《剪燈叢話》〔一五〕、後出十二卷本《艷異編》〔一六〕亦有同樣標註。李詡活躍於明嘉靖時，《嬌紅記》卻早在元明之際便廣爲流傳，加之《緑窗女史》之流多妄題撰人，此説自然不足爲據。此外《嬌紅記》在《雪窗談異》中署名「吴郡楊循吉輯」，在《花陣綺言》中署名「楚江仙隱石公編輯，吴門翰史茂生評選」，皆屬晚出，又乏力證，應者更爲寥寥。

二十世紀三十年代以來，中外學者多信從丘汝乘《序》，認定《嬌紅記》爲宋遠所作〔一七〕。至於爲何反對虞集，鄭振鐸的意見是，此説「當係三山書賈趙元暉竊虞伯生名，以資號者」〔一八〕。伊藤漱平認同並進一步推測：「此或與虞集祖籍爲仁壽（現四川省新安縣）——與故事背景所在成都相去不遠——不無若干關係。」〔一九〕石昌渝則反向力證此説之謬：「虞集是元代著名詩人，同時還是一位理學家，爲文堅持韓愈古文傳統，絶不會創作《嬌紅記》這樣『語帶煙花』『氣含脂粉』『越禮傷身』的傳奇小説。」〔二〇〕

回視宋遠之説，其人存世信息不多，也便少有破綻。又兼來源文獻年代最早，故學界有此偏向。誠然，此説以丘汝乘一家之言爲根基，不免孤證而難立。便是在有意模仿《嬌紅記》的明代中篇文言傳奇作者那裡，《嬌紅記》爲何人所作也已成爲懸案一樁。《鍾情麗集》大約作於明成化二十二年（一四八六），小説借人物辜生之口表示《嬌紅記》「未知其作者何人」。至萬曆時《麗史》談及「元稹記《會真》，虞記《嬌紅》」，應是受閩刻單行本影響的結果，因爲《麗史》本身就誕生於閩地〔二一〕。既然這些對《嬌紅記》頗爲留意、甚至將其作爲效法對象的明代文人對其作者已知之甚少，今之學者持有保留意見也在情理之中〔二二〕。不過，也不能因此斷言今存《嬌紅記》是明人手筆而非原始版本，如此一來無版本依據，二來依恃文學進化論〔二三〕，未免失之主觀、流於臆斷。因此，本書仍循舊例將作者署爲宋遠，並略作解説於此。

小説主要人物乃申純、王嬌娘二人，嬌父之侍妾飛紅亦舉足輕重。綜觀標題各式變體，命名思路大致有四。一是如習見題名《嬌紅記》所示，突出嬌、紅二位女性。同類者又如《花陣綺言》正文題《嬌紅雙美》、目録頁作《嬌紅並記》，《風流十傳》題《嬌紅傳》、目録作《陳眉公先生批評嬌紅傳》，清代單行本題《嬌紅雙美全傳》等。二是在突出嬌、紅時不忘申純。林近陽、何大掄兩種《燕居筆記》均題《擁爐嬌紅》，「擁爐」爲申、嬌間私密行爲，此即將申之因素納入標題。《繡谷春容》題名《申厚卿嬌紅記》，明刻單行本全名《新鍥校正評釋申王奇遘擁爐嬌紅記》（版心簡稱《評釋嬌紅記》，下文即用此簡稱），也都融合了申、嬌、紅三人因素。三是以嬌娘一人入題，如《情史》題《王嬌》，《香艷叢書》題《王嬌傳》等，此或與唐人小説多以女主角爲題有關。四是以申純一人入題，此僅見於清代《艷情逸史》，題曰《申厚卿》〔二四〕。單以男主角爲名最爲稀見，不過倒與雜劇《嬌紅記》以申純爲主角的傳統一脈相承。

上述四種命名思路，佔主流的是以嬌、紅二人名篇的方式。飛紅地位爲何如此凸顯，以致可與嬌娘攜手並現於標題之中？這不免令人生疑，故而《見山樓叢録》特意澄清「嬌娘、飛紅本二人，申純所眷唯嬌，紅作王通判妾。作者第仍本傳之名，非謂嬌、紅皆屬於純也。」〔二五〕就此問題，《陳眉公先生批評嬌紅傳》目録題詞言之甚詳：「嬌爲申死，申爲嬌縊，傳不名『嬌申』，而名『嬌紅』者，何故？蓋嬌之遇申也，唯紅是礙；繼而得申也，亦惟紅是猜；及嬌之拒申、申之要誓、嬌之不敢肆意、申之不得不歸者，皆以紅之故也。況紅又救申於鬼魅，又許聘於舅前，又遣申以見嬌之危病，又親治合葬事，以完嬌之志乎！故曰『嬌紅』，言無紅無以成嬌之局也。」〔二六〕。誠如斯言，飛紅之於申、嬌情感發展至關重要。紅初因與申親狎，受嬌怒詬而從中作梗，連同諸種陰差陽錯，構成考驗並催化申、嬌感情之合力。待嬌屈事之，紅改顔動心，轉而爲之掩護謀劃。申、嬌殉情，紅又受夢囑託，玉成和確證「鴛鴦塚」之佳話。於此期間，飛紅性情亦有翻覆之變。因紅娘、春香之類角色已由小蕙（或曰「小慧」）等人扮演，她有機會突破傳統女配角的言行慣性，不再屈居功能性角色面具之下，而是得以充分舒展，大放光彩〔二七〕。她的成長性，可從《花陣綺言》評者的抑揚中管窺：以「可恨奸婢」「這婆娘甚奸猾」開始，過渡到「良心發現」，最終讚歎「紅兒大有謀幹，可愛」〔二八〕。及至因鞋生隙、嬉鬧撲蝶、詩詞點染、剖心釋嫌等處，她竟有幾分女主角的掠影了。

像《嬌紅記》這樣，從多位女性人物姓名中各取一字、綴合成題的「集字名」模式，別開生面又影響深遠。《金瓶梅》或即於此獲得靈感，因爲二書題名具有多層面的相似性〔二九〕。

如前引目録題詞問答所示，「集字名」還往往與小説結構、寓意上的巧思相呼應，他書亦多有評者作者就此闡發〔三〇〕。經《金瓶梅》發揚，「集字名」漸成風氣。《金瓶梅》續書《玉嬌李》，才子佳人小説《玉嬌梨》《吴江雪》《雪月梅》《玉樓春》等皆以此命名。後世小説更進一步，將人物代稱或男性名字也納入「集字名」，如清代《金雲翹傳》《林蘭香》《平山冷燕》《宛如約》《引鳳簫》《雲鍾雁》《群英傑》《水石緣》《萍雪緣》，當代王度廬武俠小説《鶴驚昆侖》《卧虎藏龍》《鐵騎銀瓶》、瓊瑶言情小説《碧雲天》等，可見流澤之長遠〔三一〕。論者多將該傳統追溯至《金瓶梅》，在重估《嬌紅記》的價值後，對此可有更全面的認識〔三二〕。

二

將《嬌紅記》置於小説史坐標軸上，向前可觸及的作品是唐人小説《鶯鶯傳》。《百川書志》卷六「史志·小史」列有《嬌紅記》，言其「本《鶯鶯傳》而作」。這一觀點不僅出自書目學家，也出自小説家本身——小説人物或敘述者多將《嬌紅記》與《鶯鶯傳》以及由《鶯鶯傳》改編的戲曲作品相提並論，《鍾情麗集》《賈雲華還魂記》《尋芳雅集》《麗史》中均有類似説法〔三三〕。魯迅論「傳奇者流……大歸則究在文采與意想」，指出唐人傳奇與「六朝之粗陳梗概者較」，「大率篇幅曼長」，「敘述宛轉，文辭華艷」〔三四〕。此亦可用以形容元明中篇傳奇相較於唐人傳奇的新變所在。如果説《嬌紅記》對《鶯鶯傳》的繼承主要在題材和情節上，那麼它對《鶯鶯傳》的超越也至少體現在以下兩個方面。

一方面是小説篇幅擴大，由此生發出足以容納宛轉情節和瑣碎細節的文本空間。《嬌紅記》是小説史上首次在近兩萬字的充裕篇幅裡，細加敷演士女情愫暗通、怨隙偶結、拜手設誓、履危應變、生離死別等陳套，而正是這種「細加敷演」的方式，使得陳套不俗，轉成新鮮。從結構來看，《嬌紅記》「試用了不少長篇小説的筆法，如金聖歎評《水滸傳》所謂的『欲合故縱法』『横雲斷山法』等」，「已具備了向長篇小説發展的條件」〔三五〕。而如申向嬌索要畫眉燈燼，用作書寫之墨，嬌手染煤油，不覺牽申衣拭手，又如嬌在筵席上借剪燭與生耳語，申於離别時曳簾挽車與嬌話舊等，種種細節摹畫，令小兒女忘情之態宛然如在目前。如此書寫實得益於宋後印本之發達，若在篇幅極有限的抄本時代，定難有此般徐遲筆墨。另一方面是小説中詩詞佔比劇增，人物頻繁寄情詩文。這些長調短章縱有連篇之累、同質之嫌，卻也多因事而設、隨境生情，非徒爲傳詩詞或强説愁而作。況且詩詞確有獨特之功用：既比散語直言更適宜寓情述懷，如飛紅詞作即流露其快人快語表象下的内心幽微；又可爲小説平添詩境之美，如申、嬌往還酬唱，情至處繾綣似夢，緣滅時悽婉如訴。如是以文綴詩之新風，或「與宋金諸宫調及小令之以詞爲主、附以説白者有相似之處」〔三六〕，尤其可能受到《西廂記諸宮調》啟發〔三七〕。

基於上述兩種新變，《嬌紅記》爲後世諸多小説開創了情節安設、詩文穿插、基調營造等方面的嶄新經驗。假如追蹤這些經驗的去向，亦即沿著《嬌紅記》所在小説史坐標軸向後眺望，則主要可在小説、戲曲兩個領域探出究竟。

首先是對小説的影響。按照由近及遠、由直接到間接的順序，步武其後的明代中篇文言傳奇如何從中汲取養分，是最有跡可循的。存見明代中篇文言傳奇有《賈雲華還魂記》《鍾情麗集》《龍會蘭池録》《雙卿筆記》《麗史》《懷春雅集》〔三八〕《花神三妙傳》〔三九〕《尋芳雅集》〔四〇〕《天緣奇遇》〔四一〕《劉生覓蓮記》〔四二〕《李生六一奇緣》《傳奇雅集》〔四三〕《濮陽奇遇》〔四四〕《五金魚傳》十四種，算上元代《嬌紅記》和接近明本原貌的清刻本《荔鏡傳》〔四五〕，流傳至今的中篇文言傳奇至少有十六種。又知已佚同類作品尚有《柔柔傳》《李嬌玉香羅記》《艷情集》《雙偶集》等〔四六〕，史上存在的中篇文言傳奇「當有四十種以上」〔四七〕。

《嬌紅記》對中篇文言傳奇的影響是多角度的。首先，正如《鶯鶯傳》構成《嬌紅記》中、嬌之閲讀經驗與參照對象〔四八〕，《嬌紅記》也在明代中篇文言傳奇的士、女間扮演類似角色。《鍾情麗集》瑜娘向辜生表心跡曰：「妾嘗讀《鶯鶯傳》《嬌紅記》，未嘗不掩卷歎息，但自恨無嬌、鶯之姿色，又不遇張生之才貌。」《劉生覓蓮記》名妓許文仙，亦取《嬌紅記》與劉一春共讀，還特意自道與《嬌紅記》中丁憐憐之異以表明立場〔四九〕。其次，針對冬夜擁爐、畫眉分煤、擲花拾花等申、嬌交往情節敘寫，《鍾情麗集》《天緣奇遇》《傳奇雅集》均有不同程度的挪用或效法。最後在詩詞創作上，《賈雲華還魂記》《傳奇雅集》《濮陽奇遇》等亦有意步趨《嬌紅記》。當然，《嬌紅記》的影響也可能轉化爲無形壓力和改變動力：一些明代中篇文言傳奇作者一面孜孜研習《嬌紅記》，一面又流露出一争高下乃至試圖超越的野心。《鍾情麗集》借人物之口提及《嬌紅記》的兩處文字可爲例證：「鋪敘格局，井井有條而可觀，模寫言詞，朗朗可聽而不厭也，苟非有製作之才，焉能若是哉！然其諸小詞多鄙猥，可人者僅一二焉」；「與其景慕他人，孰若親歷於己？妾之遇兄，較之往昔，殆亦彼此之間而已。他日幸得相逢，當集平昔所作之詩詞爲一集，俾與二《記》傳之不朽，不亦宜乎？」

這種試圖超越的野心推動了敘事傾向的分化，《嬌紅記》的影響也藉助中篇文言傳奇分流之勢，就此溢出這一文體範疇。敘事傾向分化的結果從積極、消極兩方面看，分別指代「情」和「慾」兩端。積極一脈宣揚才情並茂的「情」的一面，由《賈雲華還魂記》《鍾情麗集》等早期明代中篇文言傳奇對《嬌紅記》「小詞多鄙猥」的矯正出發，引向才子佳人小説乃至《紅樓夢》的文本鏈條。《嬌紅記》寫申純信中向嬌娘談及崔張故事，《紅樓夢》亦有寶黛共讀《西廂》情形，只不過寄寓了更濃烈的作者意識，筆法上也有所淨化〔五〇〕。消極一脈側重風流艷遇的「慾」的一面，由《花神三妙傳》《尋芳雅集》《天緣奇遇》《李生六一奇緣》《傳奇雅集》《濮陽奇遇》《五金魚傳》等中篇文言傳奇末流延伸至《金瓶梅》，直至《杏花天》《桃花影》《春燈鬧》《叢花鬧》〔五一〕《株林野史》《濃情快史》《昭陽趣史》《浪史》《春燈迷史》〔五二〕等，可謂鄶下無譏矣。《金瓶梅》欣欣子之序提及《剪燈新話》《鍾情麗集》《懷春雅集》，這説明《金瓶梅》間接甚或可能直接受《嬌紅記》影響〔五三〕；《繡榻野史》序文也宣稱其「殆擴《如意》而矯《嬌紅》者也」〔五四〕。

如果將《嬌紅記》比作投石入湖的漣漪中心，那麼最接近圓心、最大程度受到波及的是前述明代中篇文言傳奇；其次是處於中篇文言傳奇延長線上，基調或筆法受其啟發的本土小説；再往外則是那些誕生在東亞漢文化圈内的同類小説和那些誕生於本土的同題材戲曲作品。前兩種上文已有分析，接下來談後兩種。

《嬌紅記》在東亞漢文化圈的交流史上留有印記。據《朝鮮王朝實録》載，其單行本在十六世紀初與《剪燈新話》《剪燈餘話》《效顰集》一同傳入朝鮮〔五五〕。此外，因《嬌紅記》之仿作《賈雲華還魂記》女主角名爲「娉娉」，至今猶有朝鮮文抄本《娉娉傳》存世〔五六〕，可見《嬌紅記》一類小説曾在朝鮮頗受歡迎。收録《嬌紅傳》的通俗類書也流傳至越南〔五七〕，並引起當地士人的創作興趣。越南漢文小説殘本《華園奇遇集》〔五八〕是元明中篇文言傳奇的仿作，存見部分雖未提及《嬌紅記》，但直接徵引到《尋芳雅集》《劉生覓蓮傳》《龍會蘭池》《鍾情麗集》等篇情節，完全可被視爲《嬌紅記》的海外流裔。以艷情佔主導風格的中國才子佳人小説《杏花天》《桃花影》也給彼時的越南士人留下了深刻印象〔五九〕，既然這些小説的近親是《天緣奇遇》，溯源起來也可稱爲《嬌紅記》之餘波。《嬌紅記》在古代日本的流傳情況還不明朗，不過，現存唯一明刻單行本《評釋嬌紅記》就是在日本發現的。此書輾轉於不同藏家之手而能穩妥保存，至少説明小説曾在日本受到珍視。

除了對於域外小説閱讀和創作的影響，在本土戲劇創作領域，《嬌紅記》的魅力也不容小覷。儘管小説語言已淺近顯露，但對普通民衆來説仍有一定的閱讀阻力。前述宣德年間丘汝乘《嬌紅記雜劇序》説道：「小説《嬌紅記》「事俱而文深，非人莫能讀。余每恨不得如《崔張傳》，獲王實甫易之以詞，使途人皆能知也。」此語出自雜劇序文，其對小説戲劇的褒貶有其語境。但是，在識字率不高的古代社會，戲劇的傳播效果的確是更勝一籌的。正因如此，由《嬌紅記》衍生而出的劇作層出不窮，自元至清，代有才人撰寫同題材劇作。

元明之際同題材雜劇有王實甫《嬌紅記》、邾經《死葬鴛鴦冢》、湯式《嬌紅記》、金文質《誓死生錦片嬌紅記》，傳奇有沈壽卿《嬌紅記》、劉兑《金童玉女嬌紅記》。惜乎除最後一種，餘皆不傳於世〔六〇〕。最後這部《金童玉女嬌紅記》即前述丘汝乘作序作品，是現存最早的「嬌紅」題材劇作。此劇與小説大同小異，「詩詞函札，亦照録原書」〔六一〕。明清兩代傳奇又有明末孟稱舜《節義鴛鴦塚嬌紅記》和清初許逸《兩鍾情》（一名《分煤恨》）〔六二〕。此外尚有或謂爲元明南戲存文的《嬌紅記》，在清代彈詞《玉蜻蜓》之上綰合「嬌紅」故事的《新編後玉蜻蜓嬌紅傳》〔六三〕，以及至今仍在搬演的粵曲《嬌紅記·泣舟》〔六四〕。

上述《嬌紅記》衍生劇作中，聲名最著者當數孟稱舜《節義鴛鴦塚嬌紅記》，與孟氏同時的名士陳洪綬曾爲之作序、批點和製圖〔六五〕。此劇誕生之初便被譽爲「情史中第一佳案」〔六六〕，在當代也被推舉爲「中國十大古典悲劇」之一〔六七〕，人多謂之可媲美《牡丹亭》。因其聲名之盛，如今提到《嬌紅記》，多數人即刻想到的是這部傳奇而非小説原作，有人甚至將傳奇《嬌紅記》和小説《嬌紅記》混爲一談。在學界，傳奇《嬌紅記》的研究在數量上也遠多於小説。若要追究小説遇冷緣故，就不得不勾勒其傳播史上的波瀾起伏。

三

小説《嬌紅記》之流播大致經歷五個階段。元代至明中期，是以單行本刊行的流傳初期；萬曆以降，是經由通俗類書和小説選本發行的商業化階段；明末清初，《嬌紅記》因内外力疊加而日漸式微；二十世紀三十年代，學界重新發現並整理出版《嬌紅記》；二十世紀六十年代至今，海内外研究再度啟動，穩步推進。

明中期以前是《嬌紅記》等中篇文言傳奇以單行本流通的階段。《百川書志》載録數種中篇文言傳奇單行本，留存至今的有包括《嬌紅記》在内的五種。這些單行本的讀者多是普通士人。宗文書舍爲《評釋嬌紅記》敦請的評釋者也評點過科考書籍，這一事實可爲旁證。

時至晚明，中篇文言傳奇的流播趨於商業化，此時《嬌紅記》以通俗類書和小説選本爲載體，這也是如今最容易獲得的版本形態。收録《嬌紅記》的通俗類書有林近陽本、何大掄本、余公仁本三種《燕居筆記》以及《繡谷春容》，小説選本有《艷異編》《花陣綺言》《風流十傳》《情史》《一見賞心編》《剪燈叢話》《録窗女史》《雪窗談異》等。通俗類書和小説選本作爲提供日用消遣的便捷讀物，很受底層士人和市井細民的歡迎。《嬌紅記》等中篇文言傳奇就此與晚明通俗讀物彼此依託，雙向塑造，逐漸呈現出「俗化」的傾向。所謂「俗化」，在文體上即表現爲話本屬性之增强。傳統上，傳奇小説流播於士大夫之間，話本小説則主要面向市民大衆。以《嬌紅記》爲代表的中篇文言傳奇以晚明通俗讀物爲媒介，上通下達，觸碰到更爲廣大的中下層讀者群。佐證這一「俗化」傾向的還有文本上的依據。一方面，中篇文言傳奇的單行本與通俗類書等合刊本之間，或兩個合刊本之間，往往存在一定的删改，其中語言多有通俗化、白話化的「適應性」調整〔六八〕。另一方面，中篇文言傳奇與白話小説不斷互動互滲，如白話小説集《歡喜冤家》收録模擬中篇文言傳奇的《許玄之賺出重囚牢》〔六九〕，清平山堂刊本《六十家小説》之《風月相思》《藍橋記》的語言形式和思想情調接近《嬌紅記》《賈雲華還魂記》，《警世通言·王嬌鸞百年長恨》的人物、情節類同《尋芳雅集》等〔七〇〕。

此時，不利於《嬌紅記》傳播的内外力也在持續疊加。外力方面，前述受衆圈層的下移加速了閱讀重點的偏移。中篇文言傳奇既以風月爲主題，情深之處不免暗藏突破禮義大防的可能性。儘管《嬌紅記》旨在「談情」，仍不失有「導欲」風險〔七一〕。《百川書志》形容包括《嬌紅記》在内的這類作品「不爲莊人所取」。現存最早明代中篇文言傳奇《賈雲華還魂記》之作者刻意避談《嬌紅記》〔七二〕，另一明代中篇文言傳奇《劉生覓蓮記》則借人物之口表達對《嬌紅記》情節的不滿：「嬌娘之遇申生，吾不願也。」一些書坊爲了射利促銷的商業目的，不惜推波助瀾，更是過度强化了小説的「艷情」因素，比如有些版本在插圖場景的選取上刻意經營，無怪乎《濃情快史》竟視之爲「春意兒」，《野叟曝言》亦特意提及《嬌紅記》「前首繡像」云云。

從明代中晚期開始，《嬌紅記》的傳播廣度似已無法與其仿作相比了。這從《評釋嬌紅記》眉批屢引《鍾情麗集》《懷春雅集》可知一二。儘管後二書是在借鑒《嬌紅記》基礎上創作的，《評釋嬌紅記》評者卻多借之返評《嬌紅記》，説明其時的讀者可能對這兩部仿作更爲熟知。何大掄本《燕居筆記》所收《杜麗娘慕色還魂》有曰「昔日郭華偶遇月英、張生得遇崔氏，曾有《鍾情麗集》《嬌紅記》二書，此才子佳人，前以密約偷期，似皆一成秦晉」，亦將《嬌紅記》排在《鍾情麗集》之後。還有其他旁證可以説明《嬌紅記》不是其時最流行的作品，比如晚明最早的通俗類書《國色天香》並未收録《嬌紅記》，至清代增補本才將其選入。清代的官方政策也阻礙了《嬌紅記》的有效傳播。在道光十八年（一八三八）江蘇按察使、道光二十四年（一八四四）浙江巡撫和學政、同治七年（一八六八）江蘇巡撫頒布的三份查禁淫詞小説清單中，《姣［嬌］紅傳》與《三妙傳》《艷異編》《國色天香》《情史》《紅樓夢》等一同在列〔七三〕。從客觀效果來看，文士責難、無視也好，官方查禁、銷毀也罷，這些外力都可能變相放大和固化《嬌紅記》與淫詞小説的關聯，反而左右了讀者對其真正旨趣的正向接受。

内力方面，小説文體自身的發展規律也是促成《嬌紅記》影響逐步弱化的重要因素。

大致從萬曆二十年（一五九二）起，章回小説成爲小説出版主流〔七四〕，這很快就分散了讀者對於中篇文言傳奇的興趣。也是從此時開始，《嬌紅記》等中篇文言傳奇如前所述多隨通俗類書等合集發行，單行本幾乎再也難覓其蹤〔七五〕。有清一代僅存《嬌紅雙美全傳》一個單行本，實際上還是從《花陣綺言》移出的版本〔七六〕。

就此陷入沉寂的《嬌紅記》，直到二十世紀三十年代才被重新唤醒。彼時鄭振鐸主編《世界文庫》，收入小説及其衍生雜劇《金童玉女嬌紅記》，二者前後相臨，分别題名《嬌紅傳》和《嬌紅記雜劇》〔七七〕。鄭先生的整理以《花陣綺言》和清刻本《國色天香》爲底本，復取《繡谷春容》和余公仁本《燕居筆記》校勘，多數異文已出註説明，另有少量遺漏。此次出版使《嬌紅記》重回大衆視野。在此前後的一段時間内，學界亦有孫楷第、趙景深、葉德均、譚正璧等前賢投以關注。

二十世紀六十年代，《嬌紅記》的研究重新開啟，這離不開日本學者的大力推動。一九六一年，伊藤漱平從岡山大學林秀一教授處得觀其私藏之《評釋嬌紅記》，繼而在其後的十年裡，陸續完成日文全譯本，並施以註釋、配以插圖〔七八〕，撰寫長文解説題名、版本、作者及作品（包括時代背景、主題、動機、人物、構成、手法、評價等）〔七九〕。伊藤漱平指出「《嬌紅記》是傳奇小説的個中翹楚，對後世影響亦甚巨，然而迄今已瀕臨幾乎慘遭世人遺忘的邊緣」〔八〇〕，在其引領下，後續又有大塚秀高、岡崎由美等日本學者展開研考。自二十世紀八十年代起，國内學者如徐朔方、程毅中、薛洪勣、何長江、陳益源、陳大康、林辰、潘建國、陳國軍等和王崗等旅美學人也紛紛投身其中。新世紀以來，專研小説《嬌紅記》的論文雖不算多，但也綿延不輟，細水長流。〔八一〕

在《嬌紅記》整理方面，繼民國時鄭振鐸排印後，近半世紀未有新的進展。一九八一年，薛洪勣等選註《明清文言小説選》，根據《艷異編》和《情史類略》録入《嬌紅傳》，將其認定爲明初無名氏作品〔八二〕。一九九五年，程毅中轉録鄭振鐸校本《嬌紅記》並加覆核，删卻校勘記，收入《古體小説鈔》〔八三〕。二〇〇三年，林辰、苗壯主編「孤本善本小説影印點校合刊」之《文言話本小説》，收録《花陣綺言》中的《嬌紅雙美》，書分上下欄，下欄爲影印版，上欄爲林辰的點校版〔八四〕。

由於《評釋嬌紅記》不易得見等客觀原因，既往整理均未參考這一版本，加之對於校本的利用未臻全面，整理工作仍有較大完善空間。考慮到《嬌紅記》重要的文學價值和文學史地位，兼及《評釋嬌紅記》已由日本汲古書院影印發行的現實條件，如今重啟《嬌紅記》整理工作，可以説是既勢在必行、又切實可行了。

四

著手整理《嬌紅記》之前，首先需要釐清其版本系統。就此問題，陳益源率先提出《嬌紅記》可分爲兩大版本體系，其一是《艷異編》系統，其二是以林近陽本《燕居筆記》（以下簡稱林本）爲首的系統，《雪窗談異》《綠窗女史》《情史》《香艷叢書》等接近《艷異編》，《花陣綺言》《繡谷春容》《艷情逸史》《一見賞心編》《風流十傳》等接近林本〔八五〕。丁燁則認爲，何大掄本《燕居筆記》（以下簡稱何本）、《花陣綺言》和《繡谷春容》屬於林本《燕居筆記》系統，《風流十傳》應獨立出來，連同余公仁本《燕居筆記》（以下簡稱余本），劃爲更接近《艷異編》而非林本的第三個體系〔八六〕。陳、丁兩位基本廓清了《嬌紅記》的版本概況，不過，這些結論〔八七〕主要依靠韻文比勘，尚未將考察範圍擴大至小説全文，也未及利用《評釋嬌紅記》。

對既有資料的核查表明，《艷異編》系統和林本系統皆非鐵板一塊。《艷異編》本身的版本情況非常複雜，以四十五卷本最早，四十卷本、十二卷本居後，四十五卷本又可分爲甲、乙兩種〔八八〕。在所謂的林本系統中，《風流十傳》的確不屬於林本系統，但也不屬於《艷異編》系統；余本至少在《嬌紅記》部分是照搬《風流十傳》的，可與《風流十傳》的討論合併；何本、《花陣綺言》、《繡谷春容》皆有不少異於林本之處。本次整理力求對上述文獻進行更細化、更全面的利用。

本次整理還首次利用到新見的日藏海内孤本《評釋嬌紅記》。此書大致刊行于萬曆二三十年間，由鄭世豪宗文書舍刊印、武夷彭濱評釋、新安黄氏刻繪。除版本形態爲《嬌紅記》現存唯一明代單行本外，此書之珍貴還在於它有精妙的眉批、精美的插圖以及精當的正文。書中保留了不少獨有的異文，可使讀者據以了解《嬌紅記》的早期面貌，如「伏枕黄昏，回腸九曲」句，《艷異編》作「伏枕對燭，夜腸九回」，餘本皆作「伏枕對燭，夜腸九曲」。

《評釋嬌紅記》的完整度在諸版本中也是最高的。其總體架構爲前有序、末有評，兩處文字是否出自作者尚不明確，但均爲一人所作，因爲文末總評有言：「節義大閑，萬古不易。予始雖爲二子惜，終實爲二子喜。故爲首序，亦奉己爲之致歎焉。」此段總評僅林本、《花陣綺言》、《繡谷春容》三者保存，文字大同小異，均有「故爲首序」云云。然而包括三者在内的所有版本均無文首序言，致使此處照應全然落空。至若《評釋嬌紅記》正文的完整度，此處僅舉一例爲證〔八九〕。文敘申生爲妖魅所惑、與嬌娘不交一言，嬌娘傷心欲絶，寫下《情思歎》組詩，内含題爲《情思瀟條》《緑窗寫怨》《蘭室感懷》《繡幄顰眉》《錦幃灑淚》《塵榻空懸》《珠簾不卷》《空悲弱質》《眷戀多情》絶句九首。這組詩唯《評釋嬌紅記》

九首全録且各有標題，其他諸本或無標題，或少詩作，或索性悉數刊落。筆者推測，這組詩原有十首，依據之一是《評釋嬌紅記》在這組詩後「釋義」專欄内，含有「碧海潮」這一不見於現存九首詩的詞彙〔九〇〕，該詞彙或許正出自那首佚詩。二是留存下來的九首詩除第一首外，題目兩兩對仗，説明很可能是脱落了第二首。三是在《嬌紅記》仿作、明代中篇文言傳奇《五金魚傳》中，華玉所寫《情思歎》組詩由《蘭閨蕭條》《緑窗寫怨》等構成，從題目到結構均與嬌娘這組詩極爲類似。華玉的組詩共有十首〔九一〕，那麼這組詩也應當是十首。儘管今存諸本此處都有缺失，但從數量、標題乃至内容留存程度來看，《評釋嬌紅記》已是最齊備的了。

《嬌紅記》之版本系統，可以依照時間先後，分爲内、中、外三個文本累積層。最内層爲質量最高的《評釋嬌紅記》和時間最早的《艷異編》甲本《嬌紅記》，兩者各有來源，應當都接近明代中期及以前的《嬌紅記》文本形態。例如二者皆作「沽矯」的一處，其餘各本均誤作「估嬌」或「沽嬌」，「沽矯」形容故作特殊高超以釣取名譽的行徑，正合文意。類似還有形容花叢之「相亞」、描摹嬌娘之「流視」等語，唯有單行本和《艷異編》相同，餘皆分別作「瀟灑」「送目」，顯爲不解其意而改。又如《滿庭芳・簾影篩金》一詞、「常互鞋而行」等句，僅見於單行本和《艷異編》，餘本皆無。

居於文本累積層中間的是萬曆以降的小説選本和通俗類書，包括林本、何本、《花陣綺言》、《繡谷春容》和《風流十傳》。林本字句錯謬較多，但與何本一起，在不少地方顯示出較之其他同類書籍更爲原始的樣態。譬如《評釋嬌紅記》作「挑博山裡餘香」的一處，《艷異編》甲本作「就博山理餘香」，《艷異編》其他版本作「勻博山理餘香」；林本、何本作「僦博山裡餘香」；《花陣綺言》《風流十傳》作「勻博山裡餘香」；《繡谷春容》作「撥博山裡餘香」。林本、何本與《艷異編》甲本最接近，而《艷異編》甲本又與《評釋嬌紅記》最接近。需要注意的是，這一居中的文本累積層如前所述相當複雜，不能簡單用林本統攝其他諸本。在很多時候，何本、《花陣綺言》、《繡谷春容》、《風流十傳》均有溢出林本的地方，有時能分別提供有益的異文，有時則各自接近《評釋嬌紅記》《艷異編》或林本。

明清兩代的多種刪改本居於《嬌紅記》文本累積最外層。這批處文獻主要有(一)《情史》卷十四「情仇類」《王嬌》，(二)《一見賞心編》卷二「幽情類」《嬌紅傳》，(三)《綠窗女史》卷五「緣偶下·幽期」《嬌紅記》，(四)十二卷本《剪燈叢話》卷一《嬌紅記》，(五)《雪窗談異》卷二《嬌紅記》，(六)清刊本《國色天香》卷一《嬌紅雙美》，(七)《女聊齋誌異》卷四《嬌紅記》，(八)《艷情逸史》卷三《申厚卿》，(九)《古今圖書集成·閨媛典》卷三六二「閨恨部」《王嬌》，(十)《香艷叢書》八集卷三《王嬌傳》，(十一)《才鬼記》所收《王嬌紅》百餘字，（十二）泰州市圖書館藏仲振奎稿本《緑雲紅雨山房文抄》所收《嬌紅記》五千字。其中，（一）（二）（三）（七）縮寫自四十卷本或十二卷本《艷異編》；（四）（五）（九）出自《緑窗女史》，（十）出自《情史》，因此也都縮寫自四十卷本或十二卷本《艷異編》；（六）是清人依據《花陣綺言》補入明刊原本《國色天香》的；（八）過録自《繡谷春容》。以上諸篇，追根溯源，所據均不外乎四十卷本或十二卷本《艷異編》《花陣綺言》和《繡谷春容》。

因此，本書整理工作以單行本《評釋嬌紅記》爲底本，以《艷異編》、林近陽本《燕居筆記》、何大掄本《燕居筆記》、《花陣綺言》爲主要校本。復取有删節或删改的《繡谷春容》和《風流十傳》作爲參校本。底本和校本均爲屬於文本累積内層和中層的文獻。至於承襲自《風流十傳》的余公仁本《燕居筆記》，以及明清兩代取資於《艷異編》《花陣綺言》《繡谷春容》的外層文獻，則不納入校對範圍。本書還集合單行本原有注釋、評語和其他版本的評語，附在正文相應段落後，並將相關資料附於書末，以便讀者查閲。

四五年前，我跟隨譚帆教授從事文言小説評點研究的博士後工作，在一次循例的版本摸排中，偶然發現這一國内學者未嘗寓目的《嬌紅記》單行本，並順勢撰文加以研考。曾任該書收藏機構東京大學東洋文化研究所負責人的大木康教授幾番慨然惠予支持；

購藏有稀見中篇文言傳奇並於此深有鑽研、新見迭出的潘建國教授也曾過問拙作動向：前輩學者的表率和關懷我始終感念在心。拙作投稿後，承蒙在古代小説整理和研究兩方面均有口皆碑的李小龍教授垂注，他提議重新整理此書，並熱心將我引薦給許慶江先生。隨後許先生的同事李芃蓓女史與我對接，其處事之嚴謹負責與待人之通達包容令我欽敬，惠我良多。受其委託，謝璐陽女史投入極大細心與才識協助校對，使本書避免許多可能因疏忽或無知招致的謬誤。又有姚華女史、馬里揚先生幫忙判定書中詞作之孤調僻調，任荷和李林芳賢伉儷幫忙核定俗字、異體字統改問題。如是點滴，匯聚爲本書得以成形之機緣。諸位師友之學問涵養、學術公心，令我每歎士風猶存。感荷信任，多勞襄助！前敘《評釋嬌紅記》爲岡山大學林秀一教授舊藏、今藏於東京大學東洋文化研究所，在此時光河流兩端之間，即爲伊藤漱平這位開創式的小説《嬌紅記》譯者兼研究者所藏。伊藤教授極爲寶重《評釋嬌紅記》，與其所珍藏的程甲本《紅樓夢》合稱「兩紅」，自名書齋「兩紅軒」。此次校證，但願無負兩紅軒主人之深情雅意。校書事業道阻且長，囿於心力紕漏難免，一切文責盡歸於我。懇盼賜教，先申謝忱！

林瑩

癸卯冬月於滬上近琴室

【注釋】

〔一〕孫楷第《日本東京所見小説書目》，人民文學出版社一九五八年版，第一二六頁。詳見本書附録一。

〔二〕參見薛洪勣《中國小説史上的一個發展環節——明代「文言話本」縱横談》，《社會科學戰線》一九九二年第一期，第二八八—二九三頁；林辰、苗壯主編《文言話本小説·編校説明》，綫裝書局二〇〇三年版。文本内部依據包括《劉生覓蓮記》以「話本」指代《鍾情麗集》《天緣奇遇》，《懷春雅集》有「聊將筆底風流句，付與知音作話場」句，《三妙傳》的分節與標題形同宋元話本等。

〔三〕參見陳益源《元明中篇傳奇小説研究》（香港學峰文化事業公司一九九七年版）、陳大康《論元明中篇傳奇小説》（《文學遺産》一九九八年第三期）、陳國軍《元明中篇傳奇小説的發展歷程及其特徵》（韓國《中國小説論叢》第二一輯，二〇〇五年三月）。石昌渝《中國小説源流論》雜用「文言中篇小説」和「中篇傳奇小説」（生活·讀書·新知三聯書店一九九四年版）。陳文新《文言小説審美發展史》採用「中篇傳奇小説」（武漢大學出版社二〇〇七年版）。「中篇」之説首出鄭振鐸。一九二九年，鄭振鐸《中國小説的分類及其演化的趨勢》使用「中篇小説」概念指稱一批古代小説，《嬌紅記》也在其中，見《鄭振鐸文集》第七卷，人民文學出版社一九八五年版，第一〇七頁。「中篇」之説借鑒了西方語彙，美國華裔學者王岗的論著又回譯了這一概念，見Wang,

Richard G., *Ming Erotic Novellas: Genre, Consumption, and Religiosity in Cultural Practice*, Hongkong: The Chinese University Press, 2011。「中篇」一般指近萬字至四萬字左右的篇幅，是相對於短篇傳奇小説和中長篇章回小説而言的，實際並無「長篇傳奇小説」，因此這一命名向有爭議。林辰指出「中篇」之説似是而非，見《把砍斷的小説史鏈條接上——論明代小説〈嬌紅記〉》，《文化學刊》二〇〇六年第二期，第五九頁。另有學者則用「長篇傳奇小説」，見大塚秀高《明代後期文言小説刊行概況》，謝碧霞譯，《書目季刊》一九八五年第二、三期；岡崎由美《明代長篇傳奇小説的敘事特徵》，《'93中國古代小説國際研討會論文集》，開明出版社一九九六年版，第四五一—四六三頁；何長江《論元明長篇傳奇小説的發展歷程》，《明清小説研究》一九九四年第二期。

〔四〕李明軍混用「文言傳奇小説」和「中篇文言傳奇」，見《明清時期通俗小説的情感敘事研究》，九州出版社二〇一七年版。

〔五〕參見劉勇强師《中國古代小説史敘論》，北京大學出版社二〇〇七年版。

〔六〕近年來學者多用這一説法，如潘建國《白話小説對明代中篇文言傳奇的文體滲透：以若干明代中篇文言傳奇的刊行與删改爲例》，《暨南學報》二〇一二年第二期；譚帆、王冉冉、李軍均《中國分體文學學史·小説學卷》下，山西教育出版社二〇一三年版；《明清小説鑒賞辭典》「《五金魚傳》」條，上海辭書出版社二〇一八年版，第三九三頁。

〔七〕這批小説「就其旨趣和格調而言，可以説是文言包裝的的白話小説」，見石昌渝《中國小説源流論》，第二一一頁；是「唐人傳奇向白話小説發展的過渡狀態」「溝通文言傳奇與通俗小説的不可或缺的文類（an indispensable genre that bridged the classic tale and vernacular fiction）」，爲短篇小説向長篇小説的發展鋪平了道路」，見*Ming Erotic Novellas: Genre, Consumption, and Religiosity in Cultural Practice*, P26.

〔八〕（明）丘汝乘《〈嬌紅記〉序》，《新編金童玉女嬌紅記》卷首，影印本收入《古本戲曲叢刊》初集。

〔九〕參見ITŌ Sōhei（伊藤漱平），「Formation of the *Chiao-hung chi* 嬌紅記：Its change and dissemination」，*ACTA ASIATICA*（東方學會報），No. 32, Published Mar. 1977（本文所引爲謝碧霞譯《嬌紅記成書經緯：其變遷及流傳過程》，《中外文學》第十三卷第十二期，一九八五年五月）；李劍國、何長江《〈龍會蘭池録〉産生時間考》，《南開學報》一九九五年第三期。

〔一〇〕詳見本書附録三《稀見明刻單行本〈評釋嬌紅記〉新考》。

〔一一〕惟清華大學圖書館藏楊志鴻乾隆鈔本、中華書局圖書館藏清初鈔本作「虞伯生」，餘如北京大學圖書館藏清鈔本、暖紅室刻本、吴梅校本、曲苑本等皆作「盧伯生」。參見（明）吕天成撰、吴書蔭校註《曲品校註》，中華書局一九九〇年版，第一九三頁。

〔一二〕（明）祁彪佳著、黄裳校録《遠山堂明曲品劇品校録》，古典文學出版社一九五七年版，第五五頁。

〔一三〕原書已佚，轉録自蔣瑞藻《小説考證》，商務印書館一九三五年版，第一〇六頁。

〔一四〕（明）秦淮寓客編《緑窗女史》卷五，哈佛燕京圖書館藏心遠堂崇禎刊本。

〔一五〕二書關係密切但先後不明確，陳良瑞認爲《剪燈叢話》取材於《緑窗女史》，見《〈剪燈叢話〉考證》，《文學遺産增刊》十八輯，山西人民出版社一九八九年版，第二七三頁。陳國軍認爲《緑窗女史》在《剪燈叢話》基礎上編成，見《明代志怪傳奇小説研究》，天津古籍出版社二〇〇六年版，第四八二頁。

〔一六〕這一後出的十二卷本《艷異編》不同於本書用以校對的朱墨套印十二卷本。前者將《嬌紅記》作者署爲「中州李詡」，是更早系統的《艷異編》（包括本書所用十二卷本）中不曾出現的。研究表明，該本常妄改作者，其拼湊、挖改的印版來源有《剪燈叢話》《緑窗女史》《合刻三志》等，見任明華《略論〈艷異編〉的版本》，《明清小説研究》二〇一六年第一期。

〔一七〕一九二九年鄭振鐸在《中國小説的分類及其演化的趨勢》中稱之爲「明人的《嬌紅傳》」。至一九三五年主持編纂《世界文庫》、整理排印《嬌紅記》時更正爲「元宋梅洞著」。

〔一八〕陳益源《從〈嬌紅記〉到〈紅樓夢〉》，遼寧古籍出版社一九九六年版，第十二頁。

〔一九〕伊藤漱平《嬌紅記成書經緯：其變遷及流傳過程》，第九三頁。

〔二〇〕石昌渝《中國小説發展史》，第二九一——二九二頁。引文連續徵引之語出自《百川書志》，詳見附録一。

〔二一〕《麗史》保存在閩南一份族譜中，見官桂銓《新發現的明代文言小説〈麗史〉》，《文獻》一九九三年第三期。

〔三二〕如「丘汝乘序應是寫於宋遠卒後一百餘年……其正確性如何仍待商榷。不過，由於虞集和李詡爲作者的可靠性更值得懷疑，目前只好姑且採信丘汝乘之説。」見伊藤漱平《嬌紅記成書經緯：其變遷及流傳過程》，第九五頁。也有學者兼顧兩説，從小説中名爲《晝夜樂》的「古詞」與元末梁寅同詞牌作品高度相似切入，認爲小説作者「對梁寅這樣並不很有名的江西文人的詞相當熟悉」，「梁寅與宋梅洞皆爲江西地區人，虞集自父親一代起也居住在今江西地區，則此作品或出於江西人之手」，見章培恒、駱玉明主編《中國文學史》，復旦大學出版社一九九六年版，第一六八頁。

〔三三〕一九八〇年代初，薛洪勣提出存見《嬌紅記》出自明人，小説存在元人古本和明人今本之別。陳益源作出批駁，見《從〈嬌紅記〉到〈紅樓夢〉》，第八一—八五頁。薛洪勣後來的《傳奇小説史》採取折中説法，指出「似還難於斷定此篇的作者究竟是何人」，見《傳奇小説史》，浙江古籍出版社一九九八年版，第一九九頁。林辰從小説史發展角度讚同薛説：「《嬌紅記》這樣藝術質量較高的、具有傳奇體與話本體結合的文體演化性質的作品，只能產生於《剪燈新話》之後，不可能是元代小説荒漠裡的一座飛來峰」，見林辰《文言話本小説·編校説明》《把砍斷的小説史鏈條接上——論明代小説〈嬌紅記〉》二文。侯忠義、劉世林《中國文言小説史稿》（北京大學出版社一九九三年版）、李向東《精心求證、梳理源流——澄清〈嬌紅記〉作於元代的謬説》（《中國圖書評論》二〇〇四年第八期)也認爲存見《嬌紅記》是明前期的作品。

〔二四〕《艷情逸史》第三册,大連圖書館藏清抄本。據陳益源考證,該篇全據《繡谷春容》謄抄,僅删去最後的挽詩,見《從〈嬌紅記〉到〈紅樓夢〉》,第八七頁。

〔二五〕原書已佚,轉録自蔣瑞藻《小説考證》,第一〇六頁。

〔二六〕《風流十傳》目録,日本東京大學東洋文化研究所藏萬曆四十八年(一六二〇)序刊本。

〔二七〕以往紅娘、春香「基本都是站在小姐一邊的,因而與才子佳人不構成矛盾關係……飛紅卻不然」,她「爲申、嬌二人的關係增添了一種新的感情因素」,見劉勇强師《中國古代小説史敘論》,第二〇六頁。

〔二八〕詳見本書「集評」部分的《花陣綺言》旁批。

〔二九〕《金瓶梅》與《嬌紅記》命名的相似性除了都是男主角名字不入標題之外,還體現在二書題名中「紅」「梅」所指的飛紅、春梅都是看似與女主角地位不相稱的侍女,《嬌紅記》寫飛紅「喜謔浪,善應對」,《金瓶梅》襲之以形容春梅;飛紅、春梅都與男主角有過情感糾葛,並在小説後半部分起到重要作用;「嬌紅」和「金瓶梅」均組成可感知的意象,在形象和色調上適合作描寫愛情作品的名目。見李小龍《必也正名:中國古代小説書名研究》,生活·讀書·新知三聯書店二〇二〇年版,第三三二—三三五頁。

〔三〇〕關於集字名與小説結構、寓意的關係,見張竹坡《金瓶梅讀法》首條,收入黄霖《金瓶梅資料彙編》，中華書局二〇一二年版，第六五頁。稍後提及的《林蘭香》開篇也有這類論述，見（清）隨緣下士編輯、于植元校點《林蘭香》，春風文藝出版社一九八五年版，第一頁。

〔三一〕參見李小龍《〈金瓶梅〉式命名的轉移與衰落》，王萍主編《中國古代小説戲劇研究叢刊》第十四輯，甘肅教育出版社二〇一八年版，第五一—六二頁。

〔三二〕見石昌渝《中國小説發展史》，第二九三頁；李夢生《中國禁毁小説百話》，上海辭書出版社二〇一七年版，第三頁；《古本小説集成提要》，上海古籍出版社二〇一八年版，第四六六、四八〇頁。最爲透徹的相關討論，見李小龍《必也正名：中國古代小説書名研究》，第三三一—三三六頁。

〔三三〕詳見本書附録一。

〔三四〕魯迅《中國小説史略》第八篇，《魯迅全集》第九卷，人民文學出版社二〇〇五年版，第七三頁。

〔三五〕程毅中《〈嬌紅記〉在小説藝術發展中的歷史價值》，《許昌師專學報》一九九〇年第二期，第一九頁。

〔三六〕孫楷第《日本東京所見小説書目》，第一二六頁。詳見本書附録一。

〔三七〕陳文新《文言小説審美發展史》，第四八六頁。

〔三八〕又名《金谷懷春》。後有《融春集》據之改編，並對《劉生覓蓮記》的大量詩詞和部分構思有所借鑒。見陳益源《元明中篇傳奇小説研究》，第一六〇—一六一、二二六—二二七頁。

〔三九〕又名《白生三妙傳》《三妙傳》《三妙傳錦》。

〔四〇〕又名《吴生尋芳雅集》《浙湖三奇傳》《浙湖三奇志》《三奇傳》《三奇志》《三奇合傳》，單行本名爲《吴生三美集》。

〔四一〕又名《祁生天緣奇遇》。

〔四二〕又名《劉熙寰覓蓮記》《覓蓮記傳》。

〔四三〕《傳奇雅集》出自《萬錦情林》，書中韻散兩個部分均取自《嬌紅記》《賈雲華還魂記》等其他中篇文言傳奇，比較特殊。

〔四四〕《濮陽奇遇》今存明刻本，近年曾在拍賣場上流通。與《濮陽奇遇》異名同書的《巫山奇遇》有一九三五年中央書店排印本，據《巫山奇遇》删改而成的《雙雙傳》有《風流十傳》本和余公仁《燕居筆記》本。參見潘建國《新發現明代中篇傳奇小説〈巫山奇遇〉考略》，《明清小説研究》二〇〇五年第三期；胡龍《珍本文言小説〈雙雙傳〉〈巫山奇遇〉之祖本——〈濮陽奇遇〉新發現及其版本關係、作者初步考識》，「古代小説網」公衆號二〇一九年二月二十四日。

〔四五〕又名《荔枝奇逢》《荔鏡奇逢集》《磨鏡奇逢集》。今存《二刻泉潮荔鏡奇逢集》二卷，國家圖書館藏道光二十七年（一八四七）刊本，「幾近明代原刊面目」，見陳益源《〈荔鏡傳〉考》，《文學遺産》一九九三年第六期，亦可見其《元明中篇傳奇小説研究》，第一三二頁。

〔四六〕根據小説《賈雲華還魂記》《劉生覓蓮記》和書目《百川書志》所載信息。

〔四七〕葉德均《讀明代傳奇文七種》,《戲曲小説叢考》,中華書局一九七九年版,第五三五頁。

〔四八〕《嬌紅記》中申純應父之召回到家中,向嬌娘致信求婚,曰:「倘有親朋見憐,於大人前致一語,天啟其衷,俾續秦晉再世之盟,未審舅妗雅意若何。倘不棄庸陋,則張生之於鶯鶯,烏足道哉!」

〔四九〕詳見本書附録一。

〔五〇〕關於《紅樓夢》吸收元明中篇文言傳奇的分析,參見簡家彤《「嬌紅」系列傳奇小説與〈紅樓夢〉之共性脈絡研究》,台灣師範大學國文系碩士論文,二〇一九年;林瑩《〈紅樓夢〉與元明中篇文言傳奇淵源補論》,《紅樓夢學刊》二〇一九年第六輯。

〔五一〕參見陳益源《元明中篇傳奇小説研究》,第二一二—二一三頁。

〔五二〕參見林辰《中國古代情愛小説史》,第九〇頁。

〔五三〕參見程毅中《〈嬌紅記〉在小説藝術發展中的歷史價值》,第二〇頁。

〔五四〕詳見本書附録一。

〔五五〕閔寬東《中國古典小説在韓國之傳播》,學林出版社一九九八年版,第二七二頁。也可見本書附録一。

〔五六〕韓國精神文化研究院樂善齋文庫藏本,標題「娉」原誤爲「聘」,見陳益源《元明中篇傳奇小説研究》,第六十頁。

〔五七〕《翠翹傳詳註》引用書目見陳益源《從〈嬌紅記〉到〈紅樓夢〉》,第六四—六五頁,注釋十五。

〔五八〕孫遜、鄭克孟、陳益源主編《越南漢文小説集成》第五册，上海古籍出版社二〇一〇年版，第九〇—一二七頁。

〔五九〕越南士人通過批評《杏花天》《桃花影》等中國小説來褒揚他們的本土作品《桃花夢記——續斷腸新聲》，見《越南漢文小説集成》第五册，第二一八頁。參見林瑩《從稱引維度探求古代小説在越南的影響——兼談〈金瓶梅〉在越傳播的特殊性》，《金瓶梅研究》第十三輯，復旦大學出版社二〇二〇年版，第三六四—三八二頁。

〔六〇〕劉兑雜劇《金童玉女嬌紅記》，收於《古本戲曲叢刊》初集。

〔六一〕阿英《關於〈嬌紅記〉傳奇》，阿英著、柯靈主編《阿英全集》第八册，安徽教育出版社二〇〇三年版，第四四一頁。

〔六二〕許逸雜劇《兩鍾情》，收於《古本戲曲叢刊》五集。

〔六三〕佚名彈詞《新編後玉蜻蜓嬌紅傳》，上海圖書館藏清抄本。

〔六四〕本段參考伊藤漱平《嬌紅記成書經緯：其變遷及流傳過程》，第九五—九八頁；陳益源《中篇傳奇小説研究》，第三二一—三六頁；韓昌《「嬌紅」故事研究》，台灣中正大學中國文學研究所碩士論文，二〇〇七年。其中彈詞《新編後玉蜻蜓嬌紅傳》有十五首作品與小説相似或相同，彈詞也對小説人物和情節基本保留，但人物方面將「飛紅」的角色一分爲二：飛紅爲正面角色，新增的惜春爲反面角色，情節方面增添了王嬌娘女扮男裝建功立業的橋段。見韓昌《「嬌紅」故事研究》，第一二三—一五四頁。

〔六五〕孟稱舜傳奇《節義鴛鴦塚嬌紅記》，收於《古本戲曲叢刊》二集。

〔六六〕（明）王業浩《鴛鴦塚序》，見《節義鴛鴦塚嬌紅記》書前序。

〔六七〕王季思編《中國十大古典悲劇集》（上海文藝出版社一九八二年版、齊魯書社一九九一年版）收録該劇校註本。

〔六八〕參見潘建國《白話小説對明代中篇文言傳奇的文體滲透：以若干明代中篇文言傳奇的刊行與删改爲例》。

〔六九〕潘建國《白話小説對明代中篇文言傳奇的文體滲透：以若干明代中篇文言傳奇的刊行與删改爲例》，第九頁。

〔七〇〕李桂奎《中國古典小説互文性研究》，中國社會科學出版社二〇二一年版，第八六、一〇〇頁。

〔七一〕詳見本書附録一。

〔七二〕「《嬌紅記》在作品中曾幾次被提及：賈雲華曾批評閲讀此書『得無壞心術乎』；女主人公王嬌娘則被斥爲『淫奔之女』。李昌祺的不滿顯而易見，於是他模擬時便對情節框架作了重要改動……其改動顯示了調和情與理的企圖。」見陳大康《論元明中篇傳奇小説》，第五六頁。

〔七三〕參見王利器輯録《元明清三代禁毁小説戲曲史料》，上海古籍出版社一九八一年版，第一二三—一二四、一四二—一四八頁；李時人主編《中國禁毁小説大全》，黄山書社一九九二年版，第二六四頁。學界向來認爲其中的《姣紅傳》即《嬌紅記》。

〔七四〕「自萬曆二十年（一五九二）起，通俗小説創作呈加速度發展態勢，至泰昌元年（一六二〇）的二十九年裡，新問世的通俗小説約六十餘種，講史演義類作品幾乎覆蓋了歷朝各代，以《西遊記》《金瓶梅》爲代表的神魔小説、人情小説等流派也出於此時。天啟、崇禎年間又新有約八十種通俗小説行世，並增添了擬話本、時事小説等流派。無論對當時豐富多彩的社會生活反映的直接或廣泛，人物形象刻畫的生動傳神與情節的曲折複雜，或是作品通俗程度，中篇傳奇都不能望其項背。」見陳大康《論元明中篇傳奇小説》，第六一頁。

〔七五〕今存五種單行本均在明萬曆前刊印：《鍾情麗集》、《吴生三美集》（即《尋芳雅集》）、《巫山奇遇》（即《雙雙傳》）、殘本《五金魚傳》和《評釋嬌紅記》。

〔七六〕參見謝伏琛《〈中國通俗小説書目〉補遺》，《文獻》一九八三年第二期。

〔七七〕鄭振鐸主編《世界文庫》第三册，生活書店一九三五年版，第九五七—九八三頁。

〔七八〕註釋和配圖都是伊藤先生爲日本讀者而選加的，與《評釋嬌紅記》原有的註釋和插圖不完全重合。

〔七九〕伊藤漱平《〈嬌紅記〉解説》，《今古奇觀下嬌紅記》，「中國古典文學大系」三八，平凡社一九七三年版，第四六二—四九一頁。程毅中評價該文有「非常精細的考證，令人十分欽佩」，感慨「可惜我們的小説史學者還没有對《嬌紅記》作過這樣認真的研究」。見《〈嬌紅記〉在小説藝術發展中的歷史價值》，第一五頁。

〔八〇〕伊藤漱平《嬌紅記成書經緯：其變遷及流傳過程》，第九〇頁。

〔八一〕二十世紀以來中外學人的研究成果，詳見本書附録二。

〔八二〕薛洪勣、李偉實、王粹剛選註《明清文言小説選》，湖南人民出版社一九八一年版，第九〇—一一三頁。

〔八三〕程毅中編著《古體小説鈔·宋元卷》，中華書局一九九五年版，第五九八—六三一頁。

〔八四〕林辰、苗壯主編《文言話本小説·嬌紅雙美》，綫裝書局二〇〇三年版。

〔八五〕參見陳益源《元明中篇傳奇小説研究》，第二八—二九頁。

〔八六〕參見丁燁《〈嬌紅記〉研究二題》，《明清小説研究》二〇〇五年第三期，第一六〇—一六二頁。

〔八七〕另有學者僅據字數多寡劃分爲繁本、簡本、最簡本三個系統，見宣嘯東《〈嬌紅記〉最簡本的發現及其意義》，《明清小説研究》一九九七年第三期。

〔八八〕詳見本書《凡例》。

〔八九〕詳見正文校證以及附録三。

〔九〇〕《評釋嬌紅記》的注釋部分在解釋組詩時提及「碧海潮」一詞，但該詞卻未見於組詩中。

〔九一〕《五金魚傳》，收入《古本小説集成》，上海古籍出版社一九九四年版，第九—一一三頁。

凡例

一、本書以明刻單行本《評釋嬌紅記》爲底本，以《艷異編》、林近陽本《燕居筆記》、何大掄本《燕居筆記》、《花陣綺言》爲主要校本，參校以《繡谷春容》《風流十傳》二書。諸書版本信息如下：

（一）《評釋嬌紅記》，全名《新鍥校正評釋申王奇遘擁爐嬌紅記》，分上、下卷，刊於萬曆二三十年間。（關於刊行時代的考證，參見本書附録三。）今據《程乙本紅樓夢（下）·嬌紅記》（日本汲古書院二〇一四年版）影印日本東京大學東洋文化研究所藏本。後文簡稱「底本」或「單行本」。該書卷下第卅五至卅八葉錯序，順次當爲卅七、卅六、卅五、卅八。

（二）《艷異編》版本繁複，一般認爲確屬王世貞編選的早期版本有四十五卷本、四十卷本和十二卷本三種。（關於《艷異編》版本的考辨，參見任明華《略論〈艷異編〉的版本》，《明清小説研究》二〇一六年第一期。）

四十五卷本《艷異編》，刊於嘉靖四十五年（一五六六）或稍早。《嬌紅記》分上、下，分別收録於卷二十二「幽期部三」、卷二十三「幽期部四」。此四十五卷本《艷異編》存見兩種，今據國家圖書館所藏編號爲〇五〇〇八、一五一三九的兩部善本。後文分别簡稱「《艷異編》甲本」「《艷異編》乙本」。其中《艷異編》甲本卷二十三第廿一葉原缺（自「對景傷懷」至「顯親揚名，大吾門」），爲後人抄補。

四十卷本《艷異編》，全名《新鐫玉茗堂批選王弇州先生艷異編》，刊於明末。《嬌紅記》收録於卷十九「幽期部三」。今據《古本小説集成》（上海古籍出版社一九九四年版）影印日藏明刻本。後文簡稱「四十卷本《艷異編》」。

十二卷本《艷異編》，全名《玉茗堂摘評王弇州先生艷異編》，刊於明末。《嬌紅記》分上、下，收録於卷七至卷八「幽期部」。今據美國國會圖書館藏明刻朱墨套印本。後文簡稱「十二卷本《艷異編》」。

上述諸版《艷異編》，甲本時代最早，故校證工作主要依據甲本。若《艷異編》諸版一致，則視之爲整體，統稱「《艷異編》」；若乙本、四十卷本、十二卷本異文有可取之處或參照價值，則單獨説明。

（三）林近陽本《燕居筆記》，十卷，全名《新刻增補全相燕居筆記》，刊於萬曆年間。《嬌紅記》收録於卷八、卷九上欄，題《擁爐嬌紅》。今據日本内閣文庫藏萃慶堂余泗泉梓行本。後文簡稱「林本」。

（四）何大掄本《燕居筆記》，十卷，全名《重刻增補燕居筆記》，刊於萬曆年間。《嬌紅記》收録於卷七、卷八上欄，題《擁爐嬌紅》。今據《古本小説集成》影印復旦大學圖書館藏金陵李澄源刊本。後文簡稱「何本」。

（五）《花陣綺言》，十二卷，刊於萬曆四十年（一六一二）後。（關於《花陣綺言》成書時間的考證，參見陳國軍《明代志怪傳奇小説敘録》，商務印書館國際有限公司二〇一六年版，第三六〇頁。）《嬌紅記》收録於卷八，題《嬌紅雙美》，目録頁題作《嬌紅並記》。今據日本内閣文庫（日本國立公文書館）藏明刻本。

（六）《繡谷春容》，十二卷，刊於萬曆年間。（或謂《繡谷春容》刊刻於萬曆二十六年[一五九八]至三十三年[一六〇五]間，參見陳國軍《〈繡谷春容〉的成書年限》，《明清小説研究》二〇一七年第一期。）《嬌紅記》收録於卷五上欄，題《申厚卿嬌紅記》。今據《古本小説集成》影印中國藝術研究院戲曲研究所藏世德堂刻本。

（七）《風流十傳》，八卷，刊於萬曆四十八年（一六二〇）。《嬌紅記》收録於卷五，題《嬌紅傳》，目録頁題作《陳眉公先生批評嬌紅傳》。今據日本東京大學東洋文化研究所藏萬曆四十八年序刊本。

二、爲顯化版本關係，校本與底本之異同均予以描述。若除個別校本外，其他諸本皆同於底本，只云某校本如何；若除底本以外，其他校本均一致，則將其他校本統稱爲「他本」，不逐一枚舉。

三、爲簡化校證内容，校本中獨出異文明顯有誤且無版本價值者，均不出註。如何本《燕居筆記》中「日午至暮」「月色如山」兩處，底本和其他校本皆作「自午至暮」「月色如晝」，何本之異顯爲誤植，且無版本價值，不予記録。

四、兩種參校本均爲删節本，爲簡化校證内容，二書異文根據各自版本特點酌情處理。《繡谷春容》以删除韻文爲主，所據版本與林本重合度最高，故僅在與林本有異時出註，同於林本處不專門提及；又因無法確知其獨出異文爲別有所據或後出轉精，視具體情形決定是否據以校改，如「言深情切」一詞，除《繡谷春容》外皆作「言深情味」，「情切」更優，故採納之並出註説明。《風流十傳》韻散部分皆删改良多，故只校不改，僅在異文能指示版本時出註以供參校，如底本中「乃作一詞書於寓室之東」句，林本、何本「作」作「賦」，餘同底本，《艷異編》作「乃書《點絳唇》一詞於寓室之東」，《花陣綺言》作「乃賦一詞書於壁」。《風流十傳》縮改爲「賦詞書壁」，可見其所據版本此處接近《花陣綺言》，故予出註。

五、底本有較多俗字、異體字、簡體字，全書混用不一。爲兼顧閲讀便利和研究需要，無特殊版本價值者，如婦媍、桑桒、繡綉、妝粧、窗牕窓、聽聼听等，一般徑改爲規範繁體字；若可指示版本關係，如常甞、趨趍（底本和《艷異編》某處「未甞」均作「未常」，底本和何本「趨歸」均作「趍歸」），則不作統改。

六、本書於「校證」之外，另設「集評」「釋義」兩部分。釋義悉出單行本。評語出自單行本、四十卷本《艷異編》、十二卷本《艷異編》、《花陣綺言》、《風流十傳》以及余公仁本《燕居筆記》（全名《增補批點圖像燕居筆記》，二十二卷，刊於晚明或清初，《嬌紅記》收録於卷下之六，題《嬌紅傳》，目録題《擁爐嬌紅》）。今據《古本小説集成》影印本。後文簡稱「余本」。余本所收《嬌紅傳》，其正文和題解與《風流十傳》相同，僅多出少許旁批和文末評）。集評中以（ ）補出主語，以［ ］補出奪字，其中援引所評詞句，除明顯錯訛徑改以外悉依諸本原貌，所改之處可參見相應正文校證部分。

七、本書之末附有資料三份，附録一爲相關文史資料，選録書目記載和其他文學作品片段，其中以（ ）補出主語，以［ ］補出原文奪字或改正訛字，以……略去無關文字。附録二爲相關研究存目，收録專門關注或較多涉及《嬌紅記》的海内外研究成果。附録三爲針對單行本進行刊刻考證與價值研討的專文。所附資料均圍繞小説《嬌紅記》這一中心文本，以供讀者參考。

目録

嬌紅記題

《易》曰：「有天地然後有萬物，有萬物然後有男女，有男女然後有夫婦，有夫婦然後禮義有所錯〔一〕。」夫禮義重男女之别，凡以慎防守、禁淫僻，期無相瀆而止也。不爾室家亦人情，而父母之命、媒妁之言諄諄于始事者何哉？蓋人之諶始乎治，常卒乎亂。□□亂始而以治〔二〕終，未前聞者。申生諱純字厚〔三〕卿，簪纓世胄，禮樂名家，真風流人豪耶！少領鄉書，正謂達禮義人矣。若嬌娘，本姑表戚，亦姻次所不可犯者。乃邂逅間遽歌適顧，花前月下，吟美傳情，柳外風邊，聲歌寄想。短束寫長情，其中覯之言乎？尺帛表精肝，其貿絲之興乎？投閒乘間，私相窺覷，其桑中之逸行乎？事變時移，輟要以死，其橋下之愚生乎？跡其顛末，導欲焉耳，誨淫焉耳，其于禮義不亦多乎？然人情天理，同出殊歸，苟發乎情、止乎禮義，即邪而未叛乎正也？乃兒女私情，未必遵循古道，而眉眼相傳，膽肝幾裂，情思繾綣，而瞬然不滓者，固自在也。且守正自斃，終不以貴公子□志操，亦節義之表表者。況同室幽懷，雙□渺跡，尤精靈之所不朽如此也。《詩》云：「生則異室，死則同穴，此如不信，有如皦日！」則申生與嬌娘俱有焉。此亦名教之一助也，豈獨風流佳話而已哉！

謹序。

序畢〔四〕

【校證】

〔一〕語出《周易・序卦》，原文爲「有天地然後有萬物，有萬物然後有男女，有男女然後有夫婦，有夫婦然後有父子，有父子然後有君臣，有君臣然後有上下，有上下然後禮儀有所錯」。

〔二〕治：原作「始」，當爲「治」字形誤。單行本此行眉端有讀者批註，亦曰此字宜作「治」。

〔三〕字厚：此處書葉殘缺，據小説正文信息補足。

〔四〕此序僅見於單行本。

嬌紅記卷上

申純，字厚卿，祖汴[一]人也。生於洛陽，而隨父寓居於成[二]都。八歲通六經，十歲能屬文。天姿[三]卓越[四]，傑出世表，風情接物[五]，不減於斯，故賢士大夫多推譽焉。宣和間，薦而不第。歸，鬱鬱不自勝。嘗登山臨水，以豁懷抱，食息未嘗忘。家居月餘，因適鄰郡舅舅[六]王通判家。即日命僕起行，信宿而至。但見門枕碧流，目斷千里，波濤洶湧；景物粲然，明滅遠山，特起望外。因賦詞一闋[七]，以寫山川景物[八]之勝。詞曰：

錦城西、一區華屋，天開多少佳趣！當門緑水朝千里，何況碧山無數。堪愛處，有瀟湘、新篁松檜森前路。深沉院宇[九]，見簾幕[一〇]低垂，絲簧迭奏，鎮日價歌舞[一一]。○金閨彥，平昔常依慕。幾度佳期又誤。今朝走馬行來近，試倚繡鞍凝覷，脈脈此情難訴。十分春事誰爲主[一二]？詩朋酒侶，向此地嬉遊。尋花問柳，須是有奇遇。

——右調《摸魚兒[一三]》

生既至，因入謁舅。舅見之，遂引生至中堂[一四]，命妗出見。生進拜，禮畢就位[一五]。舅每詢問〔一六〕，生應對〔一七〕愈恭〔一八〕。舅有一子，名善父，年七歲，一名含。舅因呼善父出拜。再命侍女飛紅呼嬌娘出見。良久，飛紅附耳語妗，以嬌娘未經妝〔一九〕爲言。妗因怒曰：「三哥，家人也〔二〇〕，出見何害？」生聞之，因曰：「百一姐〔二一〕姑舅至親，禮當請見〔二二〕。」妗因笑曰：「適方出浴未理妝，故欲少俟。三哥一家至戚〔二三〕，何事鉛粉耶？」又令他侍女促之。頃刻，嬌自左掖出拜，雙鬟〔二四〕綰緑，色奪圖畫中人。朱粉未施，而天然殊瑩。生起見之，不覺自失。敘禮竟〔二五〕，嬌因立妗右。生熟視，愈覺絶色，目摇心蕩〔二六〕，不自禁制。妗笑〔二七〕曰：「三哥遠來勞苦，宜就舍少息。」因室於堂之東〔二八〕，去堂二十〔二九〕餘步。

生歸館後，功名之心頓釋，日夕惟思慕嬌娘而已。恨不能吐盡心素與款語〔三〇〕，故常〔三一〕意屬焉。舅妗皆以生久不相見，款留備至。生亦自幸其相留，冀得乘間致款曲〔三二〕於嬌娘也。平常〔三三〕出入舅家，周旋堂廡，雖終日得與嬌娘遊從，未嘗敢一妄言相及〔三四〕。生因察其動静，見嬌言笑舉止，常有疑猜不足之狀〔三五〕。生知其賦情特〔三六〕甚也，求所以導情達意〔三七〕之便而未能得。

一夕，嬌晚繡緑窗〔三八〕下，倚床〔三九〕視荼蘼花，久不移目。生輕步躡其後，嬌不知也，因浩然長嘆。生知其有所思，因低聲問曰：「爾何於此佇視〔四〇〕長嘆也？將有思乎？將有約乎？」嬌不答，良久乃曰：「兄何自〔四一〕來？此日晚矣，春寒逼人，兄覺之乎？」生知嬌以他辭相拒，因應曰：「春寒，固也。」嬌正視〔四二〕，逡巡引去。生獨歸室，似覺〔四三〕無聊，乃作一詞書于寓室之東〔四四〕，以寓意焉。詞曰〔四五〕：

庭院深沉，遲遲日上荼蘼架。芳叢相亞〔四六〕，妝點春無價。○玉體香肌，妙手〔四七〕應難畫。還驚訝，春心蕩也，誰共遊蜂話？

——右調《點絳唇》

【集評】

《評釋嬌紅記》眉批

評「申純，字厚卿，祖汴人也……故賢士大夫多推譽焉」：按記載，申生出于世家，穎悟絕倫。蚤歲領薦，亦偉人也。

評《摸魚兒・錦城西》：高人達士，一登臨間而山川勝概宛然在目，故其形之辭章，自是清新俊逸，膾炙人口。

評「再命侍女飛紅呼嬌娘出見」：申生與嬌娘乃父族中表之戚，禮當見拜。

評「生起見之，不覺自失」：一見嬌姿光采動人，生之春心有不自持者。少年故態，比比然也。

評「因室於堂之東，去堂二十餘步」：館生於堂東之耳房，去内室伊邇，佳期可待矣。

評「一夕，嬌晚繡紅窗下，倚床視荼蘼花，久不移目。生輕步踵其後，嬌不知也。因浩然長嘆」：嬌娘居繡閣而观花，據胡床而興嘆，殆亦有所思者。

評《點絳唇・庭院深沉》：古詩所謂「如花還解語，似玉又生香」是也。

四十卷本《艷異編》眉批

評「門枕碧流……特起望外」：便寫景。

評「雙鬟綰緑，色奪圖畫中人。朱粉未施，而天然殊瑩」：如此國色，何用胭脂粉黛？

十二卷本《艷異編》眉批

評「門枕碧流……特起望外」：便寫景。（按：同於四十卷本眉批。）

評「雙鬟綰緑，色奪圖畫中人。朱粉未施，而天然殊瑩」：天姿，何用脂粉？（按：略同於四十卷本眉批。）

評「嬌不答，良久乃曰」：覺有挑動意。

評「適方出浴未理妝，故欲少俟」：自來佳人不易見。

《花陣綺言》旁批

評「雙鬟綰緑，色奪圖畫中人。朱粉未施，而天然殊瑩」：天生佳人，自然不同。

評「功名之心頓釋，日夕惟思慕嬌娘而已」：信乎其美色能令人蕩心！

評「此日晚矣，春寒逼人，兄覺之乎？」：所謂「女大不中留」，見美男子亦自動情。

《風流十傳》目録題詞

嬌爲申死，申爲嬌縊，傳不名「嬌申」，而名「嬌紅」者，何故？蓋嬌之遇申也，唯紅是礙；繼而得申也，亦惟紅是猜；及嬌之距申、申之要誓、嬌之不敢肆意、申之不得不歸者，皆以紅之故也。況紅又救申於鬼魅，又許聘於舅前，又遣申以見嬌之危病，又親治合葬事，以完嬌之志乎！故曰「嬌紅」，言無紅無以成嬌之局也。

余本《燕居筆記》題解

（按：同於《風流十傳》目録題詞。）

【釋義】

《評釋嬌紅記》「釋義」專欄

按：以下在「右調《摸魚兒》」後：

洛陽：《大明一統》註云：「屬河南，東漢所都。」《水經》云：「水北爲陽。洛陽在洛水之北，故曰洛陽。」

成都：前乃蜀地，今乃四川成都府是也。

六經：《詩》《書》《易》《春秋》《禮記》也。宋真宗《勸學文》：「男兒欲遂平生志，六經勤向窗前讀。」

風情：東坡詩云：「消磨〔四八〕未盡只風情。」

宣和：宋徽宗年號。

信宿：初宿曰宿，再宿曰信。

按：以下在「右調《點絳唇》」後：

附耳：《漢書》：「張良、陳平附耳語言，能禁信之自王乎？」

鉛粉：古樂府有「懶匀鉛粉妝點難」。

畫中人：張君房《麗情集》：河東府娼崔徽與裴敬中善。後敬中使還，崔徽不得從，乃對鏡寫真，曰：「一旦不如畫中人〔四九〕。」

款曲：（按：書葉殘破，略）言不與人款曲。

疑猜：（按：書葉殘破，略）無疑猜。

正視：楊子（按：書葉殘破，中略）正不聽，非正不言（按：書葉殘破，中略）行者。

妝點春無價：（按：書葉殘破，略）精神。

玉體：博記大（按：書葉殘破，中略）玉體。

妙手難畫：杜詩（按：書葉殘破，中略）師亦無數妙手不可遇（按：書葉殘破，略）。

【校證】

〔一〕汴：《繡谷春容》作「沛」。

〔二〕「於成」二字逢書葉殘破，據他本補。

〔三〕天姿：林本、《花陣綺言》、《繡谷春容》、《風流十傳》作「天資」。

〔四〕卓越：《繡谷春容》作「超越」。

〔五〕接物：《繡谷春容》作「文物」。

〔六〕舅舅：《艷異編》《花陣綺言》作「母舅」。

〔七〕因賦詞一闋：《艷異編》、林本作「因賦《摸魚兒》詞一闋」。

〔八〕山川景物：林本誤作「山川景外」。《花陣綺言》作「山川」。十二卷本《艷異編》作「其」。

〔九〕深沉院宇：此據林本、何本、《花陣綺言》。單行本、《艷異編》作「深深院」。因後文形容舅宅，有「庭院深深寂不嘩」「庭院深沉，遲遲日上荼蘼架」「院宇深沉，簾幕掩映」等句，此處「深沉院宇」「深深院」兩可。依照《摸魚兒》詞牌字數規定，取「深沉院宇」。

〔一〇〕幕：此據《艷異編》。單行本、林本、《花陣綺言》、十二卷《艷異編》作「幙」，後同，不再出註。

〔一一〕鎮日價歌舞：此據《艷異編》。單行本作「鎮日看歌舞」，林本、《花陣綺言》作「鎮日歌金縷」。

〔一二〕下闋「金閨彥」至「誰爲主」：四十五卷本《艷異編》作「金閨彥，早歲歸占住。小生平昔依慕。

今朝走馬行來近，試倚繡鞍凝佇。君莫去，且道十分幽意誰爲主？」四十卷本、十二卷本《艷異編》後數句作「今朝走馬行來近，試綺繡鞅凝駕。君真真，且從守分，幽意誰爲主？」林本、《花陣綺言》作「村落人閭里，一水拖藍，兩山排翠。晝長人静重門閉，又過芳郊別地。小生平昔依慕，幽意誰爲主？」《風流十傳》似從林本和《花陣綺言》删節。此處單行本符合《摸魚兒》詞牌上闋六仄韻、下闋七仄韻之規定。

〔一三〕《艷異編》詞牌皆前置。林本、何本、《花陣綺言》詞牌位置時前時後，無規律可循。後同，不再出註。

〔一四〕舅見之，遂引生至中堂：此據《艷異編》。單行本作「舅引生至中堂」，林本、何本、《花陣綺言》作「舅見之盡禮，遂引生至中堂」。

〔一五〕生進拜，禮畢就位：單行本無「生」字，《艷異編》無「禮」字，林本、何本、《花陣綺言》無「禮畢」二字。

〔一六〕舅每詢問：此據《花陣綺言》。單行本作「舅舅問來因」，林本、何本作「舅舅詢問」。

〔一七〕應對：林本、何本、《花陣綺言》作「答應」。

〔一八〕舅每詢問，生應對愈恭：《艷異編》無此句。

〔一九〕未經妝：《艷異編》同單行本。林本、何本、《花陣綺言》作「未梳妝」。

〔二〇〕此處諸本有小字標註：「生，第三」。

〔二一〕此處諸本有小字標註：「嬌，第百一」。

〔二二〕百一姐姑舅至親，禮當請見：《艷異編》作「百一姐無他故，姑俟何如？」林本、何本作「百一姐無他故，姑俟日後請見」。《花陣綺言》作「百一姐無他故，姑俟日後請相見」。

〔二三〕三哥一家至戚：《艷異編》作「三哥家人也」，林本、何本、《花陣綺言》作「三哥一家人」。

〔二四〕鬟：《艷異編》《風流十傳》同單行本。林本、何本、《花陣綺言》作「髮」。

〔二五〕竟：《艷異編》《風流十傳》同單行本。林本、何本、《花陣綺言》作「畢」。

〔二六〕蕩：《花陣綺言》作「動」。

〔二七〕笑：《艷異編》同單行本。林本、何本、《花陣綺言》作「語」。

〔二八〕因室於堂之東：《艷異編》、林本、何本、《花陣綺言》作「因室之於堂之東」，《繡谷春容》作「因寓之於堂之東」。

〔二九〕二十：《花陣綺言》作「三十」。

〔三〇〕恨不能吐盡心素與款語：《艷異編》同單行本。林本、何本「心素」作「心事素」。《花陣綺言》作「恨不能吐盡心事，素語浹洽」。心素，即心意、情愫，亦作「心愫」。唐李白《寄遠》其八：「兩不見，但相思，空留錦字表心素，至今緘愁不忍窺。」北宋郭祥正《酬李從道太博》：「相逢彼此驚遲暮，筆下琳琅寫心素。」

〔三一〕常：諸本作「嘗」。「嘗」「常」兩通，據通行用字選定「常」。

〔三二〕款曲：《花陣綺言》作「衷曲」。

〔三三〕平常：諸本作「平嘗」。「嘗」「常」兩通，據通行用字選定「常」。

〔三四〕未嘗敢一妄言相及：此據《花陣綺言》。單行本、《艷異編》作「未嘗敢妄一邪言相及」。林本作「未嘗敢妄邪言相及」。何本作「未嘗敢□邪言相及」。

〔三五〕狀：何本作「意」。

〔三六〕特：《繡谷春容》作「忒」。

〔三七〕導情達意：此據他本。單行本作「道情達意」。導情達意，即導達情意，導達爲表達、傳達之意。

〔三八〕緑窗：此據何本、《繡谷春容》。單行本、《艷異編》、林本、《花陣綺言》作「紅窗」。

〔三九〕倚床：《艷異編》同單行本。林本、何本、《花陣綺言》作「依窗」。《風流十傳》作「倚窗」。

〔四〇〕佇視：此據《艷異編》《風流十傳》。單行本、林本、何本、《花陣綺言》作「仰視」。

〔四一〕何自：《艷異編》、林本、何本同單行本。《花陣綺言》作「自何」。

〔四二〕正視：何本作「止視」，誤。

〔四三〕似覺：他本無此二字。

〔四四〕乃作一詞書于寓室之東：林本、何本近之，惟「作」作「賦」。《艷異編》作「乃書《點絳唇》一詞於寓室之東」。《花陣綺言》作「乃賦一詞書於壁」。《風流十傳》簡略爲「賦詞書壁」。

〔四五〕詞曰：《花陣綺言》無此二字。

〔四六〕相亞：《艷異編》《風流十傳》同單行本。林本、何本、《花陣綺言》作「瀟灑」。「亞」有低垂、低壓之意。北宋趙炅《太平興國七年季冬大雪賜學士》：「輕輕相亞凝如酥，宮樹花裝萬萬株。」

南宋洪适《得江樓》：「繁卉渾相亞，新篁便可憐。」歐陽脩《漁家傲》亦曰：「葉重如將青玉亞，花輕疑是紅綃掛。」

〔四七〕妙手：他本作「好手」。

〔四八〕「消磨」二字逢書葉殘破，據蘇軾詩《和致仕張郎中春書》補。

〔四九〕《麗情集》作「一日不見卷中人」。

自後，日間聚會，或共飲宴〔一〕，或同歌笑。中生言稍涉邪，嬌則斂袂〔二〕正色，若將不可犯。生雖慕其美麗，然其不相領略，以謂嬌年幼情簡，不諳世事，因不介意。

一日，舅有他甥至，舅妗亦留之。至晚，舅開宴，中生預坐〔三〕。酒至半，妗起酌酒，勸他甥。舅將酣〔四〕，嬌時陪立妗後贊之。令溢觴酒至生〔五〕，生力辭。妗曰：「子素能飲，獨不能爲我開懷乎？」生辭以失志功名且病，又〔六〕已醉甚，不能復加。妗未答，嬌因參言其後曰：「三兄動容，似不任酒力矣，姑止此。」妗因輟瓶授觴，生再拜而飲，因喜不自勝。既畢，妗退步，酌酒勸舅。中生之前燭燼長而暗，嬌因促步至燭前，以手彈燭，因流視〔七〕語生曰：「非妾，則兄醉甚矣。」生謝曰：「此恩當銘肺腑。」嬌微笑曰：「此乃恩乎〔八〕？」生曰：「意重於此矣。」語未畢〔九〕，姈因索水滌觴，嬌乃引去。自此，生復留意。

一夕，嬌〔一〇〕獨坐於堂側惜花軒内。生偶至座〔一一〕側，見嬌凭欄無〔一二〕語，徙倚沉吟。時花檻中有牡丹數本，欲開未開，生〔一三〕因爲〔一四〕二絶以戲之。詩〔一五〕曰：

亂惹祥煙倚粉墻，絳羅輕捲映朝陽。芳心一點千重束，肯念凭欄人斷腸？

○又〔一六〕

嬌姿艷質不勝春，何意無言恨轉深？惆悵東君不相顧，空餘一片惜花心。

生援筆寫此二詩以示嬌。嬌巡簷展誦，傾環低面，欲言不言。正凝思〔一七〕間，忽聽流鶯睍睆〔一八〕，如道人意中事。生又揮毫作詞一章以贈之。詞〔一九〕曰：

園林過雨，問滿目媚景，是誰爲主？翠柳舒眉，黄鶯〔二〇〕調舌，鎮日恣狂歌舞。金衣公子，何事牽惹、萬千愁緒？芳草地，有香車寶馬，駢闐來許〔二一〕。○原據〔二二〕行樂處，好景良辰，休把輕〔二三〕辜負。一種春風，幾多圖畫〔二四〕，聽取〔二五〕綿蠻簧語。又向暗巢偷眼，欲啄花心無路。知墻外，待放伊飛過〔二六〕，傍人低訴。

——右調《喜遷鶯》

嬌覽之未畢，忽聞妗語聲。嬌乃擕此詞並前二詩，藏之袖間，徐步趨〔二七〕歸堂中〔二八〕。生〔二九〕悵恨〔三〇〕久之，歸室，殆無以爲懷，因作一絶，題於堂西之緑窗上。詩曰：

日影侵階〔三一〕睡正醒，篆煙〔三二〕如縷午風平。玉簫吹盡霓裳調，誰識林中鶯語聲〔三三〕？

後二日，生侍舅他出〔三四〕。嬌因至生卧室，見東窗有《點絳唇》詞一首〔三五〕，西窗有詩一絶，躊躇玩味，不忍舍去。知生之屬意有在，乃濡筆和其西窗之韻，以寄意焉。詩曰：

春愁壓夢苦難醒，天迥〔三六〕風高漏正平。魂斷不堪拾集〔三七〕處，落花枝上曉鶯聲。

生歸，見嬌所和詩，顧得之心，踰於平常。朝夕惟求間便，以感動嬌〔三八〕。然嬌或對或否，或相親暱，或相違背。生不測其意，莫得而圖之。

【集評】

《評釋嬌紅記》眉批

評「生雖慕其美麗，然其不相領略」：此與辜生詞云「萬緒千愁、惱人腸肚事，有誰共說？多麗多嬌，有情有意，特〔三九〕地爲人撩撥」同意。

評「嬌因參言其後曰：『三兄動容，似不任酒力矣，姑止此。』妗因輟瓶授觴，生再拜而飲」：古諺云：「斟酒爲情減酒情。」妗之勸飲，嬌之輟瓶，皆情之所鍾也。

評生之吟牡丹「二絶」：《懷春集》詞：「百寶闌干，名花一捻紅妝巧。數枝濃艷，整點春多少。錦蕚檀心，畫手描難就。東君道，韶光易老，好買千金笑。」

評《喜遷鶯・園林過雨》：此生借鶯爲喻，其戀慕之情，溢于言外矣。

評「日影侵階睡正醒」一絶：古詩云：「話盡春愁雙紫燕，唤回午夢一黄鸝。」與此意同。

評「生歸，見嬌所和詩，頗得之心，踰於平常。朝夕惟求間便，以感動嬌。然嬌或對或否，或相親暱，或相違背。生不測其意」：此所謂才子多情、佳人薄倖乃爾。

四十卷本《艷異編》眉批

評「聽取綿蠻簧語。又向暗巢偷眼」：如泣如訴。

十二卷本《艷異編》眉批

評「既畢，妗退步，酌酒勸舅。申生之前燭燼長而暗，嬌因促步至燭前，以手彈燭……意重於此矣」：序事極詳極婉。

《花陣綺言》旁批

評「凝眸正色」：强做作。

評「三兄動容，似不任酒力矣」：真有心人，便肯説方便。

評「嬌因促步至燭前，以手彈燭，送目語生曰：『非妾，則兄醉甚矣。』」：極快意，好關目！

評「此非恩乎？」：未思沾寵。

評生吟牡丹之「二絶」：二絶皆托物寓意。（按：此非旁批，爲單行小字批語，緊接於第二首絶句之後。）

余本《燕居筆記》旁批

評「非妾，則兄醉甚矣」：自意得的。

【釋義】

《評釋嬌紅記》「釋義」專欄

按：以下在「春愁壓夢苦難醒」一詩後：

正色不可犯：《文中子·關朗篇》曰：「常有不可犯之色，故小人遠焉。」

美麗：《荀子·非相篇》：「莫不美麗姚冶〔四〇〕，奇衣婦飾，血氣態度擬於女子。」

銘肺腑：《傳》云：「銘恩肺腑，與此身而俱存。」

人斷腸：淑真詩：「不是愁人也斷腸。」

千重束：東坡詞：「濃艷一枝細〔四一〕看取，芳心千重似〔四二〕束。」

東君：淑真詩：「惆悵東君太情薄。」

睍睆：《詩・邶〔四三〕風・凱風》四章云：「睍睆黃鳥，載好其音。有子七人，莫慰母心。」

金衣公子：《開元遺事》：「明皇每於禁苑中見黃鶯，呼爲『金衣公子』。」

一種春風：吴惟信《春閨怨》云〔四四〕：「别是春風一種愁。」

綿蠻：鳥聲也。《詩・小弁》：「綿蠻黃鳥，止于丘隅。」

簧語：巧言如簧。

低訴：柳永詞〔四五〕：「曉來枝上綿蠻，似把芳心、深意低訴。」

玉簫：《列仙傳》：蕭史，秦穆公時人。善吹簫，與穆公女弄玉吹簫作鳳鳴，後隨鳳去。又李易安有「玉簫聲斷人何處」。鸞□似鳳聲。潘岳《笙賦》：「寫〔四六〕凰翼以採羽，摹鸞音而厲聲。」

魂斷：康伯可詞：「斷魂，斷魂，不堪聞。被半温，香半薰。」〔四七〕

【校證】

〔一〕日間聚會，或共飲宴：林本、何本、《花陣綺言》同單行本。《艷異編》作「日聚飲宴」。

〔二〕斂袂：《艷異編》作「凝袂」。林本、何本、《花陣綺言》、《風流十傳》作「凝眸」。

〔三〕預坐：《風流十傳》作「與坐」。預坐，即參席、入坐。清平山堂刊本《六十家小說・柳耆卿詩酒甑江樓記》：「縣宰設計，乃排宴於甑江樓上，令人召周月仙歌唱，卻乃預令舟人假作客官預坐。」南宋末黄庚有詩題爲《九日會王修竹西樓，預坐者七人。以「落霞與孤鶩齊飛」分韻。予得落字，即席走筆》，亦用此意。

〔四〕勸他甥。舅將酣：《繡谷春容》作「生亦起，兩相推遜。他甥、舅將酣」。

〔五〕酒至生：此據林本、何本、《花陣綺言》、《風流十傳》。單行本、《艷異編》作「酒至」。

〔六〕又：《艷異編》作「久」，接上句。林本、何本、《花陣綺言》作「今」。

〔七〕因流視：《艷異編》同單行本。林本、何本、《花陣綺言》作「送目」。流視，眼睛流轉顧盼之態。《漢書·外戚傳·孝武李夫人》：「燕淫衍而撫楹兮，連流視而娥揚。」明王世貞《擬古》其十九：「微音長辭聽，手澤時流視。」

〔八〕此乃恩乎：此據四十卷本、十二卷本《艷異編》。單行本、四十五卷本《艷異編》、林本、何本、《花陣綺言》作「此非恩乎？」《繡谷春容》作「此豈恩乎？」

〔九〕「矣語未畢」四字，單行本書葉殘破，據他本補。

〔一〇〕「留意一夕嬌」五字，單行本書葉殘破，據他本補。

〔一一〕座：此據《艷異編》、林本、何本。單行本、《花陣綺言》作「坐」。

〔一二〕「側見嬌凭欄無」六字，單行本書葉殘破，據他本補。

〔一三〕「本欲開未開生」六字，單行本書葉殘破，據他本補。

〔一四〕爲：《艶異編》同單行本。林本、何本、《花陣綺言》作「吟」。

〔一五〕《艶異編》無「詩」字。

〔一六〕《艶異編》無「又」字。

〔一七〕凝思：此據《艶異編》。單行本、林本、何本、《花陣綺言》作「疑思」。

〔一八〕睍睆：謂鳥形態美好或鳴聲清和圓轉，音 xiàn huǎn。《詩·邶風·凱風》：「睍睆黄鳥，載好其音。」毛《傳》：「睍睆，好貌。」朱熹《集傳》：「睍睆，清和圓轉之意。」北宋梅堯臣《寄題楊敏叔虢州吏隱亭》：「花草發瑣細，禽鳥啼睍睆。」南宋蔡沈《寄贈江寧劉明府》：「翩翩有幽禽，睍睆發清聲。」

〔一九〕《艶異編》無「以贈之詞」四字。

〔二〇〕黄鶯：此據《花陣綺言》。單行本、《艶異編》、林本、何本作「黄鸝」。因前敘嬌娘「聽流睍睆」，故取「黄鶯」。

〔二一〕來許：《花陣綺言》作「幾許」。

〔二二〕原據：此據林本、何本。單行本作「元據」。《艶異編》作「無據」。《花陣綺言》作「原無據」。

〔二三〕輕：《花陣綺言》作「空」。

〔二四〕圖畫：《花陣綺言》作「描畫」。

〔二五〕聽取：《花陣綺言》奪「取」字。

〔二六〕過：《艶異編》同單行本。林本、何本、《花陣綺言》作「向」，歸下句。

〔二七〕趨：此據《艷異編》、林本、《花陣綺言》。何本、單行本作「趍」。趍，趨之異體字也。

〔二八〕堂中：《花陣綺言》作「室中」。

〔二九〕生：此據林本、何本、《花陣綺言》。單行本、《艷異編》作「坐」，歸屬上句。

〔三〇〕悵恨：《艷異編》、林本同單行本。何本、《繡谷春容》、《花陣綺言》作「惆悵」。

〔三一〕侵階：《艷異編》作「縈階」。

〔三二〕篆煙：《艷異編》、何本、《繡谷春容》、《風流十傳》同單行本。林本、《花陣綺言》作「篆香」。

〔三三〕誰識林中鶯語聲：何本、《繡谷春容》同單行本，林本「鶯」作「鸞」。《艷異編》《花陣綺言》《風流十傳》作「誰識鸞聲與鳳聲」。

〔三四〕生侍舅他出：此據林本、《花陣綺言》。單行本、《繡谷春容》「侍」作「待」，何本「生」作「甥」。《艷異編》作「舅他出」。單行本、《繡谷春容》和《艷異編》未指明申生同嬌父外出，不妥，因生之缺席可使嬌娘有機會潛至其室。《風流十傳》此處便改作「嬌侯生、舅他出」。

〔三五〕詞一首：何本作「一首詞」。

〔三六〕天迥：《繡谷春容》同單行本。林本、何本誤作「未迥」。《艷異編》《花陣綺言》《風流十傳》作「日迥」。

〔三七〕拾集：林本、何本同單行本。《艷異編》《花陣綺言》作「初起」。

〔三八〕嬌：《艷異編》同單行本。林本、何本、《花陣綺言》作「嬌娘」。

〔三九〕評語原文作「時」，據《鍾情麗集》改。
〔四〇〕釋義原文誤作「治」。
〔四一〕釋義原文「細」作「花」，據蘇軾《賀新郎·乳燕飛華屋》改。
〔四二〕釋義原文誤作「以」，據蘇軾《賀新郎·乳燕飛華屋》改。
〔四三〕釋義原文誤作「抑」。
〔四四〕釋義原文誤作「後主《閨怨》云」。
〔四五〕釋義原文誤作「東坡詞」。
〔四六〕釋義原文誤作「鳳」，據《笙賦》改。
〔四七〕此句出自《江城梅花引·閨情》。

一日，舅妗開宴，自午至暮。酒散，舅妗起歸舍，生獨危坐堂中，欲即外舍。俄而嬌至筵所，將〔一〕左髻鈿釵，挑博山裡餘香〔二〕。生因曰：「夜分人寢矣，安用此？」嬌曰：「香貴長存，安可以夜深棄之？」生又繼之曰：「篆灰有心，足矣。」嬌不答，乃行近堂階〔三〕，開簾仰視，月色如晝。因呼小蕙〔四〕畫月，以記夜漏之深淺。乃顧生曰：「月已至此，夜幾許？」生亦起，下階，瞻望星漢，曰：「織女將斜河，夜深矣。」因曰：「月白風清，如此良夜何？」嬌曰：「東坡鍾情何厚也！」生曰：「奇美特異者，情有甚於此焉，可以此誚東坡也？」嬌曰：「兄出此言，應彼此苦衆矣，於我何獨無之？」生曰：「然則實有也。不然，則佳句所謂『壓夢』者果何物而『苦難醒』乎？」言情頗狎。嬌因促步下階，逼生曰：「兄謂『織女斜河』，何在也？」生見嬌之驟近〔五〕，恍然自失，未及即對。俄聞户内妗問嬌〔六〕寢未，嬌乃遁去。

次日，生追憶昨夕之事，自疑有獲〔七〕。然每思遇事〔八〕多參商，愈不自〔九〕足，乃作一詞，以紀月夜之事。詞曰：

春宵陪宴，歌罷酒闌人正倦。危坐中堂，倏見仙娥出洞房。○博山香燼，素手重添銀漏永。織女斜河，月白風清良夜何！

——右調《減字木蘭花》

次日晨起，生入揖妗。既出，遇嬌於堂西小閣中。嬌時對鏡畫眉未終，生近前謂之曰：「蘭煤燈燼邪〔一〇〕？燭花也？」嬌曰：「燈花耳。妾用意積之〔一一〕，近方得之。」生曰：「若是，則願以一半丐我書家信。」嬌遂肯與〔一二〕，令生分其半。生舉手分煤，油污其指，因謂〔一三〕嬌曰：「子宜分以遺我，何重勞客耶？」嬌曰：「既許君矣，寧惜此？」遂以指決煤之半以贈生，因牽生衣〔一四〕拭指污處〔一五〕，曰：「緣兄得此，可作無事人耶？」生笑曰：「敢不留以爲贄？」嬌因變色曰：「妾無他意，君何戲我？」生見嬌色變，恐妗知之，因趨〔一六〕出，珍藏所分之煤于枕〔一七〕中。因作一詞以記之，詞云：

試問蘭煤燈燼，佳人積久方成。殷勤一半付多情，油污不堪自整。○妾手分來的的，郎衣拭處輕輕。爲言留取表深誠，此約又還未定。

——右調《西江月》

自後，生心摇蕩特甚，不能頃刻少置〔一八〕。伏枕黄昏，迴腸九曲〔一九〕，思欲履危道以實嬌心而未獲。

一日，暮春小寒，嬌方擁爐獨坐。生自外折梨花一枝入來〔二〇〕。嬌不起，亦不〔二一〕顧生。生乃擲花於地。嬌驚視，徐起，以手拾花，詢生曰：「兄何棄擲此花也？」生曰：「花淚盈暈，知其意何在？故棄之。」嬌曰：「東皇故自有主，夜瓶〔二二〕一枝以供玩好足矣，兄何索之深也？」生曰：「已荷重諾，無悔。」嬌笑曰：「將何諾？」生曰：「試思之。」嬌不答，因謂生曰：「風差勁，可坐此共火。」生欣然即席，與嬌俱〔二三〕坐，相去僅尺餘。嬌因撫生背曰：「兄衣厚否？恐寒威相淩逼也。」生恍然曰：「能念我寒，而不念我斷腸耶？」嬌笑曰：「何事斷腸？妾當爲兄謀之。」生曰：「無戲言！我自遇子之後，魂飛魄揚〔二四〕，不能著體，夜更苦長，竟夕不寐。汝方以爲戲，足見子之心也。予每見子言語態度非無情者，及予言深情切〔二五〕，則子變色以拒〔二六〕，豈果〔二七〕不解世事，而爲是沾矯〔二八〕哉？諒孱繆之跡，不足以當雅意；深藏自閉〔二九〕，將有售也。今日一言之後，余將西騎矣，子無苦戲我！」

嬌因慨然良久，曰：「君疑妾矣，妾敢無〔三〇〕言？妾知兄心久〔三一〕矣，豈敢固自鄭重，以要君也？第恐不能終始，其如後患何？妾亦〔三二〕數月以來〔三三〕，諸事不復措意，寢夢不安，飲食俱廢，君所不得知也。」因長吁曰：「君疑甚矣！異日之事，君任之。果不濟，當以死謝君。」生曰：「子果有志，則以策我。」嬌未及答，俄然舅自外至，生因起出迎舅。嬌亦反室〔三四〕，不可再語。生乃作一詞以記其事，詞曰：

懊恨東君，催趲去程，春意牢落。梨花粉淚溶溶〔三五〕，知是爲誰輕別？銜寒向晚〔三六〕，特地折取歸來，佳人無語從地擲。瞥見卻驚猜〔三七〕，忍使芳塵歇！○收拾道明窗淨几〔三八〕，瓶裡一枝，便添風月。因念多才，值此苦寒〔三九〕時節。近漸〔四〇〕消滅，料有萬斛春愁，芭蕉未展丁香結。甚日把山盟，向枕前設〔四一〕？

——右調《石州引》

又越兩日，生淩晨起，攬衣向堂西緑窗內〔四二〕而立，背面視井簷。不知此時嬌亦起，在隔窗内理妝矣。生因〔四三〕誦坡詩曰：「爲報鄰鷄莫〔四四〕驚覺，更容殘夢到江南。」嬌聞之，自窗内呼生曰：「君有鄉間之念乎？」生因窺窗〔四五〕語嬌曰：「衷〔四六〕腸斷盡，無由道意，只得〔四七〕歸矣。」嬌曰：「君果誕妾耶？既無意於妾〔四八〕，何前〔四九〕委罪之深也？」生因笑曰：「予豈無意，第被子苦久矣。然則若何謀之？」嬌曰：「今日間人衆，無可容計〔五〇〕。東軒抵〔五一〕妾寢室，軒西便門達熙春堂，堂透荼蘼架。君寢室外有小窗，今夕若晴霽，君自寢所踰外窗，度荼蘼架，至熙春堂下。此地人罕花密，當與君會也。」生聞之，欣然自得，唯俟日暮得諧所願。至晚，不覺暴雨大作，花陰浸潤，不復可期。生悵恨不已，因作一詞，援筆書之，以寫怏怏之懷。詞曰：

曉窗寂寂驚相遇，欲把芳心深意訴。低眉斂翠不勝春，嬌囀〔五二〕櫻唇紅半吐。○匆匆已約歡娱處，可恨無情連夜雨。枕孤衾冷不成眠，挑盡殘燈天未曙。

——右調《玉樓春》

【集評】

《評釋嬌紅記》眉批

評「因呼小蕙畫月，以記夜漏之深淺。乃顧生曰：『月已至此，夜幾許？』生亦起，下階，瞻望星漢曰：『織女將斜河，夜深矣。……則佳句所謂「壓夢」者果何物而「苦難醒」乎？』」：嬌命侍女添香記月，與生仰看牛、女。及問「壓夢難醒」之句，心下有幾分順矣。

評「遂以指決煤之半以贈生，因牽衣拭指污處，曰：『緣兄得此，可作無事人耶？』」：观嬌娘分煤戲謔之言，其注意於生見矣。

評《西江月・試問蘭煤燈燼》：隋煬帝宮中競畫娥眉，司宮吏日進螺子黛三斛，以代蘭煤燈燼。《春恨》辭云：「香臉輕勻，黛眉巧畫宮妝淺。」

評「思欲履危道以實嬌心」：履危涉險以表真識，亦是常套。

評「生乃擲花於地。嬌驚視，徐起，以手拾花，詢生曰……」：唐伯虎妻云：「問郎花好奴顏好，郎道不如花窈窕。佳人見説發怒嗔[五三]，不信死花勝活人。將花揉碎擲郎前，請君今夜伴花眠！」

評「第恐不能終始，其如後患何？」：此見嬌娘之謹始慮終，非貪歡賣俏者比也。

評《石州引・懊恨東君》中「芳塵」一詞：「芳塵」，乃梁石虎造樓十丈，飄香屑下，故云。

評「生因誦坡詩曰：『爲報鄰鷄莫驚覺，更容殘夢到江南。』」：古詩云：「枕上片時春夢間，行盡江南數千里。」此述古意。

評「生聞之，欣然自得，唯俟日暮得諧所願。至晚，不覺暴雨大作，花陰浸潤，不復可期」：《鍾情》詞云「十回密約九回孤」，可爲此評。

四十卷本《艷異編》眉批

評「則佳句所謂『壓夢』者果何物而『苦難醒』乎？」：何□以對？

評「妾手分來的的，郎衣拭處輕輕」：不落時套。

評「生乃擲花於地。嬌驚視，徐起，以手拾花，詢生曰：『兄何棄擲此花也？』生曰：『花淚盈暈，知其意何在？故棄之。』」：各各有意。

評「嬌因撫生背曰：『兄衣厚否？恐寒威相淩逼也。』生恍然曰：『能念我寒，而不念我斷腸耶？』」：□步緊□。

評「今日一言之後，余將西騎矣，子無苦戲我」：急話，亦是毒話。

評「豈敢固自鄭重，以要君也？第恐不能終始，其如後患何？」：只得直說。

評「生誦坡詩曰：『爲報鄰雞果驚覺，更容殘夢到江南。』」：又變一計。

評「嬌曰：『今日間人衆，無可容計。東軒抵妾寢室，軒西便門達熙春堂……此地人罕花密，當與君會也。』」：好了，有門路了。

評「不覺暴雨大作，花陰浸潤，不復可期」：老天不肯行方便。

十二卷本《艷異編》眉批

評「抽左髻鈿釵，匀博山理餘香」：此正動人處。

評「篆灰有心，足矣」：兩有心語。

評「嬌曰：『既許君矣，寧惜此？……緣兄得此，可作無事人耶？』……嬌因變色」：種種情緒。

評《西江月·試問蘭煤燈燼》：不落時套。（按：同於四十卷本眉批。）

評「花淚盈暈，知其意何在？」：各各有意。（按：同於四十卷本眉批。）

評「及予言深情味，則子變色以拒……余將西騎矣，子無苦戲我」：急話，毒話！（按：略同於四十卷本眉批。）

評「豈敢固自鄭重，以要君也？第恐不能終始，其如後患何？」：只得直説。（按：同於四十卷本眉批。）

評「果不濟，當以死謝君」：堅如金石。

評「生誦坡詩曰：『爲報鄰雞果驚覺，更容殘夢到江南。』」：又變一計。（按：同於四十卷本眉批。）

評「不覺暴雨大作，花陰浸潤，不復可期」：老天不肯行方便。（按：同於四十卷本眉批。）

《花陣綺言》旁批

評「俄而嬌至筵所」：親近意。

評「抽左髻鈿釵，勻博山裡餘香」：好景況。

評「香貴長存，安可以夜深棄之？」：有心譏諷。

評「因呼侍女小蕙畫月，以記夜漏之深淺」：此時孤男寡女不宜同行同坐。

評「乃顧生曰：『月已至此，夜幾許？』生亦起，下階，瞻望星漢」：情動于中，禮防于外。兩人欲火大熾，故以模弄不自安。

評「嬌因促步下階」：也動。

評「恍然自失」：疑喜特甚。

評「俄聞户内妗問嬌娘寢未」：可恨。

評「蘭煤燈燼即燭花也？」：何勞你説，可不羞？

評「燈花耳。妾用意積久，近方得之」：有心。

評「子宜分以遺我，何重勞客耶？」：著意調戲，一步緊一步。

評「遂以指決煤之半以贈生」：慷慨喜悦，情意兩輸。
評「因牽生衣拭其指污處」：有趣有趣。
評「緣兄得此，可作無事人耶？」：明自相許。
評「嬌因變色曰：『妾無他意，君何戲我？』」：自家做事，撩人起心，何得又怒？
評「因趨出」：終自膽怯。
評「珍藏所分之煤於筒中」：十襲藏之，可爲寶證。
評「生乃擲花於地」：假！狠做作。
評「花淚盈暈，知其意何在？故棄之」：雙關巧話。
評「異日之事，君任之。果不濟，當以死謝君」：都説白［自］真心真話。
評「度荼蘼架，至熙春堂下」：漸入佳境。
評「此地人罕花密，當與君會也」：好個静處，卻如聖旨下。
評「不覺暴雨大作」：天作對。

《風流十傳》旁批

評「嬌因促步下階」：好光景！
評「生曰：『花情雖可掬，第無意屬人〔五四〕。』」：好！

余本《燕居筆記》旁批

評「因牽生衣拭指曰：『緣兄污指，兄可作無事人耶？』」：善識其意。

【釋義】

《評釋嬌紅記》「釋義」專欄

按：以下在《西江月・試問蘭煤燈燼》一詞後：

博山：《事物紀原》：「《黃帝內傳》有博山爐，蓋王母遺帝者，蓋其名起於此爾〔五五〕。漢晉以來，盛用於此。」

篆灰有心：杜詩云：「牡丹一寸灰，月色如晝〔五六〕。」《唐史遺事》録蘇頲與李乂〔五七〕對掌文誥，玄宗〔五八〕顧念之深。八月十五夜，於禁中直宿，諸學士玩月。時長天無雲，月色如晝。蘇曰：「今夜清光可愛，何用燈燭？」遂徹去。

月白風清：蘇子瞻《赤壁賦》云：「有客無酒，有酒無殽。月白風清，如此良夜何！」

織女：《拾遺記》：嚴平君成都賣卜，以得機石之辨，方知織女之名。又古詩云：「曾將織女支機石〔五九〕，還訪成都賣卜人。」

佳句：枚叔見司馬犬子遠寄詩，喜而謂室家曰：「不意開卷得此佳句，瓊瑰、南金不足貴也。」

參商：杜甫《贈衛八〔六〇〕處士詩》：「人生不相見，動如參與商。」星名，一出一没。

洞房：杜詩：「洞房環珮冷，玉殿起秋風。」

素手：《文選》：「纖纖出素手。」

畫眉：前漢張敞爲婦畫眉，後人效之，皆畫眉也。

蘭煤：煤者，灰集屋者。

燈燼：鄭谷詩：「静燈微落燼〔六一〕。」

爲贄：贄者，質也。「男贄，大者玉帛，小者禽鳥，以章物也。女贄，不過榛栗棗脩，以告虔也〔六二〕。」今生以此言，戲嬌爲記也。

珍藏：宋之愚人得燕石於梧臺之側，藏以爲大寶，革櫃十重，謂之珍藏也。

佳人：杜子美詩云：「絶代有佳人，幽居在空谷。」

按：以下在《玉樓春·曉窗寂寂驚相遇》一詞後：

心摇蕩：《詩·王風·黍離》篇云：「行邁〔六三〕靡靡，中心摇摇」。

腸九回：腸一日而回九曲。又馬遷《傳》：「江流曲似九回腸。」

履危道：《履卦》九五爻辭，其象爲夬。夬其履，雖使得正，亦危道也。

花淚盈暈：杜詩：「風吹月已生。」暈乃日月傍氣。

東皇：楚詞：「春曰〔六四〕東皇。」

重諾：辨士曹丘生謂季布曰：「『得黃金百斤，不如得季布一諾。』足下何以得此聲名於梁楚之間哉？」

魂飛魄揚：古詞：「魄散魂飛。」

無情：晉郭文曾隱遁，温嶠〔六五〕問先生：「獨無情乎？」文曰：「情由憶〔六六〕生。不憶，故無情。」

西騎：韓文云：「我將西騎矣！」

鄭重：《王莽傳》符命註：「猶頻煩也。」

其如後患何：《春秋傳》鄧三甥言：楚王今日噬臍，其如後患何？

芳塵歇：《拾遺記》石虎起樓四十丈，異香爲屑，風作則揚之，名曰芳塵。又陳伯玉《感遇〔六七〕》詩：「但恨紅芳歇，凋傷感所思〔六八〕。」

萬斛春愁：庾信《愁〔六九〕賦》「且將一寸心，容此萬斛愁。」

背面：古有詞云：「正面亦如此，背面當如此。」又杜詩：「當面論心背面笑。」

殘夢到江南：岑參詩：「洞房昨夜春風起，遥憶美人湘江水。枕上片時春夢中，行盡江南數千里。」

匆匆：張文潛：「七夕歌匆匆，萬事説不盡。」
枕孤衾冷：古詩云：「枕冷衾寒，夜長無奈愁何？」

【校證】

〔一〕將：他本作「抽」。「將」，古有「拿」「取」之意。
〔二〕挑博山裡餘香：《艷異編》甲本作「就博山理餘香」，乙本、四十卷本、十二卷本作「匀博山理餘香」。林本、何本作「僦博山裡餘香」，《繡谷春容》作「撥博山裡餘香」，《花陣綺言》《風流十傳》作「匀博山裡餘香」。
〔三〕堂階：何本、《繡谷春容》作「虚階」。
〔四〕小蕙：《艷異編》、林本、《風流十傳》作「侍女小惠」。《花陣綺言》、何本作「侍女小蕙」。
〔五〕嬌之驟近：《艷異編》同單行本。林本、何本、《花陣綺言》、《風流十傳》作「嬌娘驟近」。
〔六〕嬌：《艷異編》、何本同單行本。林本、《花陣綺言》、《風流十傳》作「嬌娘」。
〔七〕獲：《艷異編》同單行本。林本、何本、《花陣綺言》作「得」。
〔八〕遇事：《艷異編》、何本同單行本。林本、《花陣綺言》作「過事」。
〔九〕「自」字逢書葉破損，據他本補。
〔一〇〕邪：《艷異編》同單行本。林本、何本、《花陣綺言》作「即」，歸下句。《風流十傳》作「耶」。
〔一一〕積之：《艷異編》同單行本。林本、何本、《花陣綺言》、《風流十傳》作「積久」。

〔一二〕嬌遂肯與：《艷異編》作「嬌遂首肯」。林本、何本、《花陣綺言》作「嬌遂肯」。

〔一三〕謂：《艷異編》作「請」。

〔一四〕牽生衣：單行本作「牽衣」，據他本改。

〔一五〕拭指污處：《花陣綺言》作「拭其指污處」。

〔一六〕趨：《艷異編》《花陣綺言》同單行本。林本、何本、《風流十傳》作「趍」，「趍」「趨」兩通。《繡谷春容》作「移」。

〔一七〕枕：《艷異編》同單行本。林本、何本、《花陣綺言》作「笥」。

〔一八〕置：《艷異編》同單行本。林本、何本、《花陣綺言》、《風流十傳》作「捨」。《繡谷春容》作「舍」。

〔一九〕伏枕黄昏，迴腸九曲：《艷異編》作「伏枕對燭，夜腸九迴」。林本、何本、《花陣綺言》作「伏枕對燭，夜腸九曲」。

〔二〇〕入來：何本作「進來」。

〔二一〕嬌不起，亦不顧生：《艷異編》作「嬌不起顧生」。單行本、林本、何本、《花陣綺言》奪後一個「不」字，據文意補。

〔二二〕瓶：《艷異編》、林本、何本、《花陣綺言》、《風流十傳》作「屏」。《繡谷春容》作「秉」。據文意及其後申生題詞「瓶裡一枝，便添風月」，「瓶」字更勝一籌。

〔二三〕俱：《艷異編》作「偶」。其餘諸本作「共」。

〔二四〕魂飛魄揚：《艷異編》同單行本。林本、何本、《花陣綺言》作「魂飛魄散」。

〔二五〕言深情切：此據《繡谷春容》。餘皆作「言深情味」。

〔二六〕《艷異編》此處多一「我」字。

〔二七〕豈果：《艷異編》作「豈可」。林本、何本、《花陣綺言》無「豈」字。

〔二八〕沽矯：《艷異編》同單行本。林本、何本、《花陣綺言》誤作「估嬌」。《繡谷春容》誤作「沽嬌」。沽矯，即沽激，指故作特殊、高超姿態以釣取名譽。北宋文瑩《玉壺清話》卷一曰：「(戚同文)不善沽矯，鄉里之飢寒及婚葬失其所者，皆力賑之。」

〔二九〕自閉：《艷異編》同單行本。林本、何本、《花陣綺言》作「固閉」。

〔三〇〕無：《繡谷春容》作「有」。

〔三一〕久：此據何本。餘皆作「舊」。

〔三二〕亦：《艷異編》同單行本。林本、何本、《花陣綺言》、《風流十傳》作「自」。

〔三三〕數月以來：林本、何本、《花陣綺言》同單行本。《艷異編》《風流十傳》作「數月來」。

〔三四〕嬌亦反室：《艷異編》「亦」作「乃」。何本「反」作「返」。《繡谷春容》「反」作「及」。

〔三五〕梨花粉淚溶溶：此據他本。單行本句末衍一「滴」字。

〔三六〕衝寒向晚：此據他本。單行本奪一「晚」字。

〔三七〕瞥見卻驚猜：此據他本。單行本作「撇乍見，卻驚猜」。

〔三八〕浄几：《艷異編》同單行本。林本、何本、《花陣綺言》作「静几」。

〔三九〕苦寒：《花陣綺言》作「嚴寒」。

〔四〇〕漸：《艷異編》作「新」。

〔四一〕設：四十五卷本《艷異編》、林本、何本同單行本。四十卷本和十二卷本《艷異編》、《花陣綺言》作「説」。此詞押入聲韻，「設」「説」兩可。據後文二人「剪髮設盟」及《懷春雅集》中有「盡向枕前設」句，取「設」字。

〔四二〕內：《花陣綺言》作「下」。

〔四三〕因：《艷異編》無此字。

〔四四〕莫：《艷異編》《風流十傳》同單行本。林本、何本、《花陣綺言》作「果」。蘇軾詩作「莫」。

〔四五〕窺窗：《艷異編》、何本、《繡谷春容》同單行本。林本、《花陣綺言》作「隔窗」。生原不知嬌在側，「窺」有驚奇之態，更佳。

〔四六〕衷：此據他本。單行本誤作「哀」。

〔四七〕只得：此據《艷異編》《風流十傳》。單行本作「不得」。林本、何本、《花陣綺言》作「人得」。

〔四八〕既無意於妾：《艷異編》、何本、《繡谷春容》、《風流十傳》同單行本。林本、《花陣綺言》作「妾未嘗慢君」。因生繼而答曰「予豈無意」，此處當爲「既無意於妾」。

〔四九〕何前：《艷異編》、何本、《繡谷春容》、《風流十傳》同單行本。林本、《花陣綺言》作「何有」。

〔五〇〕容計：《艷異編》《花陣綺言》《繡谷春容》同單行本。林本作「容謝」。何本作「容謀」。因此前有問句「然則若何謀之？」此處「容計」「容謀」兩可。

〔五一〕抵：何本、《繡谷春容》作「傍」。

〔五二〕囀：他本作「轉」。

〔五三〕怒嗔，一作嬌嗔。或謂此爲唐寅之作。

〔五四〕按：此非小説原文，已經《風流十傳》改寫。

〔五五〕釋義原文「王母遺帝」作「天母帝」，據《事物紀原》改。「此爾」二字逢書葉殘破，據《事物紀原》補。

〔五六〕此句疑有奪字。

〔五七〕釋義原文作「蘇顧與李義府」，據《開元天寶遺事》改。

〔五八〕釋義原文作「友宗」，據《開元天寶遺事》改。

〔五九〕釋義原文作「機邊石」，據宋之問《明河篇》改。

〔六〇〕釋義原文誤作「人」。

〔六一〕釋義原文誤作「爐」。

〔六二〕釋義原文「脩」作「修」，「以告虔也」作「少告虔」，據《左傳》改。

〔六三〕釋義原文誤作「道」。

〔六四〕釋義原文誤作「白」。

〔六五〕釋義原文誤作「嬌」。

〔六六〕釋義原文誤作「意」。

〔六七〕釋義原文誤作「感興」。

〔六八〕釋義原文作「但恨紅塵歇，誰將感所思」，據陳子昂《感遇詩》改。

〔六九〕釋義原文誤作「秋」。

生晨起，會嬌於妗所。因同〔一〕至中堂，以夜來〔二〕所綴詞示之〔三〕。嬌低聲笑〔四〕曰：「好事多磨，理固然也。然妾既許君矣，當別圖之。」

是日，生侍舅從鄰家飲，至暮醉歸。且思嬌早間別圖之言，疑嬌之不復〔五〕至也，又沉醉睡熟。嬌潛步至窗外，低聲喚〔六〕生者再四〔七〕，生不能知〔八〕。嬌悵恨而回，又〔九〕疑生之誕己也，直欲要以盟誓。生剪縷髮，書盟言於片紙付嬌，嬌亦剪髮設盟以復于生。雖是極意慕戀，然終於無便可乘。

一日，生收家書，以從父晉納粟補閬州武職，以生便弓馬，取生歸侍行〔一〇〕。嬌顧戀〔一一〕

之極，作詩以贈其別[一二]。詩曰：

緑葉陰濃花漸[一三]稀，聲聲杜宇勸春歸。相如千里悠悠去，不道文君淚濕衣。

生得詩，遂和[一四]以復嬌。詩曰：

密幄重幃舞蝶稀，相如只恐燕先歸。文君爲我堅心守[一五]，且莫輕抛[一六]金縷衣。

生終以嬌「緑葉陰濃」之語爲疑，又成一詞以示嬌。詞云：

惜花長是替花愁，每日到西樓。如今何況抛離去也，關山千里，目斷三秋，謾回頭。○殷勤分付東園柳，好爲管長條。只恐重來緑成陰也，青梅如豆。辜負梁州，恨悠悠。

——右調《小梁州[一七]》

嬌知生之疑己，亦以一詞復之[一八]，詞云：

君去有歸期，千里須回首。休道三年緑葉陰，五載花依舊。○莫怨好音遲，兩下堅心守。三隻骰兒十九窗，没裡[一九]須教有。

——右調《卜算子》

嬌情不已，因復繼以詩，云〔二〇〕：

臨別殷勤私語〔二一〕長，云云去後早還鄉。小樓記取梅花約，目斷江山幾夕陽。

自後，生從父以他故，不果行。生居家，行住坐卧、飲食起居，無非爲嬌興念，以致沉思成病，因托求醫。至舅家數日，無便可乘與嬌一語，至於飲食俱廢，舅妗爲之皇皇〔二二〕。醫、卜踵至，但云生功名失意，勞思所致，終不能知生之心。

數日，病小愈。一日，舅出報謁〔二三〕，生因强步至外廡〔二四〕。方佇立，俄而嬌至生後。生駭然，嬌言：「得便故來問兄之病〔二五〕。」生回顧無人，因前牽嬌衣，欲與語。嬌曰：「此廣庭也，十目所在〔二六〕，宜即兄室。」生與之俱及門〔二七〕，忽〔二八〕雙燕争泥墜前，嬌因舍生趨視。俄舅之侍女湘娥突至嬌前，嬌大駭，生乃引去。

至暮，復會中堂。嬌謂生曰：「非燕墜，則湘娥見妾在君室矣，豈非天乎！」生然其言，而悒怏之心見於顔色。乃作詞一闋以自釋。詞云：

日如年，風似箭〔二九〕，文園多病尋芳倦。春衫窄，庭院闃，獨步迴廊，體嬌無力〔三〇〕。○如花面，親曾見，千方百計尋方便。藍橋隔，暮雲碧，燕兒墜也，又無消息〔三一〕。

——右調《擷芳詞〔三二〕》

【集評】

《評釋嬌紅記》眉批

評「（生）以夜來所綴詩詞〔示〕之，嬌低笑曰：『好事多磨，理固然也。然妾既許君矣，當别圖之。』」：《西廂》曲云：「兩下裡都一樣害相思」，是也。

評嬌娘「緑葉陰濃花漸稀」一絶：此以長卿、文君爲喻，嬌亦心内許之矣。

評《小梁州·惜花長是替花愁》：生之慕少艾一至此乎？詞中句見之。

評「生居家，行住坐卧、飲食起居，無非爲嬌興念，以致沉思成病」：據生鍾情之至，寒可無衣，飢可無食，而思嬌不少置者，故染沉疴。

評「生與之俱及門，忽雙燕争泥墮前，嬌因舍生趨視」：此際佳期，爲燕墮庭前而阻。

評「日如年」一詞：鑄意修詞，婉雅有味，可謂風流人豪也。

四十卷本《艷異編》眉批

評「嬌低聲笑曰：『好事多磨，理固然也……』」：善解。

評「惜花長是替花愁」：首句是太白後身。

評「此廣庭也，十目所視，宜即兄室」：此句又是關情處。

十二卷本《艷異編》眉批

評「惜花長是替花愁」：首句是太白後身。（按：同於四十卷本眉批。）
評「此廣庭也，十目所視，宜即兄室」：此句又是關情處。（按：同於四十卷本眉批。）

《花陣綺言》旁批

評「低聲喚生者數次」：竟負來意，這酒徒可恨。
評「但云生功名失意，勞思所致」：不然、不然，只瞞你這老餬塗。
評「得便故來問兄之病」：親身醫治。
評「生回顧無人」：病當頃愈。
評「俄舅之侍女湘娥突至嬌前」：不知趣。
評「非燕墜，則湘娥見妾在君室矣，豈非天乎？」：喜得不出醜。

【釋義】

《評釋嬌紅記》「釋義」專欄
按：以下在「日如年」一詞後：
書盟：按：《春秋傳・僖公九〔三三〕年》：齊桓公葵丘之會，諸侯束牲載書。
納粟：漢晁錯《策》：「貴〔三四〕粟之道，在於使民〔三五〕以粟爲賞罰。今〔三六〕募天下入粟縣官，得以〔三七〕拜爵，得以除罪。」

緑葉陰濃：高駢詩：「緑樹陰濃夏日長。」

相如：前漢武帝拜司馬相如爲中郎，著有《長門賦》。太史書出，於《前漢書·相如傳》載則詳備。《文君傳》：卓文君，字妙娃，臨邛富人卓王孫之長女也。司馬相如與臨邛令王吉善。卓王孫聞令有貴客，爲具召之。時文君新寡，好音，相如以琴心挑之。文君夜奔，相如與歸成都。家徒四壁。後相如遷文園令，欲再娶。文君作《白頭吟》相絶：「萋萋復萋萋，嫁女不須啼。但得一心人，白頭不相離。」

燕先歸：《詩·國風》：「燕燕于飛，差池其羽。之子于歸……」春秋戴嬀大歸于陳，而莊姜送之，作此詩也。

金縷衣：杜秋娘爲李錡歌曰：「勸君莫惜金縷衣，勸君須惜少年時。花開堪折直須折，莫待無花空折枝。」

目斷三秋：《詩·采葛》：「一日不見，如三秋兮。」

東園柳，好爲管長條：《異聞集》：韓翊寄詩與柳氏，云：「章臺柳，往日青青今在否？縱使長條似舊垂，也應攀折他人手。」

緑成陰（三八）也，青梅如豆：黄山谷詞：「秖如豆，柳如眉。」

好音：《詩·谷風》：「懷之好音。」

三隻骰兒十九竅，没裡須教有：《唐貴妃傳》：明皇與貴妃賽骰，貴妃先得十八點。明皇後喝聲曰：「十九點！」忽出金星一點，共成十九點，所謂「没裡須教有」。

目斷江山：陳克〔三九〕詞：「愁脈脈，目斷江南江北。」

夕陽：晁無咎《臨江仙》詞：「半篙春水滑，一段夕陽愁。」

悒怏之心：韓文口欲言而心悒怏。

文園：乃文君别號也。相如與文君歸成都，時有消渴疾。後拜文園令，文君以爲號也。

春衫窄：康伯可詞：「天寒〔四〇〕尚怯春衫薄。」

千方百計尋方便：潘閬詩：「萬事到頭都是夢，休嗟百計不如人。」

藍橋：《神仙傳》：裴航與朱翹夫人荷船，因吟「同舟胡越猶懷思〔四一〕」之句，夫人指以藍橋之路，遂得雲英之配。

【校證】

〔一〕同：《艷異編》、林本、《花陣綺言》、《風流十傳》作「共」。何本、《繡谷春容》誤作「其」。

〔二〕夜來：《艷異編》無「來」字。

〔三〕所綴詞示之：此據《艷異編》《花陣綺言》。單行本作「所綴詩詞之」。林本、何本「示」誤作

「云」。

〔四〕低聲笑：此據《艷異編》。餘皆作「低笑」。

〔五〕復：此據他本。單行本作「後」。

〔六〕喚：此據林本、何本、《花陣綺言》、《風流十傳》。單行本作「語」。《艷異編》作「呼」。

〔七〕再四：他本作「數次」。

〔八〕生不能知：《艷異編》作「生不之覺」。

〔九〕又：此據《艷異編》。單行本誤作「本」。林本、何本、《花陣綺言》作「大」。因前文嬌娘有言「君果誕妄耶？」故當爲「又」。

〔一〇〕侍行：此據他本。單行本作「同行」。

〔一一〕顧戀：《花陣綺言》作「眷戀」。

〔一二〕以贈其別：他本作「送行」。

〔一三〕漸：林本、何本、《花陣綺言》同單行本。《艷異編》《風流十傳》作「正」。

〔一四〕遂和：他本作「和韻」。

〔一五〕堅心守：此據《艷異編》。單行本作「堅待」。林本、何本、《花陣綺言》、《風流十傳》作「堅心待」。

〔一六〕拋：《艷異編》作「拚」。意亦通。拚，音pàn，捨棄、不顧惜。

〔一七〕今存詞譜中未見詞牌《小梁州》，當爲曲牌。

〔一八〕亦以一詞復之：《艷異編》作「亦以《卜算子》詞復之」。林本、何本、《花陣綺言》作「作詞以復之」。

〔一九〕裡：《艷異編》作「個」。

〔二〇〕因復繼以詩，云：《艷異編》少「因」字。林本、何本、《花陣綺言》作「復吟一絶以繼之，詩曰」。

〔二一〕私語：《艷異編》作「詩語」。

〔二二〕「生居家……舅妗爲之皇皇」一段：《艷異編》同單行本。林本、《花陣綺言》作「生歸舅家，行住坐卧、飲食起居，無非爲嬌興念。數日無便可乘與嬌一語，至於飲食俱廢，以致沉思成病。因托求醫，舅妗爲之皇皇。」度其語意，不如《艷異編》和單行本。何本、《繡谷春容》近似林本與《花陣綺言》，唯有首句不同：何本首句作「生居家」，生處何處，前後齟齬，疑有舛誤；《繡谷春容》首句作「生居舅家」。《風流十傳》縮改爲「生思成病，復往舅氏，托言求醫」，其所據底本當近於單行本和《艷異編》。

〔二三〕舅出報謁：《艷異編》同單行本。林本、何本作「舅出報謂生」。《花陣綺言》作「舅出外報謁」。

〔二四〕外廡：《花陣綺言》作「外廂」。

〔二五〕嬌言：「得便故來問兄之病。」：《艷異編》《風流十傳》作「嬌曰：『偶左右皆他往，妾得便，故來問兄之病。』」林本、何本、《花陣綺言》作「嬌曰：『左右皆發落，得便故來問兄之病。』」單行本最簡略，在兩種異文中，嬌娘是否主動發落左右以得其便，似可見其探視意願强弱之别。

〔二六〕十目所在：《艷異編》作「十目所視」。林本、何本、《花陣綺言》《風流十傳》作「反」。

〔二七〕及門：《艷異編》同單行本。林本、何本、《花陣綺言》作「忽值」，《風流十傳》縮寫後有「值」字。

〔二八〕忽：《艷異編》同單行本。

〔二九〕風似箭：他本作「風輕扇」。「風似箭」與前句對仗，更佳。

〔三〇〕無力：林本、何本、《花陣綺言》同單行本。《艷異編》《風流十傳》作「無羨」。根據《擷芳詞》的格律規定（詳後），應爲「無力」。

〔三一〕消息：林本、何本、《花陣綺言》同單行本。《艷異編》《風流十傳》作「消遣」。根據《擷芳詞》的格律規定（詳後），應爲「消息」。

〔三二〕擷芳詞：此據《艷異編》《花陣綺言》。何本、林本誤作「襭方詞」。單行本作「洞房春」，未見於詞譜。據詞譜，《擷芳詞》每段六仄韻，上三句一韻，下四句又換一韻，後段即同前段押法。

〔三三〕釋義原文誤作「七」，據《左傳》改。

〔三四〕釋義原文作「重」，據晁錯《論貴粟疏》改。

〔三五〕釋義原文奪「使民」二字，據晁錯《論貴粟疏》補。

〔三六〕釋義原文作「令」，據晁錯《論貴粟疏》改。

〔三七〕釋義原文奪「得以」二字，據晁錯《論貴粟疏》補。

〔三八〕釋義原文作「垂陰」，據小説正文改。

〔三九〕釋義原文誤作「俞克成」。
〔四〇〕釋義原文衍一「意」字，據《憶秦娥·春寂寞》删減。
〔四一〕釋義原文誤作「恩」。

一日晚，嬌尋便至生室，謂生曰：「向日熙春堂之約，妾嘗思之，夜深園〔一〕静，非安寢之地。自窗西〔二〕之路覷之，足以達妾寢所。每夕侍妾寢者二人，今夕當以計遣去，小慧不足畏也。君至夜分時來，妾開窗以待。」生曰：「固善也，不亦危乎？」嬌變色曰：「事至此，君何畏〔三〕？人生如白駒過隙，寧〔四〕復有鍾情如吾二人者乎？事敗，當以死繼之。」生曰：「若然，余何恨乎〔五〕！」

是夜，生夜半〔六〕乃〔七〕踰外窗，繞堂後數百〔八〕步，至荼蘼架側，久求門不得。生頗〔九〕恐。久之，尋路得至熙春堂，堂廣夜深，寂無人聲。生大恐，因疾趨入，見嬌方開窗倚几而坐，衣紅綃衣〔一〇〕，下白絲裳〔一一〕，舉首而瞻明月〔一二〕，若〔一三〕重有憂者，不知生之已至也。生因扶〔一四〕窗而入。嬌忽見生，且驚且喜，曰：「君何不告？駭我甚矣！」生乃與嬌並坐窗下。

時正夜分，月色如畫。生視嬌體態豔媚，肌瑩無瑕，飄飄然不啻嫦娥〔一五〕之下臨人間也。嬌謂生曰：「夜漏過半，幸會難逢，可就枕矣。」生欣然與嬌同攜素手〔一六〕，共入羅帳之中。解衣並枕間，嬌曰：「妾年幼，殊不諳世事。枕席之上，望兄見憐。」生曰：「不待多言。」兩情既合，嬌乃嬌啼嫩語，體若不勝，雨態雲蹤，雖〔一七〕交頸之鴛鴦、和鳴之鸞鳳，無以踰者。一晌〔一八〕歡娱，而嬌娘千金之身，自兹失矣。歡會〔一九〕之際，不覺血漬生衣袖〔二〇〕。嬌乃剪其袖而收之，曰：「留此爲他日之驗。」生笑而從之。有頃，雞聲催曉，虬漏將闌。嬌令生歸室，因視生曰：「此後日間相遇，幸無以前言爲戲，懼他人之耳目長也。」因口占一詞以贈生，詞曰：

夜深偷展窗紗緑，小桃枝上留鶯宿。花嫩不禁揉〔二一〕，春風卒未休。○千金身已破，脈脈〔二二〕愁無那。特地囑〔二三〕檀郎，人前口謹防。

——右調《菩薩蠻》

生亦口占一詞以答之，詞云：

緑窗深佇〔二四〕傾城色，燈花送喜秋波溢。一笑入羅幃，春心不自持。○雨雲情散亂〔二五〕，弱體羞還顫。從此問雲英，何須上玉京？

——同前調

嬌得生所和之詞，謝曰：「妾女子也，情牽事感〔二六〕，殊乖禮法。幸垂明鑒，稍爲秘之。妾之托君，亦無憾矣。」生辭，愧喜交集〔二七〕。

自後，生夜必至〔二八〕嬌室。凡月餘，無有〔二九〕知者。豈期私慾〔三〇〕所迷，俱無避忌。舅之侍女曰飛紅、曰湘娥〔三一〕，皆有所覺，所不知者，嬌之父母而已。嬌亦厚禮紅等，欲使緘口〔三二〕，第飛紅輩雖覺之，而未知所因〔三三〕。

一日，生之父母慮生在外日久，作書遣僕催歸。生得父書，不得已起行。是夜，不及與嬌娘訣别。次日晨起，入謁舅妗告歸。舅妗見生父書來，不敢强留，命侍女治酒餉别。時嬌娘在妗後，亦偷淚送行。

生自抵家之後，朝夕惟嬌娘是念，乃遣媒人往舅妗家求婚，以諧秦晉之約。敬修書一封，私達嬌娘。書曰〔三四〕：

表兄申純頓首拜啟瑩卿小娘子妝次〔三五〕：

前日佳〔三六〕遇，倏爾旬餘。魂飛杳杳，每形清夜；松竹之盟〔三七〕，常存記憶。緬想起居，動履多福〔三八〕。純以萍梗之跡〔三九〕，得自托於蘭蕙之傍，爲幸大矣。幽會未終，白雲在念。自抵侍下〔四〇〕，無一息〔四一〕不夢想洛浦之風煙也。家事經史〔四二〕，非惟不復措念，縱一〔四三〕勉强，不知所以爲懷。倘有親朋見憐〔四四〕，於大人〔四五〕前致一語〔四六〕，天啟其衷，俾續秦晉再世之盟，未審舅妗雅意若何。倘不棄庸陋，則張生之於鶯鶯，烏足道哉！兹因媒氏有行，喜不自制，臨此以布腹心，幸相與謀之，訴風〔四七〕以俟佳音。家居無聊，偶思佳麗夜別〔四八〕之言，綴《永遇樂》一詞〔四九〕，併用録呈〔五〇〕，亦以見此情之拳拳〔五一〕耳。新霜在候，更宜善加保衛〔五二〕。不宣。純生再頓首具〔五三〕。

生寫書畢，併録前所作《永遇樂》詞〔五四〕，緘封私付媒氏，父母不知也。

媒既得書，即日前往舅王通判家。既見舅妗〔五五〕，且以申生〔五六〕父命〔五七〕告之，舅爲之開宴。次日，媒申前請。舅曰：「三哥才俊灑落，加以歷練老成，老夫得此佳婿，深所願也。但朝廷立法，内兄弟不許成婚，似不可違。前辱三哥惠訪，留住數月，甚能爲老夫〔五八〕分憂，老夫亦有願婚之意，而於條有礙，以此不敢形言。」媒氏再三宛轉，終不能得。

至晚，再置酒款媒，舅命妗主席〔五九〕。嬌時侍立妗側，知親議之不諧也，心生〔六〇〕悒怏，但不敢形之言語耳。酒散，媒〔六一〕左右顧視無人，欲致〔六二〕生書於嬌。適嬌至媒前剔燭〔六三〕，媒因私語嬌曰：「子非厚卿之情人耶？厚卿有手書，令我私致於子。」嬌竦然，微言應曰：「然。」淚隨言下。媒爲之改顔，遂於〔六四〕身畔取書授嬌。嬌收置袖中〔六五〕，未敢展視。妗起，嬌亦隨妗入室。

次早，媒再請於舅，且以言迫之。舅怒曰：「此無不可，第以法禁〔六六〕甚嚴，欲致〔六七〕老夫罪戾也。爾勿〔六八〕復言，此決不可！」媒知其不就，因告歸。舅又命妗酌酒與媒爲別。嬌因侍立，私語媒曰：「離合緣契，乃天之爲也。三兄無事宜來，妾年且長，歲月有限，無以姻事不諧爲念也。」因出手書，令媒持歸，以復于生。

媒既歸，具道舅〔六九〕不允之由，遂以嬌書與生。生展視之，乃新詞一闋〔七〇〕，嬌所製也：

簾影篩〔七一〕金，簟紋浮水，緑陰庭院清幽。夜長人静，消得許多愁。長記當時月色，小窗外、情話綢繆。因緣淺，行雲去後，杳〔七二〕不見蹤由。○殷勤紅一葉〔七三〕，傳來密意，佳好新求。奈百端間阻，恩愛成休。應是奴家薄命，難陪伴、俊雅風流。須相念，重尋舊約，休忘〔七四〕杜家秋。

——右調《滿庭芳》

詞後又有詩二絶〔七五〕。詩云：

雲重月難見，風狂雨不成。尺書〔七六〕從寄意，傾淚若爲情。

又：

目斷方〔七七〕千里，情分役寸心。藉君憐舊日，莫絶羽鱗音。

生覽誦數遍，殊不勝情。每對月玩花〔七八〕，不覺淚下。

【集評】

《評釋嬌紅記》眉批

評「一日晚，嬌尋便至生室，謂生曰：『……每夕侍妾寢者二人，今夕當以計遣去，小慧不足畏也。君至夜分時來，妾開窗以待。』」：此嬌娘親許佳期，生聞之，有喜不自勝者。

評申生、嬌娘幽會一段：《懷春集》詞云：「漏聲沉，人影絶，素手相携，轉過花陰月。蓮步輕移嬌又歇。怕人瞧見，欲進羞還怯。口脂香，羅帶結，誓海盟山，盡向枕前説。可恨靈鷄别，臨情猶自低低説。」

評《菩薩蠻·緑窗深佇》：《鍾情》調云：「平生恩愛知多少，盡在今宵了。此情之外更無加，頓覺明珠減價玉生瑕。」此其時也。

評「嬌得生所和之詞，謝曰：『妾女子也，情牽事惑，殊乖禮法。幸垂明鑒，稍爲秘之。妾之托君，亦無憾矣。』」：諺云：「怕人知，事莫作。」蓋以人之耳目長也，有不可得而掩者。

評申生致嬌娘書信：父母令媒妁求婚于舅氏，生之心有不勝喜者，握管裁札〔七九〕，達之於嬌，皆心腹腎腸言也。

評「舅曰：『……朝廷立法，内兄弟不許成婚，似不可違。』」：生期因親致親，不意舅氏執法不允，謂之何哉！

評「次早，媒再請於舅，且以言迫之。舅怒曰：『此無不可，第以法禁甚嚴，欲置老夫罪戾也。』」：瑜與享別云：「好事多磨，自古然也。」於今益驗。

評《滿庭芳·簾影篩金》：姻事不諧，嬌將灑淚而作報章耳。

評嬌娘「目斷方千里」詩：詩餘詞「雲淡水平烟樹簇，寸心千里目」，亦此意。

四十卷本《艷異編》眉批

評「嬌曰：『妾年幼，殊不諳世事。枕席之上，望兄見憐。』」：好個世事！曾見枕席上可了世事乎？

評「一晌歡娱，而嬌娘千金之身，自兹失矣」：恨失身之遲也。

評「妾女子也，情牽事惑，殊乖禮法。幸垂明鑒，稍爲秘之。妾之托君，亦無憾矣」：不説更高。

評《滿庭芳·簾影篩金》：輕□□媚，其唐韻之□詞乎？

十二卷本《艷異編》眉批

評「嬌曰：『妾年幼，殊不諳世事。枕席之上，望兄見憐。』」：好個世事！曾見枕席上可了世事乎？（按：同於四十卷本眉批。）

評「妾女子也，情牽事惑，殊乖禮法。幸垂明鑒，稍爲秘之。妾之托君，亦無憾矣」：不説更高。（按：同於四十卷本眉批。）

評舅曰：「三哥才俊灑落……老夫亦有願婚之意，而於條有礙，以此不敢形言」：老固板可恨。（按：四十卷本此處眉批漫漶，當與此同。）

《花陣綺言》旁批

評「每夕侍妾寢者二人，今夕當以計遣去」：好個女子家所爲！不顧名節掃地。

評「見嬌方開窗倚几而坐」：景狀悠然可想。

評「舉首而瞻明月，重有憂者」：月下佳人容光倍常。

評「嬌娘千金之身，自茲失矣」：紀姿弱態，值此初會，生乎[平]第一樂□。

評「時嬌娘在妗後」：難爲信。

評「心生悒怏」：着腦。

評「適嬌至媒前剔燭」：有意。

評「子非厚卿之情人耶？」：可羞。

評「淚隨言下」：大恨。

評「此無不可，第以法制甚嚴，欲制老夫罪戾也」：女兒極容情，父親太執法。若非私合，幾乎錯過。

評「三兄無事宜來」：只是偷好。

【釋義】

《評釋嬌紅記》「釋義」專欄

按：以下在《菩薩蠻·緑窗深佇》一詞後：

白駒：《詩》云：「白駒皎皎，在彼空谷。生芻一束，其人如玉。」又云，白駒乃日影也。

鍾情：王衍喪幼子，悲甚。山簡曰：「孩抱中物，何至于此？」衍曰：「聖人忘〔八〇〕情，最下不及情；情之所鍾，正在我輩。」簡亦爲之慟。

當以死繼之：《左傳·僖公九年》：晉〔八一〕荀息言曰：「不濟，則以死繼之。」

姮娥：張衡《靈憲集》：羿得不死藥於西王母，其妻姮娥竊食之，以奔月宫。

雨態雲蹤：楚襄王夢神女曰：「妾乃巫山之神，朝能行雲，暮能行雨。」

交頸之鴛鴦：司馬相如琴挑卓文君，以鴛鴦之交頸。

和鳴之鸞鳳：《左傳》：初，懿氏卜姻敬仲，其妻占之曰：「吉。是謂鳳凰于飛，和鳴鏘鏘。有嬀之後，將育于姜。五世其昌……」

一餉：韓詩：「雖得一餉樂。」

千金之身：杜詩云：「豺狼在邑龍在野，王孫善保千金軀。」

虬漏將闌：虬，無角龍也。梁陸倕《新漏刻銘》曰：「靈虬承龍，言漏刻之體，以龍承也。」

枝上留鶯宿：古詞：「海棠枝上留鶯宿。」

春風卒未休：羅隱《柳》詩：「明年尚有新條在，擾亂春風卒未休。」

脈脈愁無那：杜詩：「脈脈無言幾度春。」

檀郎：婦人稱夫曰「檀郎」。又蒲東詩《崔鶯鶯寫醫方與張生》詩：「要使檀郎藥奏功。」

口謹防：謹言語曰「守口」。晦翁《敬齋箴》：「守口如瓶，防意如城。」

緑窗：白樂天詩：「緑窗貧家女，寂寞二十餘。」

傾城色：漢太子延年歌曰：「北方有佳人，天子初未識。一笑傾人城，再笑傾人國。」又《詩·小雅》篇：「哲夫成城，哲婦傾城。」

一笑：《長恨歌〔八二〕》：「回眸〔八三〕一笑百媚生。」

雲英：《神仙傳》：裴航求婚於雲英，有老嫗〔八四〕欲玉杵臼搗兔藥，後航得玉杵臼，竟以取雲英。

上玉京：翠翹夫人詩云：「藍橋便是神仙〔八五〕宅，何必崎嶇上玉京〔八六〕？」

按：以下在《滿庭芳·簾影篩金》一詞後：

白雲在念：唐狄仁傑薦授并州法曹，親在河陽。仁傑登太行山，反顧，見白雲孤飛，謂左右曰：「吾親舍其下。」

洛浦：陳思王洛浦遇神女，賦其詞曰：「或采明珠，或拾翠羽」，「翩如驚鴻，矯如游龍」。

續秦晉：《左傳·僖公二十三〔八七〕年》：晉重耳至秦，秦伯納女五人，懷嬴與焉。奉匜沃盥，既而揮之。怒曰：「秦、晉匹也，何以卑我！」

布腹心：《左傳·宣公十二年》：楚子圍鄭，克之。鄭伯肉袒牽羊以迎之，其云：「使改事君，夷於九縣。君之惠也，孤之願也。非所敢望，敢布腹心。」

佳婿：晉王羲之，王導從子也。郗鑒〔八八〕使門〔八九〕生求女婿於導，導令就東廂遍觀子弟。門生歸，曰：「王氏諸少並佳，然聞信至〔九〇〕，各自矜持。惟一人在東床坦腹而食，獨若不聞。」鑒〔九一〕曰：「此佳婿也！」及訪之，乃羲之，遂妻以女。

置老夫於罪戾：《左傳·昭公元〔九二〕年》：天王使劉定公勞趙孟于潁〔九三〕，館于雒汭。

劉子曰：「美哉禹功，明德遠矣。微禹，吾其魚乎！吾與子冕弁端委，以治民臨諸侯，禹之力也。子盍亦遠績〔九四〕禹功。而大庇民乎？」對曰：「老夫罪戾是懼〔九五〕，焉能懷遠者哉？」

綢繆：《詩·唐風》：「綢繆束薪〔九六〕，三星在天。」綢繆，猶纏綿也。

殷勤紅葉：《傳奇》紀唐僖宗時，于祐於御溝中拾一紅葉，上有詩曰：「流水何太急，深宫盡日閑。殷勤謝紅葉，好去到人間。」

傳來密意：謝安逸詞：「密意無人寄，幽恨憑〔九七〕誰洗？」

薄命：《明妃曲》：「紅顏勝人多薄命，莫怨春風當自嗟。」

杜家秋：杜牧《杜韋娘詩》：字杜〔九八〕秋，有寵於景陵，後賜歸故鄉。予過金陵，憫其窮且老，因爲之賦詩以贈云。

【校證】

〔一〕園：《艷異編》作「院」。

〔二〕窗西：他本作「前日」。

〔三〕君何畏：《艷異編》、何本、《繡谷春容》同單行本。林本、《花陣綺言》、《風流十傳》作「君畏何」。

〔四〕寧：他本無此字。
〔五〕乎：此據《艷異編》。餘皆無此字。
〔六〕是夜，生夜半：《艷異編》作「是夜將半」。林本、何本、《花陣綺言》作「是夜，生於夜半」。
〔七〕乃：此據他本。單行本誤作「力」。
〔八〕百：此據他本。單行本作「十」。
〔九〕頗：此據《艷異編》。餘皆作「頻」。
〔一〇〕衣紅綃衣：《艷異編》同單行本。林本、何本、《花陣綺言》作「上衣紅綃」。
〔一一〕下白絲裳：此據《艷異編》。單行本作「下絲白裳」。林本、何本、《花陣綺言》作「下繫白練」。《繡谷春容》作「下裳白練」。
〔一二〕舉首而瞻明月：《艷異編》作「舉首明月」。
〔一三〕若：《花陣綺言》無此字。
〔一四〕扶：《艷異編》作「抉」。
〔一五〕嫦娥：四十五卷本《艷異編》同單行本，四十卷本、十二卷本《艷異編》和餘本皆作「姮娥」。單行本的「釋義」部分也作「姮娥」。
〔一六〕生欣然與嬌同攜素手：《艷異編》作「(嬌)欣然與生相攜素手」。林本、何本、《花陣綺言》作「(生)欣然與嬌同攜素手」，近單行本。

〔一七〕雖：他本無此字。

〔一八〕晌：此據四十卷本和十二卷本《艷異編》。單行本、四十五卷《艷異編》、林本、何本、《花陣綺言》作「餉」。「餉」「晌」兩通，據通行用字選定「晌」。

〔一九〕歡會：《花陣綺言》作「歡娛」。

〔二〇〕衣袖：《艷異編》同單行本。林本、何本、《花陣綺言》無「袖」字。

〔二一〕揉：《艷異編》作「抽」。

〔二二〕脈脈：何本作「點點」。

〔二三〕囑：此據林本、何本、《花陣綺言》、《風流十傳》。單行本、《艷異編》作「祝」。

〔二四〕佇：《艷異編》同單行本。林本、何本、《花陣綺言》、《風流十傳》作「貯」。

〔二五〕散亂：《艷異編》同單行本。林本、何本、《花陣綺言》作「亂散」。

〔二六〕感：此據林本、何本、《花陣綺言》。單行本、《艷異編》作「惑」。文中亦有「何事牽惹、萬千愁緒」「牽情惹恨」句，「牽感」之義，似與「牽惹」接近。

〔二七〕生辭，愧喜交集：《艷異編》同單行本。林本、何本、《花陣綺言》無。

〔二八〕必至：林本、何本、《花陣綺言》同單行本。《艷異編》作「必潛至」。因後文道「俱無避忌」，故無「潛」字更佳。

〔二九〕有：《艷異編》《繡谷春容》同單行本。林本、何本、《花陣綺言》作「自」。

〔三〇〕私慾：此據林本、何本、《花陣綺言》。單行本作「欲」。《艷異編》作「慾火」。

〔三一〕曰飛紅、曰湘娥：何本作「曰飛紅、湘娥者」。

〔三二〕嬌亦厚禮紅等，欲使緘口：《艷異編》、何本、《繡谷春容》同單行本。林本、《花陣綺言》作「嬌亦厚禮紅，使紅等緘口」。

〔三三〕未知所因：《艷異編》作「未之敢發」。

〔三四〕「一日……私達嬌娘，書曰」一段：此據何本、《繡谷春容》。林本、《花陣綺言》「不及與嬌娘訣別」之「與」作「於」。《風流十傳》此處作「一日，生父母遣僕催歸。生抵家後，惟嬌娘是念，遣媒求婚，私寄書云」，其縮寫所據底本當近似上述諸本。單行本和《艷異編》一繁一簡，與上述諸本差異較大。單行本作「日夜思生於蘭房之內，中心怏然，情不能已，無復敘其契闊之情。夢想之間，若未及見，心焉切切，意焉懸懸。思欲會悟而不得，乃作書以達之。書曰」。《艷異編》作「俄而，生以父書促歸。既歸，則寢食俱廢，思欲娶嬌爲婦。乃作書達嬌，曰」。

〔三五〕「表兄……妝次」句：此據《花陣綺言》。林本、何本無開首「表兄」二字。單行本、《艷異編》無此句。

〔三六〕佳：《艷異編》、何本、《繡谷春容》同單行本。林本、《花陣綺言》誤作「進」。

〔三七〕之盟：《艷異編》作「深盟」。

〔三八〕緬想起居，動履多福：林本、何本同單行本。《花陣綺言》「緬」誤作「面」。《艷異編》無此句。

〔三九〕純以萍梗之跡：《艷異編》作「蒹葭之跡」。林本、《花陣綺言》作「純無攸之跡」。何本、《繡谷春容》作「純無羈之跡」。

〔四〇〕侍下：《艷異編》同單行本。林本、何本、《花陣綺言》作「家中」。

〔四一〕息：《艷異編》同單行本。林本、何本、《花陣綺言》作「夕」。

〔四二〕家事經史：《艷異編》、何本同單行本。林本、《花陣綺言》作「家事經書」，《風流十傳》「書」誤作「晝」。《繡谷春容》作「家事聖書」。

〔四三〕縱一：《艷異編》同單行本。林本、何本作「縱亦」。《花陣綺言》作「從亦」。

〔四四〕倘有親朋見憐：此處綜合諸本。單行本作「倘親朋見憐，有……」。他本作「有親朋見憐」。

〔四五〕大人：《艷異編》同單行本。林本、何本、《花陣綺言》作「舅妗大人」。

〔四六〕語：《艷異編》、何本、《繡谷春容》同單行本。林本誤作「品」。《花陣綺言》作「言」。

〔四七〕訴風：《艷異編》同單行本。林本、何本、《花陣綺言》作「便風」。《繡谷春容》作「便鴻」。

〔四八〕夜別：《艷異編》同單行本。林本、何本、《花陣綺言》作「分別」。

〔四九〕綴《永遇樂》一詞：《艷異編》同單行本。林本、何本、《花陣綺言》作「綴有詩詞」。

〔五〇〕併用録呈：《艷異編》同單行本。林本、何本、《花陣綺言》作「惟子面陳」，《繡谷春容》「惟」作「于」。

〔五一〕拳拳：《繡谷春容》作「惓惓」。

〔五二〕更宜善加保衛：《艶異編》作「善加保衛」。

〔五三〕不宣。純生再頓首具：《艶異編》《花陣綺言》無此句。林本、何本作「不宣。純生再拜」。

〔五四〕併録前所作《永遇樂》詞：《艶異編》同單行本。林本、何本、《花陣綺言》因信中提出將詞「面陳」，此處便無此句。

〔五五〕媒既得書，即日前往舅王通判家。既見舅妗：林本、《花陣綺言》、《繡谷春容》「王通判家」作「王通判之家」，何本誤作「舅舅三通判之家」。林本、《花陣綺言》「既見舅妗」作「計見舅妗」。《艶異編》全句縮寫爲「媒得書，即往見舅妗」。

〔五六〕申生：《艶異編》作「生」。

〔五七〕父命：《花陣綺言》誤作「父母」。

〔五八〕老夫：此據《艶異編》、何本、《繡谷春容》。單行本作「老者」。林本、《花陣綺言》作「老拙」。老拙，老人自謙之詞也。爲保持前後自稱之統一，改爲「老夫」。

〔五九〕舅命妗主席：此據他本。單行本「主席」誤作「在席」。《繡谷春容》作「舅妗之席」。

〔六〇〕生：《艶異編》、林本、《花陣綺言》同單行本。何本、《繡谷春容》、《風流十傳》作「甚」。

〔六一〕媒：《艶異編》同單行本。林本、何本、《花陣綺言》作「媒氏」。

〔六二〕致：此據《艶異編》。餘皆作「置」。

〔六三〕燭：林本、《花陣綺言》同單行本。《艶異編》作「燈」。何本漫漶不清。

〔六四〕於：他本作「以」。
〔六五〕中：此據林本、何本、《花陣綺言》。單行本、《艷異編》作「間」。
〔六六〕法禁：《艷異編》同單行本。林本、何本、《花陣綺言》作「法制」。
〔六七〕致：此據林本、何本、《風流十傳》。《艷異編》、單行本作「置」。《花陣綺言》作「制」。
〔六八〕勿：此據他本。單行本無此字。
〔六九〕具道舅：《艷異編》作「道舅」。林本、何本、《花陣綺言》作「道其舅」。
〔七〇〕乃新詞一闋：《艷異編》作「乃新詞《滿庭芳》一闋」。林本、何本、《花陣綺言》作「乃新詩二絶，嬌所製也」，下文也少《滿庭芳》一詞。
〔七一〕篩：《艷異編》作「篩」。
〔七二〕杳：此據《艷異編》。單行本無此字。
〔七三〕紅一葉：此據《艷異編》。單行本作「紅葉」。
〔七四〕休忘杜家秋：此據《艷異編》。單行本作「休忘負，杜家秋」。以上三處異文，依照《滿庭芳》詞牌規則選定。
〔七五〕詞後又有詩二絶：林本、何本、《花陣綺言》無此句。
〔七六〕尺書：《花陣綺言》作「天書」。
〔七七〕方：何本同單行本。《艷異編》、林本、《花陣綺言》作「芳」。

〔七八〕對月玩花：《艷異編》《花陣綺言》作「對花玩月」。
〔七九〕原文作「禮」，據詞義改。
〔八〇〕釋義原文誤作「志」
〔八一〕釋義原文誤作「普」。
〔八二〕釋義原文誤作「長恨可」。
〔八三〕釋義原文誤作「回頭」。
〔八四〕釋義原文誤作「姬」。
〔八五〕釋義原文少一「仙」字。
〔八六〕釋義原文作「何必區區上□□」，「玉京」二字逢書葉殘破，據清平山堂刊本《六十家小說·藍橋記》補改。
〔八七〕釋義原文少一「三」字，據《左傳》補。
〔八八〕釋義原文誤作「監」。
〔八九〕釋義原文誤作「問」。
〔九〇〕釋義原文少一「至」字。
〔九一〕釋義原文誤作「監」。
〔九二〕釋義原文誤作「六」。

〔九三〕釋義原文誤作「瀕」。

〔九四〕釋義原文誤作「憂」。

〔九五〕釋義原文誤作「俱」。

〔九六〕釋義原文誤作「新」。

〔九七〕釋義原文誤作「並」。

〔九八〕釋義原文誤作「桂」。

初，生與成都府角妓丁憐憐者極相厚善。憐敏惠〔一〕殊俊，常得帥府〔二〕顧盼。生方妙年秀麗〔三〕，憐憐一見〔四〕傾慕。生自秋還鄉里〔五〕，憐憐屢遣人招生，生托故不往。至是，生之友人陳仲游，亦豪家子也，見生每置恨於臨風對月之間，因拉生至成都舒懷，遂同至憐憐之家。

生既入，憐不勝欣喜，杯酒共〔六〕話款曲。生但面壁，略不致意。憐怪之，委曲詢問〔七〕，生終不言。憐意其礙於仲游也，乃留之竟夕，令其女伴相侍仲游寢〔八〕，而自薦於生。生不得已，因與同席〔九〕。枕邊切切語生所以不見答之故。生乃自道與嬌娘相遇之情〔一〇〕。憐問曰：「嬌娘誰家女也？」生曰：「新任眉州王通判之女也。」憐又問：「其質若何？」生曰：「美麗清絶，西施、妃子殆相仿佛〔一一〕，而丰韻〔一二〕過之。」

憐因沉思良久，曰：「既名嬌娘，又且〔一三〕美麗若此，豈非小字瑩卿者乎？」生愕然曰：「爾何由知之？」憐曰：「向者帥府幼子將求婚，酷好美麗，不以門第高下爲念，但欲姝〔一四〕色。嘗〔一五〕捐數千緡，命畫工於近地十郡求問〔一六〕，伺隙繪人家美女以獻，凡得九人〔一七〕，此其一也。色瑩肌白，眼長而媚，愛作合蟬鬢，常〔一八〕有憂怨不足之狀。嘗〔一九〕至帥府内室見之，因記其姓字。果然是否？」生曰：「子如親見其人，即是此女。」憐曰：「宜〔二〇〕子之視我若土壤！子之所遇，真天上人也！妾嘗〔二一〕入視，佇目〔二二〕不能去，第恨不見其身。今後至彼，願求舊鞋丐我。」生諾之。

明日，遂與陳仲游同歸。抵家後，生因追念〔二三〕憐憐「天上人」之語，慨然賦詩一絶。其〔二四〕詩曰：

自入仙源路已深，桃花與我是知心。紛紛浪蕊迷蜂蝶，得似高山遇賞音。

生因悵恨〔二五〕再期杳杳，傷感成疾，因卧累日。父母驚異，因令人詢問生得病之由。生乃托以夢寐絶怪，將不能免，必須求善能驅役鬼神者作法禳之。父乃命良巫祈祝。生密使人厚賂巫者，令巫者〔二六〕向父母言「此爲鬼物所侵〔二七〕，必當遠避〔二八〕，方可得安〔二九〕；如其〔三〇〕不然，生死未判」。父母聞巫言，大驚，俱〔三一〕以爲誠然，於是議令生往舅家以避此難，擇日起行。先期之二日，令人申覆〔三二〕舅家，舅妗許之。嬌時在父母傍，聞生有來期，喜慰特甚〔三三〕。人回報，生亦欣快，隨覺病差愈。父母以爲得計。

及期，生戒行〔三四〕，病亦稍安〔三五〕。于時鶯囀簧聲，百花競發，園林錦繡，奪目争妍。生至舅居〔三六〕，及門，遇嬌在〔三七〕秀溪亭。兩情四目，不能自止。暫扣寒暄畢〔三八〕，生欲入謁〔三九〕舅妗〔四〇〕，嬌止之曰：「今日鄰家〔四一〕王寺丞宅〔四二〕邀往天寧玩賞牡丹，至暮〔四三〕方歸。姑在此〔四四〕少息，徐徐而入可也。」

乃與嬌並坐亭上。嬌因謂生曰：「君養攝不如平時，何故〔四五〕？今復來此，何爲〔四六〕也？」生疑其言，乃曰：「日月未久，何故忘乎〔四七〕？自相離之後，坐不安席，味不適口，寢不着枕，行不重足，何止夜月屋梁之思！中間請命嚴君，冀諸媒妁，而天不從人，竟辜宿望。春花秋月，風臺雪〔四八〕榭，無一而非牽情惹恨之處。百計重來，以踐舊約。今子乃有『復來何爲〔四九〕』之辭，予失計甚矣！」嬌愧謝曰：「君心果金石不渝〔五〇〕，妾何以謝君？」因相與歡〔五一〕。移時，同步入室。

生至其舊館，窗几依然。向時所書詩曲，左顧右盼，濡染如新。生悵然自失，復作一詞以紀之。詞曰：

甥館暌違已隔年，重來窗几尚依然。仙房長擁煙雲瑞〔五二〕，浮世空驚日月遷。○濃淡筆，短長篇，舊吟新誦萬愁牽。春風與我渾相識，時遣流鶯奏管弦。

——右調《鷓鴣天》

至晚，舅妗歸，生拜謁甚恭。舅問生曰：「聞三哥有微恙，想亡豎子遁矣。」生謝曰：「唯舅舅憐其微恙，庶得逃免。再造之賜，沒齒不忘。」舅妗勞勉〔五三〕之，生就室。自後，與嬌情意周洽，逾于平昔。

住數月，情意益厚。生因憶丁憐憐之言，求舊鞋于嬌。嬌力詢生曰：「安用弊履爲哉？」生不以實告，嬌不許。

舅之侍女飛紅者，顏色雖美，而遠出嬌下。唯雙鸞與嬌無大小之別，常互鞋而行〔五四〕。其寫染詩詞與嬌相埒，嬌不在側，亦佳麗也。以妗性〔五五〕妬，未嘗〔五六〕獲寵於舅。常時出入左右，生間與之語。嬌則清麗瘦怯，持重少言，佇視動輒移目。每相遇，生不問，嬌亦〔五七〕不答，戲狎一笑，則使人魂魄俱飛揚〔五八〕。紅〔五九〕尤喜謔浪，善應對，快談論。生雖不與語，亦必求事以與生言。嬌每見之，則有不足之意。及生再至，紅益〔六〇〕與之親狎，嬌疑焉。

生久求嬌鞋不獲。一日，嬌晝寢，生偶至其側，因竊鞋趨出。方及寓室，以他事去，未曾收拾。飛紅適尾生後，見生遺鞋，紅乃疑嬌所與者，因收之。生罔知所以，及歸室索鞋，無有也。因怏怏〔六一〕於懷，遂作一詞以自紀。詞云：

尖尖曲曲，緊把紅綃〔六二〕蹙。朵朵金蓮奪目，襯出雙鉤紅玉。〇華堂春睡深沉，拈來綰動春心。早被六丁收拾，蘆花明月難尋〔六三〕。

——右調《青玉案〔六四〕》

【集評】

《評釋嬌紅記》眉批

評「初，生與成都府角妓丁憐憐者極相厚善，憐敏惠殊俊，常得帥府顧盼。生方妙年秀麗，憐憐尤見傾慕。生自秋還鄉里，憐憐屢遣人招生，生托故不往」：生之棄憐憐舊好而不致意，猶宰輅之遇瑜娘而遠微香也。

評「枕邊切切語生所以不見答之故。生乃自道與嬌娘相遇之情」：宰生語微香云：「將新變故易，以故變新難。」誠然也。

評「色瑩肌白，眼長而媚，愛作合蟬鬟，常有憂怨不足之狀」：即《鍾情集》詞云：「玉般温潤蘭般馥，花樣妖嬈柳樣柔。巧笑千金蘇氏小，清歌一曲杜家秋」是也。

評「生乃托以夢寐絶怪，將不能免……生死未判」：此生相思成疾，佯爲怪誕之言竦動父母，冀得遠避舅家，以會嬌娘。計亦狡矣。

評「生至舅妗，及門，遇嬌在秀溪亭。兩情四目，不能暫扣寒暄」：幸生《如夢令》調云：「久别喜相逢，春從何處來。四眼頻相顧，雙情何快哉！」

評「因以與歡洽，移時，同步入室」：此生重入天台，得整舊風流矣。忻忭無任。

評「自後，與嬌情意周洽，逾于平昔」：别久乍逢，兩情繾綣倍於常時，亦本然事。

評「一日，嬌晝寢，生偶至其側，因竊鞋趨出。方及寓室，以他事去，未曾收拾。飛紅適尾生後，見生遺鞋，紅乃疑嬌所與者，因收之」：婦性多妬悍，比比然也。嬌之疑紅，紅之疑嬌，于索鞋一節可見矣。

四十卷本《艷異編》眉批

評「憐意其礙於仲游也，乃留之竟夕，令其女弟伴姐侍仲游寢，而自薦於生」：處理得好。

評「美麗清絶，西施、妃子殆相千百，而風韻過之」：妒貨。

評「子之所遇，真天上人也！」：「天上人」三字，真可謂不着□語，□得□意矣。

評「生因追念憐憐『天上人』之語」：非念憐憐也，念天上人也。

評「生密使人厚賂巫者，令向父母言『此爲鬼物所憑，必當遠避，方可向安；如其不然，生死未判』」：好計。

評「于時鶯囀簧聲，百花競發，園林錦繡，奪目争妍」：又遇動情天氣。

評《鷓鴣天·甥館睽違》：歌喉宛轉嬌無力。

評「則有不足之意」：醋意。（按：此條爲旁批。）

十二卷本《艷異編》眉批

評《鷓鴣天·甥館睽違》：歌喉宛轉嬌無力。（按：同於四十卷本眉批）

《花陣綺言》旁批

評「生但面壁，略不致意」：雖然心裡有人，不應如此掃興。

評「西施、妃子殆相千百，而丰韻過之」：對紅裙不宜如此形容國色，置人何地！

評「色瑩肌白，眼長而媚」：真美！

評「宜子之視我若土壤！」：醋話。

評「子之所遇，真天上人也！」：果然。

評「生因悵恨再期杳杳，傷感成疾，因卧累日」：這病只可自知。

評「必須求善能驅役鬼神者作法禳之」：真見鬼。

評「令巫者向父母言此爲鬼物所侵」：又説鬼話。

評「病亦稍安」：不藥自愈。

評「遇嬌以秀溪亭」：此時兩人心痒神迷。

評「今復來此，何幹也」：特以冷言，探彼心事。

評「予失計甚矣」：説得可憐！

評「君心果金石不渝」：如今信了。

評「唯雙鸞與嬌無大小之别。其寫染詩詞與嬌相埒，嬌不在側，亦佳麗也」：即此兩件，足可愛也。

評「喜謔浪」：有風趣。

評「快談論」：暢甚。

評「亦必求事以與生言」：此乃引蕩人心。

評「則有不足之意」：有醋心。

評「紅益與之親狎」：淫欲肆起。

【釋義】

《評釋嬌紅記》「釋義」專欄

按：以下在「自入仙源路已深」一詩後：

眉州：《一統志》云：四川眉州，唐名通義郡，宋乾元初復爲眉州。本朝初改爲縣，十三年復爲州。

西施：吴破越，越進西施請退軍，許之。□得西施，爲築姑蘇臺游樂，國事廢墜。後吴亡，宋人有詩曰：「如何巧樣身材小，惹得吴王恨許多？」

妃〔六五〕子：宓妃也，魏黄初三年，陳思王詣京師，還□洛川。古人言：水之神曰宓妃。感宋玉神女事，遂作賦曰：「余〔六六〕情悦其俶美兮，心振蕩而不怡〔六七〕。無良媒以接歡〔六八〕兮，托〔六九〕微波而通辭。」

不以門第高下：柳玭〔七〇〕戒子：「凡門第高者〔七一〕，可畏不可恃。」

畫工：《西京雜記》：「杜陵畫工毛延壽，善爲人形，醜好老〔七二〕少得其真。」

玉鬟：秦李斯書：「是以泰山不辭土壤，故能成其大；河海不擇細流，故能就其深。」

仙源路又深：《續齊〔七三〕諧記》：漢永平中，剡縣有劉晨、阮肇入天台山採藥，迷失道路。糧盡，望山頂有桃，共取食之。下山得澗水，飲之。見一杯流出，中有胡麻飯屑，二人相謂曰：「去人家不遠矣。」因行一里，又度一山，見二女絕色，喚劉、阮姓名，如有交舊。邀過家，床被帷幔，非人世所有。就女家止宿，遂行夫婦之禮。辭歸，已七代矣。再往，不復見。

高山：《列仙傳》：伯牙鼓琴，鍾子期曰：「善哉！巍巍乎志在高山，洋洋乎志在流水！」子期死，伯牙以爲世無知音者，終身不復鼓琴矣。

按：以下在《鷓鴣天・甥館睽違》後：

驅役鬼神：《論語》：「鄉人儺。」又《後漢・禮樂志》：「季冬先臘一日，大儺。選中黄門子弟〔七四〕，皆赤幘皂衣，逐惡鬼于禁中。」

園林錦繡：宋子京詞：「睹園林萬花如繡。」

兩情：荀子言：「兩情者，人生固有端焉。」

天寧：寺名，宋昇明元年建。

夜月屋梁：杜詩：「落月〔七五〕滿屋梁，猶疑見顏色。」

嚴君：《易・下經・家人》彖曰：「家人有嚴君焉，父母之謂也。」

春花秋月：李後主〔七六〕《虞美人》詞：「春花秋月何時了，往事知多少？」

金石不渝〔七七〕：不渝〔七八〕，不變也。孟郊《審交》詩：「惟當金石交，可以〔七九〕賢達論。」

甥館：《孟子·萬章》篇：「舜尚見帝，帝館甥于二室。」

睽違：《易·睽卦》：「乖異也，上火下澤，性相違異。」

按：以下在《青玉案·尖尖曲曲》後：

微恙：《風俗通》語：恙，毒蟲。古人草居露宿，故相勞問〔八〇〕必曰「無恙」。

二豎子：《左傳》：晉侯景公病，求醫于秦。其醫未至，公夢疾爲二豎子，其一曰：「良醫也，懼傷我，焉逃之？」其一曰：「居肓之上、膏之下，若我何？」醫至，曰：「疾不可爲。在肓之上，膏之下，攻之不可，達之不及，藥之不至焉，不可爲也。」公曰：「良醫。」

再造之賜：猶言再生也。初，魏武帝使高允授太子經。崔浩以史事被收，太子對帝言：「高允小心慎密，請赦其罪。」後允曰：「臣與崔浩實同史事，死生榮辱義無獨殊。誠荷殿下再造之恩，違心苟免，非臣所願也。」

没齒：《論語》：「奪伯氏駢邑三百〔八一〕，没齒無怨言。」

相將：黄山谷詩：「思歸笑盈〔八二〕門，兒女扶相將。」

謔浪：《詩·終風》篇：「謔浪笑傲，中心是悼。」

朵朵金蓮：《南史》：潘妃名玉奴，東昏寵之。鑿金爲蓮花，貼之地上，令妃步之，曰：「此步步生蓮花也。」

六丁：韓詩：「仙官敕六丁。」《道〔八三〕書》云：「陽官六丁，陰官六丁。」六丁者，六甲之丁也。

【校證】

〔一〕惠：《花陣綺言》作「慧」。

〔二〕帥府：此據他本。單行本誤作「師府」。

〔三〕生方妙年秀麗：何本作「生年方秀麗」。

〔四〕一見：此據林本、何本、《花陣綺言》。單行本、《艷異編》作「尤見」。

〔五〕鄉里：何本作「閭里」。

〔六〕共：《艷異編》同單行本。林本、何本、《花陣綺言》無此字。

〔七〕詢問：《艷異編》奪一「問」字。林本、何本、《花陣綺言》作「詢生」。

〔八〕令其女伴相侍仲游寢：《艷異編》作「令其女弟伴姐侍仲游寢」。林本、何本、《花陣綺言》作「令其女名伴姐侍仲游寢」，《繡谷春容》近此，句末多一「所」字。

〔九〕同席：《艷異編》同單行本。林本、《花陣綺言》作「其寢」。何本、《繡谷春容》作「共寢」。

〔一〇〕情：《艷異編》同單行本。林本、何本、《花陣綺言》作「時」。

〔一一〕西施、妃子殆相仿佛：此句綜合諸本。單行本作「西施、杞子殆相仿佛」。他本作「西施、妃子殆相千百」。
〔一二〕丰韻：《花陣綺言》同單行本。《艷異編》作「風韻」。林本、何本作「平匀」。
〔一三〕又且：何本作「又有」。
〔一四〕姝：《艷異編》同單行本。林本、何本、《花陣綺言》、《風流十傳》作「殊」。
〔一五〕嘗：諸本皆作「常」。「嘗」「常」兩通，據通行用字選定「嘗」。
〔一六〕求問：《繡谷春容》作「求婚」。
〔一七〕九人：《花陣綺言》作「幾人」。
〔一八〕常：《艷異編》作「時」。
〔一九〕嘗：諸本皆作「常」。「嘗」「常」兩通，據通行用字選定「嘗」。
〔二〇〕宜：《花陣綺言》誤作「室」。
〔二一〕嘗：除《繡谷春容》誤作「當」，諸本皆作「常」。「嘗」「常」兩通，據通行用字選定「嘗」。
〔二二〕佇目：《艷異編》、何本、《繡谷春容》同單行本。林本、《花陣綺言》作「停目」。
〔二三〕追念：何本作「追憶」。
〔二四〕其：他本無此字。
〔二五〕悵恨：何本、《繡谷春容》作「惆悵」。
〔二六〕巫者：此據林本、何本、《花陣綺言》。單行本、《艷異編》無。

〔二七〕侵：此據林本、何本、《花陣綺言》。單行本、《艷異編》作「憑」。

〔二八〕避：《花陣綺言》作「遁」。

〔二九〕得安：《艷異編》《繡谷春容》作「向安」。林本、何本、《花陣綺言》作「苟安」。

〔三〇〕何本無「如其」二字。

〔三一〕俱：他本作「懼」，歸上句。

〔三二〕申覆：《繡谷春容》作「上覆」，餘皆作「取覆」。

〔三三〕喜慰特甚：何本作「喜不自勝」。

〔三四〕戒行，謂登程，出發上路。北宋韋驤《離邑之衢按獄》：「出野暴雨作，遲晴方戒行。」明初王汝玉《惠山留別諸友》：「明晨將戒行，分袂欲成戚。」

〔三五〕稍安：《艷異編》作「向安」。

〔三六〕舅居：此據他本。單行本作「舅妗」。

〔三七〕在：《艷異編》作「於」。《繡谷春容》作「于」。林本、何本、《花陣綺言》作「以」。

〔三八〕不能自止。暫扣寒暄畢：此據《艷異編》乙本，乙本中「自止暫扣」四字雙行縮在兩格之內。《艷異編》甲本作「不能自止，寒暄畢」。單行本作「不能暫扣寒暄，時……」。扣，有探問、問候之意。林本、何本、《花陣綺言》作「不能暫敘寒暄，申……」。《艷異編》句末「畢」字，單行本作「時」，餘作「申」，皆歸下句。

〔三九〕謁：何本作「見」。
〔四〇〕舅妗：《艷異編》少一「妗」字。
〔四一〕鄰家：《艷異編》、何本、《繡谷春容》同單行本。林本、《花陣綺言》誤作「憐家」。
〔四二〕宅：《艷異編》同單行本，但《艷異編》甲、乙本「宅」字前均留一空格。林本、何本、《花陣綺言》無此字。
〔四三〕暮：《艷異編》同單行本。林本、何本、《花陣綺言》作「夜」。
〔四四〕在此：《艷異編》作「至此」。林本、何本、《花陣綺言》作「止此」。
〔四五〕何故：此據他本。單行本無此二字。
〔四六〕爲：他本作「幹」。
〔四七〕何故忘乎：《艷異編》「乎」作「予」。《繡谷春容》「故」作「遽」。
〔四八〕雪：何本、《繡谷春容》作「月」。
〔四九〕爲：他本作「幹」。
〔五〇〕不渝：諸本皆作「不踰」。
〔五一〕因相與歡：此據《艷異編》。餘皆作「因以與歡洽」。
〔五二〕煙雲瑞：《艷異編》《繡谷春容》作「雲煙瑞」。林本、何本、《花陣綺言》作「瑞雲煙」。根據《鷓鴣天》格律規定，此句末當爲仄聲字，故「瑞雲煙」不可取。

〔五三〕勉：《艷異編》《繡谷春容》同單行本。林本、何本、《花陣綺言》作「免」。

〔五四〕常互鞋而行：《艷異編》同單行本。林本、何本、《花陣綺言》無。

〔五五〕性：《艷異編》《繡谷春容》同單行本。林本、何本、《花陣綺言》作「惟」。

〔五六〕未嘗：此據林本、何本、《花陣綺言》。《艷異編》、單行本作「未常」。「嘗」「常」兩通，據通行用字選定「嘗」。

〔五七〕亦：《艷異編》作「則」。

〔五八〕飛揚：《艷異編》同單行本。林本、《花陣綺言》作「喪」，何本作「飛」。

〔五九〕紅：《艷異編》同單行本。林本、何本、《花陣綺言》作「飛紅」。此處多一「飛」字者，上句末皆較單行本和《艷異編》少一字。

〔六〇〕益：林本、《花陣綺言》、《風流十傳》同單行本。《艷異編》、何本、《繡谷春容》作「亦」。

〔六一〕怏怏：《繡谷春容》作「忡忡」。

〔六二〕綃：何本、《繡谷春容》作「絹」。

〔六三〕尋：林本作「覓」。

〔六四〕此非《青玉案》，近於《清平樂》。然據《清平樂》格律規則，「朵朵金蓮奪目」句應多一字。

〔六五〕釋義原文誤作「杞」。

〔六六〕釋義原文誤作「念」。

〔六七〕釋義原文誤作「移」。
〔六八〕釋義原文誤作「觀」。
〔六九〕釋義原文誤作「話」。
〔七〇〕釋義原文誤作「砒」。
〔七一〕釋義原文誤作「高下」。
〔七二〕釋義原文少一「老」字。
〔七三〕釋義原文誤作「秦」。
〔七四〕釋義原文誤作「弟子」。
〔七五〕釋義原文誤作「日」。
〔七六〕釋義原文誤作「季後生」。
〔七七〕釋義原文誤作「踰」。
〔七八〕釋義原文誤作「踰」。
〔七九〕釋義原文誤作「與」。
〔八〇〕釋義原文誤作「間」。
〔八一〕釋義原文誤作「書社三百」。
〔八二〕釋義原文誤作「迎」。

〔八三〕釋義原文誤作「遺」。

及暮，嬌問生索鞋。生曰：「此誠我盜去，然隨已失之。諒子得之矣，何苦索我耶？」嬌乃止。蓋飛紅拾歸，已分付〔一〕嬌也。然嬌以此愈疑生私通於紅矣。

一日，見飛紅與生戲於窗外捉蝴蝶，因大怒，詬紅。紅頗憾之，欲以拾鞋事聞妗，未有間也〔二〕。後遇望日，衆出賀舅妗，嬌在焉。紅因語嬌所失〔三〕之鞋，揚言謂生曰：「此即子前日所遺之鞋也！」嬌變色，亟以他事語舅妗，會舅妗應接他語，不聞。嬌因大疑生使紅發其私，乃大怨望。自後非於〔四〕中堂〔五〕相遇，不復求便以見生。女工諸事，略不措意，怨隙〔六〕之心，行住坐卧皆是也。生亦無以自明。

一日，生不意中漫〔七〕於後園縱步，適於花下見鸞箋一幅，上題詞一首〔八〕。生取而視之，詞云：

花低鶯踏紅英亂，春思重、頓成愁懶。楊花夢散楚雲收〔九〕，平空惹起情無限。○傷心漸覺成牽絆〔一〇〕，奈愁緒、寸心難管。深誠無計寄天涯，幾回〔一一〕欲問梁間燕。

——右調《青玉案〔一二〕》

生披味良久，意謂嬌詞，而疑其字畫頗不類嬌所書。因攜歸，置於室中書案之上，欲詢嬌而未果。

抵暮，西窗前〔一三〕有金籠，養能言鸚鵡一隻，甚馴。嬌過其側，戲以紅豆擲之。鸚鵡忽言〔一四〕曰：「嬌娘子何如〔一五〕打我也？」生聞之，亟出室招嬌。嬌不至，生再三〔一六〕挽之方來。嬌入生室，正疑思不言，忽見案上花箋，因取視之。良久目申生，不語移時。生曰：「子何時所作也？」嬌不答。生又曰：「何故不言？」嬌亦不應。生力究〔一七〕之，嬌曰：「此飛紅詞也。君自彼得之，何必詐妾？」生力辯〔一八〕，嬌並無一〔一九〕言。徘徊良久，長吁竟拂衣起〔二〇〕去。生留之不可。

自爾相會愈疏。嬌終日熟寢，間一二日纔〔二一〕與生一見，見亦不交一言。凡月餘，生不能直其事。生一夕徑造嬌室，左右寂然，唯見案〔二二〕上有五言〔二三〕絶句一章〔二四〕：

灰篆香難炷，風花〔二五〕影易移。徘徊無〔二六〕限意，空作斷腸詩。

生察詩，知嬌之爲己，且疑心之深也。乘間語嬌曰：「再會以來，荷子厚愛，視前時有加焉。邇日形似之間，不能不爲子所棄。何今昔異志乎？」嬌初不言，生再詰之，嬌潸然涕曰：「妾自遇君之後，常恐力日不足〔二七〕。今者君棄妾耳，妾何敢棄君？抑〔二八〕君意既自有主，何必妾望矣〔二九〕？」生曰：「苟有二心，有如此日〔三〇〕！」因指天自誓，以明無他事，且曰：「子何疑之甚〔三一〕也？」嬌曰：「君偶遺鞋，飛紅得之；飛紅偶遺詞，君且得之。天下偶然之事何多之甚耶？妾不敢怨君，幸愛〔三二〕新人，無以妾爲念也。」生仰天太息曰：「有是哉！吾怪邇日見子若有憂者，人之情態，豈難識哉？子若不信前誓，當剪髮大誓於神明之前。」嬌乃回〔三三〕笑曰：「君果然否？」生曰：「何害？」嬌曰：「若然，後園東〔三四〕池，正望明靈大王之祠。此神聰明正直，叩之無不響應。君能同妾對〔三五〕祠大誓，則甚幸〔三六〕也。」生曰：「如命。想明靈大王亦知純〔三七〕心之無他也。」

嬌乃約以次早與生俱遊後園。臨東池畔，遥望大王之祠，兩人異口同聲，拜手設誓，其辭〔三八〕累千百，不能備載〔三九〕。誓畢，攜手而歸，恩情有加焉。嬌乃作一〔四〇〕詞與生，詞云：

芳心一點，柔腸萬轉，有意偷歡〔四一〕。孜孜守着，甚日來結得惡姻緣。語言楚，心聲蹇〔四二〕，明神在上，説破從前。天還知道，不違人願，再與〔四三〕團圓。

——右調《再團圓〔四四〕》

生得詞，亦口占一詞〔四五〕，備述心事〔四六〕以謝之。詞云：

一片芳心，被春拘管，重尋海山〔四七〕盟約。説與從前，不是我情薄。都緣燕逐晴絲，蜂拈花蕊，便成執着。密愛堪憐處，幾多寂寞。此心只有天知，終不成輕狂做作。縱滿眼閑花媚柳，也則無情摸索。後園同步，遥告神明，地久天長更誰托？從今再與團圓，好〔四八〕把是非斷卻。

——右調《白牡丹〔四九〕》

自後，嬌與生情好深篤，飲食起居，無不留意。生自此亦不復與飛紅一語。紅察之，因大憾。一日〔五〇〕，生因縱步至後園牡丹叢〔五一〕畔，忽遇嬌先已在彼，遽擁抱之，必欲求合〔五二〕。嬌卻之，言曰：「醜陋之質，固不敢辭於君。但慮雲雨初交，歡會方密，妾於情狀俱昏迷矣，能保人之不至乎〔五三〕？若有所覺，妾無容身之地矣！」生聞其言，興已稍闌，遂〔五四〕與之攜手而過〔五五〕别圃〔五六〕。

不覺飛紅亦自後潛至，見嬌與生並行，因促步抵舍，語妗曰：「天氣晴暄可人，後園〔五七〕牡丹盛開〔五八〕，能一觀否？」其實欲妗一行，襲敗嬌之蹤跡也〔五九〕。妗可其請，遽命紅侍行。至園中，瞥見嬌與生〔六〇〕並行於花亭畔〔六一〕，左右俱無人。妗因大疑，因呼〔六二〕嬌。生乃狼狽反室，惆悵不已，知爲飛紅所賣，故致爲妗所覺。無以自釋，强作一詞，寫其悒怏之懷〔六三〕。詞曰：

情若連環終不解，無端招引傍人怪。好事多磨成又敗。應難捱〔六四〕，相看冷眼誰偢倸〔六五〕？○鎮日愁眉斂翠〔六六〕黛，闌干倚遍無聊賴。但願五湖明月在。且寧耐〔六七〕，終須還了鴛鴦〔六八〕債。

——右調《漁家傲〔六九〕》

越二日，生自知其跡不寧，乃告歸。舅妗亦不相留〔七〇〕。嬌夜出，潛與生別曰：「天乎！得非命歟？相會未幾〔七一〕而有是事，妾獨奈何哉！兄歸，善自消遣，求便再來，毋〔七二〕以疑間〔七三〕遂成永棄，使他人得計也。」因泣下沾襟。生亦掩泣而別。嬌又以一詞授之，且曰：「兄歸時展視之，即如妾之在側矣。」言終而去。詞曰〔七四〕：

豆蔻梢〔七五〕頭春意闌，風滿前山，雨滿前山。杜鵑啼血五更殘，花不禁寒，人不禁寒。○離合悲歡事幾般，離有悲歡，合有悲歡。別時容易見時難，怕唱《陽關》，莫唱《陽關》。

——右調《一剪梅》

新鍥評釋申王奇遘擁爐嬌紅記卷之上　終〔七六〕

【集評】

《評釋嬌紅記》眉批

評「然嬌以此愈疑生私通於紅矣。一日，見飛紅與生戲於窗外捉蝴蝶，因大怒，詬紅。紅頗憾之，欲以拾鞋事聞，嬌未有知也」：大抵木朽而後蠹生，人疑而後讒入。嬌、紅之心，自是互投間抵隙，以攻發生之陰私矣。

評「自爾相會愈疏。嬌終日熟寢，間一二日纔與生一見，見亦不交一言」：生之拾詞，出於無心；嬌之詰生，本於有意。自是重疑怨矣。

評「生曰：『苟有二心，有如此日！』因指天自誓，以明無他事，且曰：『子何疑之甚也？』嬌曰：『君偶遺鞋，飛紅得之；飛紅偶遺詞，君且得之。天下偶然之事何多之甚耶？』」：所謂「以羊易牛，其迹似吝」，嬌之疑滋甚，而生亦無以自解矣。

評「生曰：『如命。想明靈大王亦知純心之無他也。』嬌乃約以次早與生俱遊後園。臨東池畔，遥望大王之祠，兩人異口同聲，拜手設誓」：生之禱神大誓，將以白此心之無他，而嬌之疑生，十已去其八九矣。

評《逼牡丹・一片芳心》：古云：「萬事勸人休碌碌，舉頭三尺有神明。」信夫！

評「醜陋之質，固不敢辭於君……能保人之不至乎？若有所覺，妾無容身之地矣！」：嬌之所言，恐紅之伺己也。

評「至園中，瞥見嬌與生並行於花亭畔，左右俱無人。妗因大疑，因呼嬌。生乃狼狽反室，惆悵不已」：生、嬌至此，真情畢露，有忸怩鬱抑而不自安者。

評「越二日，生自知其跡不寧，乃告歸」：生之與嬌會晤未幾，因事竊發，不得已而作歸計。

評《一剪梅·豆蔻梢頭》：辜生語瑜曰：「夫離別，人情之所不忍者也……其曰離有悲，固然也；離有歡，吾不之信也。」此議亦是。

四十卷本《艷異編》眉批

評「一日，見飛紅與生戲於窗外捉蝴蝶，因大怒，詬紅。紅頗憾之，欲以拾鞋事聞妗」：釁端起此。

評「嬌變色，亟以他事語舅妗，會舅妗應接他語，不聞」：還好。

評「適於花下見鸞箋一幅」：無中得之。

評「今者君棄妾耳，妾何敢棄君？抑君意既自有主，何必妾望矣？」：錯認極矣。

評「君偶遺鞋，飛紅得之；飛紅偶遺詞，君且得之。天下偶然之事何多之甚耶？」：快暢！

評「想明靈大王亦知予心之無他也」：管不得許多。

評「後園同步，遥告神明，地久天長更誰托？」：好堅心！

評「其實欲姈一行，襲敗嬌之蹤跡也」：皆不□。

評《漁家傲·情若連環終不解》：心緒亂矣，何暇吟詞作賦？

評「別時容易見時難，怕唱《陽關》，莫唱《陽關》」：嬌媚。

十二卷本《艷異編》眉批

評「一日，見飛紅與生戲於窗外捉蝴蝶，因大怒，詬紅。紅頗憾之，欲以拾鞋事聞姈」：釁端起此。（按：同於四十卷本眉批。）

評「適於花下見鸞箋一幅」：無意中得之。（按：略同於四十卷本眉批而句意更爲明晰。）

評「今者君棄妾耳，妾何敢棄君？抑君意既自有主，何必妾望矣？」：錯認極矣。（按：同於四十卷本眉批。）

評「君偶遺鞋，飛紅得之；飛紅偶遺詞，君且得之。天下偶然之事何多之甚耶？」：快暢！（按：同於四十卷本眉批。）

評「想明靈大王亦知予心之無他也」：管不得許多。（按：同於四十卷本眉批。）

評「後園同步，遥告神明，地久天長更誰托？」：好堅心！（按：同於四十卷本眉批。）

評「但慮雲雨初交，歡會方密，妾於情狀俱昏迷矣，能保人之不至？若有所覺，妾無容身之地矣！」：只此數語，已是銷魂。

評「其實欲妗一行，襲敗嬌之蹤跡也」：毒着。

評《漁家傲·情若連環》：心緒絶矣，何暇吟詞作賦？（按：略同於四十卷本眉批。）

評《一剪梅·豆蔻梢頭》：詞亦嬌媚。（按：略同於四十卷本眉批。）

《花陣綺言》旁批

評「蓋飛紅拾歸，已分付嬌也」：紅之用心甚巧。

評「然嬌以此愈疑生」：疑得不差。

評「見飛紅與生戲於窗外捉蝴蝶，因大怒，詬紅」：看破。

評「紅頗憾之，欲以拾鞋事聞」：可恨。

評「紅因語嬌所遺之鞋」：叫出心事。

評「嬌變色，亟以他事語舅妗」：着惱。

評「嬌因大疑生使紅發其私」：又認錯了。

評「怨隙之心，行住坐卧皆是也」：結悵落鬼。

評「生聞之，亟出室招嬌。嬌不至」：做作。

評「良久目申生，不語移時」：該着惱。

評「生曰：『子何時所作也？』嬌不答。生又曰：『何故不言？』嬌亦不應」：兩人都在夢裡。

評「生力辯」：癡漢夢醒。

評「長吁竟拂衣起去」：太認真！

評「嬌終日熟寢」：氣壞。

評「見亦不交一言」：恨殺。

評「今者君棄妾耳，妾何敢棄君耶？」：説得可憐，能不使人動心？

評「天下偶然之事何多之甚耶」：互相穿錯，致使疑恨。

評「此神聰明正直，叩之無不響應」：果是正神，決不管這邪事。

評「拜手設誓，其詞累千百」：放心釋懷。

評「攜手而歸，恩情有加焉」：此番恩愛倍篤。

評「紅察之，因大憾」：也該捻酸。

評「妾於情狀俱昏迷矣」：正要你昏迷，那怕人來？

評「若有所覺，妾無容身之地矣！」：真難依命。

評「不覺飛紅亦自後潛至」：這婆娘甚奸猾。

評「其實欲妗一行，襲敗嬌之蹤跡也」：太心惡。

評「妗因大疑」：方看破。

評「生乃狼狽反室」：唬殺人。

評「兄歸，善自消遣，求便再來」：兩心如刺。

評「毋以疑間遂成永棄，使他人得計也」：可恨奸婢！

評「兄歸時展視之，即如妾之在側矣」：痛心。

評「怕唱《陽關》，莫唱《陽關》」：絶妙。

【釋義】

《評釋嬌紅記》「釋義」專欄

按：以下在「灰篆香難炷」一詩後：

天涯：詩餘：「天涯地角有窮時，只有相思無盡處。」

鸚鵡：按：《爾雅》：鸚鵡，人舌能言，青羽赤喙，其身如鴞。《鸚鵡賦》所謂「蒼鷹鷙而受〔七七〕緤，鸚鵡慧而入籠」者也。《周禮》曰：「鸚鵡能言，不離飛鳥。」

按：以下在《白牡丹・一片芳心》後：

形似之間：漢司馬相如工〔七八〕於形似之言。

潸然：杜詩：「爲我一〔七九〕潸然。」

二心：豫讓曰：「委質爲臣而殺〔八〇〕之，是二心也。吾所以爲此者，將以愧天下後世之爲人臣而懷二心者。」

同聲：《荀子・勸學》篇：「生而同聲。」

芳心一點：張文潛《風流子》：〔八一〕芳心一點，寸眉兩葉。

柔腸萬轉：東坡《柳詞》：索損柔腸。

惡姻緣：陶穀贈秦弱蘭《風光好》詞云：「好姻緣，惡姻緣，只得郵亭一夜眠。」

摸索：《國史》：許敬宗性輕傲〔八二〕，見事多忘之。或謂其不聰。嘗曰：「卿自〔八三〕難記，若遇曹、劉、沈、謝，暗中摸索，著亦可識。」又纂曹娥碑石云：蔡邕聞之來觀，夜暗中摸索其文讀之。

按：以下在《一剪梅・豆蔻梢頭》後：

狼狽：言顛倒失錯者。二獸名。狼無狽不立，狽無狼不行。若相離別，則進退不得矣。

情若連環：《戰國策》：秦始皇嘗遣使遺齊王連環曰：「齊多智，有能解此環否？」以示群臣，皆不知解。後以錐〔八四〕破之，謝秦使曰：「謹以解矣！」

冷眼：白樂天詩：「五侯三〔八五〕相家，眼冷〔八六〕不見君。」

愁眉：後漢粱冀妻孫壽善爲妖態，與家人秦宫私通。作愁眉妝、墮馬髻、折腰步、齲〔八七〕齒笑以媚冀。

闌干倚遍：徐幹臣詞：「佇立盡日〔八八〕，闌干倚遍。」

無聊賴：朱淑真詩：「孤窗鎮日無聊賴。」

鴛鴦債：《詩》：「鴛鴦于飛。」鄭氏婚禮謁文贊曰：「鴛鴦鳥，雄雌相類，飛止相隨。故謂之匹鳥。」

豆蔻梢頭：王元澤詞：「相思只在，丁香枝上、豆蔻梢頭。」

春意闌：李後主詞：「簾外雨潺潺，春意闌珊〔八九〕。」

杜鵑：昔日蜀天子思遍覽天下，遂化爲一鳥，故名曰杜鵑，又名曰子規。《成都記》名曰「杜宇」。

離合悲歡：東坡詞：「人有悲歡離合，月有陰晴圓缺，此事古〔九〇〕難全。但願人長久，千里共嬋娟。」

别時容易見時難：「流水落花春去也，天上人間。」

《陽關》：王維送别詩：「勸君更盡一杯酒，西出陽關無故人。」陽關，在長安西。後人以爲《陽關曲》，三疊之。

【校證】

〔一〕已分付：《艷異編》作「以付」。《繡谷春容》作「已付」。「以」「已」兩通。

〔二〕欲以拾鞋事聞妗，未有間也：此據《艷異編》。林本、何本、《花陣綺言》接近《艷異編》，惟「妗」誤作「嬌」。單行本作「欲以拾鞋事聞，嬌未有知也」。

〔三〕失：《艷異編》作「履」。林本、何本、《花陣綺言》作「遺」。

〔四〕於：《艷異編》無此字。

〔五〕中堂：此據《艷異編》。單行本奪一「中」字。林本、何本、《花陣綺言》作「堂中」。

〔六〕怨隙：此據他本。單行本作「怨恨」。

〔七〕漫：諸本皆作「謾」。「漫」「謾」兩通，據通行用字選定「漫」。

〔八〕上題詞一首：《艷異編》無此句。

〔九〕收：此據林本、何本、《花陣綺言》、《風流十傳》。單行本、《艷異編》少此字。

〔一〇〕牽絆：此據《艷異編》。單行本作「索絆」，林本、何本、《花陣綺言》、《風流十傳》作「縈絆」。

〔一一〕回：此據林本、何本、《花陣綺言》、《風流十傳》。單行本、《艷異編》少此字。

〔一二〕此非《青玉案》，或爲《玉樓春》。

〔一三〕前：《艷異編》同單行本。林本、何本、《花陣綺言》作「下」。

〔一四〕言：何本、《繡谷春容》作「恐」。

〔一五〕何如：林本、何本同單行本。《艷異編》作「何」。《花陣綺言》《風流十傳》作「如何」。

〔一六〕再三：他本作「再」。

〔一七〕究：此據《艷異編》《風流十傳》。單行本、林本、何本、《花陣綺言》作「窮」。

〔一八〕辯：此據林本、何本、《花陣綺言》、《風流十傳》。單行本、《艷異編》、《繡谷春容》作「辨」。

〔一九〕一：此據《艷異編》。單行本、林本、何本、《花陣綺言》無此字。

〔二〇〕起：何本作「而」。

〔二一〕纔：《艷異編》同單行本。林本、何本、《花陣綺言》作「方纔」。

〔二二〕案：此據林本、何本、《花陣綺言》、《風流十傳》。單行本、《艷異編》作「窗」。

〔二三〕五言：《艷異編》無此二字。

〔二四〕章：此據他本。單行本作「律」。

〔二五〕風花：《花陣綺言》作「風月」。

〔二六〕無：《艷異編》作「亡」。

〔二七〕力日不足：此據《艷異編》。餘皆作「日力不足」。

〔二八〕抑：《艷異編》同單行本。林本、何本、《花陣綺言》、《風流十傳》作「耶」，歸上句，爲句末語氣詞。

〔二九〕何必妾望矣：《艷異編》同單行本。何本、《繡谷春容》作「妾何必妄望矣」；林本近何本，惟「妄」作「忘」。《花陣綺言》作「妾何敢忘望矣」。《風流十傳》作「妾何必妄望君乎」。

〔三〇〕日：此據《艷異編》《花陣綺言》《繡谷春容》。單行本、林本、何本作「意」。

〔三一〕甚：何本作「深」。

〔三二〕幸愛：《艷異編》《花陣綺言》《繡谷春容》同單行本。林本、何本誤作「幸受」。

〔三三〕回：《艷異編》、何本、《繡谷春容》同單行本。林本誤作「曰」。《花陣綺言》無此字。

〔三四〕東：《艷異編》乙本作「中」。

〔三五〕對：此據林本、何本、《花陣綺言》。單行本、《艷異編》作「企」。

〔三六〕甚幸：何本作「幸甚」。

〔三七〕純：《艷異編》作「予」。林本、何本、《花陣綺言》作「我」。

〔三八〕辭：《花陣綺言》作「詞」。

〔三九〕其辭累千百，不能備載：何本無。

〔四〇〕一：此據《艷異編》。單行本無。從「嬌乃作一詞與生」至「《再團圓》」一段：《艷異編》與單行本大同小異（詳見後註），《風流十傳》有較多删改。林本、何本、《花陣綺言》無此段，何本亦無隨後「生得詞……詞云」句及《白牡丹》一詞。

〔四一〕歡：《艷異編》《風流十傳》作「憐」。

〔四二〕語言楚，心聲蹇：《艷異編》作「語言是心聲」。

〔四三〕與：此據《艷異編》《風流十傳》。單行本無。

〔四四〕存見詞譜中無《再團圓》詞牌，或爲孤調、僻調，存疑。

〔四五〕詞：此據《艷異編》。單行本作「調」。

〔四六〕生得詞，亦口占一調，備述心事：林本、《花陣綺言》作「生賦一詞，備述心間之事」。

〔四七〕海山：《艷異編》、林本、《花陣綺言》作「雲翼」。《繡谷春容》作「雲雨」。

〔四八〕好：他本作「莫」。

〔四九〕白牡丹：此據《艷異編》。單行本、林本、《花陣綺言》作「逼牡丹」。存見詞譜中無《白牡丹》詞牌，或爲孤調、僻調。雖有相近詞牌《碧牡丹》見諸詞譜，然此詞字數、平仄亦不相合，存疑。

〔五〇〕一日：《艷異編》同單行本。林本、何本、《花陣綺言》無此二字。

〔五一〕牡丹叢：何本、《繡谷春容》作「牡丹亭」。

〔五二〕合：《花陣綺言》作「會」。

〔五三〕乎：《風流十傳》同單行本。《艷異編》、林本、何本、《花陣綺言》無此字。

〔五四〕生聞其言，興已稍闌，遂……：何本作「生興遂闌」。

〔五五〕而過：此據他本。單行本無此二字。

〔五六〕圃：《繡谷春容》作「園」。

〔五七〕園：《艷異編》《繡谷春容》同單行本。林本、何本、《花陣綺言》作「圃」。

〔五八〕天氣晴暄可人，後園牡丹盛開：林本、何本、《花陣綺言》除「園」「圃」異文外，同單行本。《艷異編》作「天氣晴暄，可入後園。牡丹盛開」。

〔五九〕其實欲妗一行，襲敗嬌之蹤跡也：何本無此句。

〔六〇〕嬌與生：《風流十傳》同單行本。餘皆作「生與嬌」。

〔六一〕花亭畔：《艷異編》甲本作「花畔亭」，乙本、四十卷本和十二卷本作「此畔亭」。

〔六二〕呼：《艷異編》甲本與諸本同，乙本作「可」，四十卷本和十二卷本作「呵」。

〔六三〕寫其悒怏之懷：他本作「寫其悒怏云」。

〔六四〕捱：此據《花陣綺言》《繡谷春容》。餘皆作「睚」。

〔六五〕偢倸：《艷異編》作「偢採」。偢倸，即理睬，搭理，亦作「偢睬」，音chǒu cǎi。南宋張鎡《眼兒媚·初秋》：「起來没箇人偢采，枕上越思量。」元汪梅溪《南州春色》：「無人偢倸，獨立古牆隈。」

〔六六〕翠：此據林本、《花陣綺言》。單行本、《艷異編》無。

〔六七〕耐：《艷異編》同單行本。林本、《花陣綺言》、《風流十傳》作「忍耐」。

〔六八〕鴛鴦：《繡谷春容》作「相思」。
〔六九〕「知爲飛紅所賣……詞曰」一段及《漁家傲》一詞：何本無。何本此處臨近上卷末尾，或因有意節省版面所致。
〔七〇〕亦不相留：《艷異編》作「亦不留之」。林本、《花陣綺言》作「則亦不知留」，何本作「亦不知留」。《繡谷春容》作「亦不之留」。
〔七一〕未幾：《艷異編》作「未期」。
〔七二〕毋：《艷異編》作「無」。
〔七三〕疑間：猜忌離間。
〔七四〕「嬌夜出……詞曰」一段：何本作「嬌夜潛出，與生掩泣而別。因製一詞以送別，詞名《一剪梅》」。何本此處臨近上卷末尾，這一縮寫或是出於節省版面的考慮。
〔七五〕梢：此據林本、《風流十傳》。單行本、《艷異編》、何本、《花陣綺言》作「稍」。
〔七六〕諸本之中，僅何本、四十五卷本和十二卷本《艷異編》分卷方式與單行本相同。何本的分卷標記爲「擁爐嬌紅上卷終」，四十五卷本和十二卷本《艷異編》此處留白，無分卷的文字標識，在下一葉另起一卷。
〔七七〕釋義原文誤作「又」。
〔七八〕釋義原文誤作「上」。

〔七九〕釋義原文奪一「一」字，據《送梓州李使君之任》補。
〔八〇〕釋義原文誤作「背負」。
〔八一〕釋義原文衍一「同」字。
〔八二〕釋義原文奪一「傲」字，據《隋唐嘉話》補。
〔八三〕釋義原文作「庸」。
〔八四〕釋義原文誤作「推」。
〔八五〕釋義原文誤作「將」。
〔八六〕釋義原文誤作「冷眼」
〔八七〕釋義原文誤作「禹」。
〔八八〕釋義原文誤作「空獨立盡」。
〔八九〕釋義原文奪一「珊」字。
〔九〇〕釋義原文衍一「今」字。

嬌紅記卷下〔一〕

元邵菴　虞伯生　編輯
閩武夷　彭海東　評釋
建書林　鄭雲竹　繡梓〔二〕

申生與嬌娘分袂而別，次早遂歸〔三〕。既達侍下〔四〕，父母以生久在外，妨廢書史〔五〕，來歲〔六〕大比，功名之會又〔七〕在眼前〔八〕，遂令生往〔九〕書齋坐卧〔一〇〕，温習舊業。生與其兄綸雖朝夕共學，而思嬌之念，無時不然〔一一〕。夜則與兄異〔一二〕榻而寢，悵恨之辭或形于夢寐，恨不能御風縮地一與嬌會。

春盡夏終，轉眼又是初秋天氣。雁杳魚沉，絶無消息〔一三〕。至七月中旬，舅以眉州隸倅催赴任期〔一四〕，道經申生之門，因留宿于生家者累日。此時舅挈家以行，妗、嬌寓生家，相隨不離跬步，兼有〔一五〕飛紅、湘娥諸侍女雜然左右。生與嬌欲一言而〔一六〕不可得。

居三日，舅命戒行。車馬喧闐，送者絡繹於道。妗與嬌〔一七〕各登車，諸侍女相隨先後。申生亦乘馬相送，闖其便，曳簾挽車，與嬌語舊。嬌娘淚下如雨，不能答，徐曰：「遇君之後，一日爲別不能堪處，況今動是三年，遠及千里！一旦思君之切，安保其再能見君乎？但恐妾垂首瞑目，骨化形銷；君將眠花卧柳〔一八〕，棄舊憐新。妾枕邊恩愛，他人有之矣！」生曰：「明靈大王在彼，吾誓不爲也。」嬌曰：「若然，妾荷君之恩，死且不朽！」乃口占一詩以贈生，詩云〔一九〕：

欲語征夫〔二〇〕促去忙，臨岐〔二一〕分袂轉情傷。不堪千里三年別，恨説仙家日月長。

嬌於袖中又出香佩〔二二〕一枚，上有金銷團鳳，以真珠〔二三〕百粒，約爲同心結，贈生曰：「睹物思人可也。得暇〔二四〕可求便一來，毋以地遠爲辭。」言未竟〔二五〕，軒車催動。霧隱前山，曉月半沉，目送不及。

生別舅妗辭回，潸然〔二六〕歸于書室，閒消永日，無不淚零。晨窗夕燈，學業幾廢，間爲詞章，無非〔二七〕寄與嬌紅之語，他不暇及。一日，賦一曲以示兄綸，皆寓〔二八〕其意於言辭之外，未嘗斥言也。詞云：

春風情性，奈少年棄負，竊香名譽。記得當初，繡窗私語，便傾心素。雨濕花陰，月篩〔二九〕簾影，幾許良宵遇。亂紅飛盡，桃源從此迷路。〇因念好景難留，光陰易失，算行雲何處〔三〇〕。三峽詞源，誰爲我、寫出斷腸詩句？目極歸鴻，秋娘聲價，應念司空否？甚時覓個彩鸞，同跨歸去？

——右調《念奴嬌〔三一〕》

兄見其詞〔三二〕，撫生背肩〔三三〕曰：「厚卿，以弟之才，當取青紫如拾地芥〔三四〕，以顯二親，夫何留連〔三五〕光景？此詞固佳，察弟之心，必有所主。秋期在邇〔三六〕，且移此筆力〔三七〕鏖戰文場可也。」生但無言。蓋生詞微寓與〔三八〕嬌相會之始末〔三九〕，至「亂紅飛盡」之句，則直指飛紅媒蘗之事，思恨之極，作爲此詞，其兄不知也。

申生既以《念奴嬌》詞示其兄，因感兄相勉功名之意，又加舉問〔四〇〕，雖不能忘情於嬌，而槐黄在目，幸而有兄相與講明，亦懼父母之督責也〔四一〕。及至八月，與兄俱就秋試畢，即欲言歸。兄綸謂曰：「三年燈火辛勤，決〔四二〕以此舉。揭榜在近〔四三〕，何不少俟〔四四〕？」生曰：「兄學業高遠〔四五〕，高中〔四六〕必矣。劣弟荒唐孱陋，孫山之外，不言可知。不欲久此，榜揭後，無面目回鄉也。」兄再四挽留，生不得已，從之。

踰數日，秋闈拆號，生與兄綸俱〔四七〕在高選，兄弟聯捷〔四八〕而歸。父母甚喜，鄉人〔四九〕賀客填門。有爲詞以慶之者。詞云：

徐卿二子文章妙，秋風來應興賢詔。雙雙〔五〇〕折取桂枝歸，鄉閭自此增榮耀。○浪桃〔五一〕三月春來繞，番身共躍〔五二〕龍門曉。緑衣並〔五三〕立綵萊衣，那更是〔五四〕雙親年少。

——右調《步蟾宫〔五五〕》

生與兄又同赴府縣謝辭畢〔五六〕，即日回家治辦行李，同上春官〔五七〕。次年春試〔五八〕，又與兄綸〔五九〕同及第。兄綸授綿州綿山縣主簿，生以弓箭升甲〔六〇〕，授洋州司户。兄弟晝錦歸家〔六一〕，于時〔六二〕親朋畢賀〔六三〕。有爲詞以賀生者，詞云：

入手功名如拾芥，文章得力須知。蟾宫丹桂折高枝，嫦娥〔六四〕愛年少〔六五〕，換與〔六六〕緑羅衣。○初筮民曹姑小試，鬓鬓相及瓜時。〔六七〕雙親未老十年期〔六八〕，飛黄騰踏去，身到鳳凰池。

——右調《臨江仙〔六九〕》

時有賣《登科録》於眉州〔七〇〕者〔七一〕，舅因閲之。見生兄弟皆及第，因大喜，歸謂妗曰：「二哥三哥兄弟皆及第，吾家宅相眷人〔七二〕矣。但恨相去千里，不能親賀。」遂遣人致書爲慶〔七三〕，且〔七四〕詢問：「二甥榮授何官？如瓜期未及，能一來款我，以慰老夫忻喜之心否？」

生得書，與兄謀曰：「舅有命召，兄宜一行〔七五〕。」綸曰：「父母在，烏〔七六〕可遠遊，委以家事？然舅妗所命，亦不可違。長子〔七七〕克家，弟固當往。」

於是生欣然領命，即日治行，詣舅任所。既至，舅見之，且賀且謝。須臾，妗、嬌畢見〔七八〕，且曰：「別後喜審〔七九〕吾甥兄弟俱擢危科，與有榮華〔八〇〕。」生謙謝再三。又曰〔八一〕：「二哥何以不來？」生答兄弟不可俱出之意。舅妗等問勞禮盡〔八二〕，妗終以生前疑似之故，館生於廳〔八三〕之東邊，去堂甚遠。生亦遠嫌，尋常〔八四〕非呼召〔八五〕不入。縱或一至堂廡，未嘗與嬌款狎。或與嬌〔八六〕偶然相遇，左右森立，但彼此佇視，不能出一言。生殊無聊，住十餘日，欲辭歸〔八七〕。然終念遠來，未曾〔八八〕與嬌一語，悶悶〔八九〕不樂。徘徊久之，乃作詞一闋以述懷。詞云〔九〇〕：

脈脈惜春心，無言耿思憶。夜永如年，誰道藍橋咫尺。緣分淺，何似舊日莫〔九一〕相識！試問取，柳千絲，愁怎織〔九二〕？○菱花頻照，兩鬢爲誰雪積？幾番會面，見了又無信息。空追前事，把兩淚偷滴。且看下稍，如何是得？

——右調《相思會〔九三〕》

【集評】

《評釋嬌紅記》眉批

評「生與其兄綸雖朝夕共學，而思嬌之念，無時不然。夜則與兄異榻而寢，悵恨之辭或形于夢寐，恨不能御風縮地一與嬌會」：同叔詞：「無情不似多情苦，方寸長牽千萬縷。天涯地角有窮時，只有相思無盡處。」申生之思嬌是也。

評「生與嬌欲一言而不可得。居三日，舅命戒行，車馬喧闐，送者絡繹於道。嬌與妗各登車，諸侍女相隨先後。申生亦乘馬相送，闖其便，曳簾挽車，與嬌語舊……」：生與嬌久别乍逢，寓宿三日，四目相顧，不能出一語以敘間闊，有難乎其爲情者。

評《念奴嬌·春風情性》：秋娘乃杜牧之寵妾，所謂「杜家秋」是也。

評「兄見之，撫生背肩曰：『厚卿，以弟之才，當取青紫如拾地芥，以顯二親，夫何留連光景？此詞固佳，察弟之心，必有所主……』」：古語云：「雖無千丈線，萬里繫人心。」生之思嬌是也。

評「踰數日，秋闈拆號，生與兄綸俱在高選，兄弟聯捷而歸。父母甚喜，鄉人賀客填門」：生與兄綸同赴秋試，共掇巍科，一時勝事。父母喜捷，閭里稱慶，固宜。

評「生與兄又同赴府，謝解畢，即日回家治辦行李，同上春官。次年，又與兄綸同及第」：挾策上春官而雙桂聯芳，各膺爵秩，晝錦歸家，實所謂「難爲兄、難爲弟」者。

評「（舅）見生兄弟皆及第，因大喜，歸謂妗曰：『二哥三哥兄弟皆及第，吾家宅相眷人矣。但恨相去千里，不能親賀。』遂遣人致書爲慶，且詢問：『二甥榮授何官？如瓜期未及，能一來款我，以慰老夫忻喜之心否？』」：昔齊侯使連稱〔九四〕、管至父戍葵丘，瓜時而往，曰「及瓜而代」，故云瓜期。宅相，謂甥也。

評「妗終以生前疑似之故，館生於廳之東邊，去堂甚遠。生亦遠嫌，尋常非呼召不入，縱或一至堂廡，未嘗與嬌款狎」：君子別嫌明微禮，固宜也。况館生之所，與堂房遠隔，安能與嬌款敘乎？

四十卷本《艷異編》眉批

評「嬌於袖中又出香珮一枚，上有金鎖團鳳，以真珠百粒，約爲同心結」：妝飾貴重。

評「雨濕花陰，月篩簾影，幾許良宵遇。亂紅飛盡，桃源從此迷路」：小橋曲徑。

十二卷本《艷異編》眉批

評「但恐妾垂首瞑目，骨化形銷；君將眠花卧柳，棄舊憐新。妾枕邊恩愛，他人有之矣」：一字一血。

評「嬌於袖中又出香珮一枚，上有金銷團鳳，以真珠百粒，約爲同心結」：裝飾貴重。（按：略同於四十卷本眉批。）

評「雨濕花陰，月篩簾影，幾許良宵遇。亂紅飛盡，桃源從此迷路」：小橋曲徑。（按：同於四十卷本眉批。）

評「（舅）且詢問：『二甥榮授何官？如瓜期未及，能一來款我，以慰老夫忻喜之心否？』」：又生出一機擴來，妙絶！

評《相思會·脈脈惜春心》：殊覺傷情。

《花陣綺言》旁批

評「相隨不離跬步」：天與之合。

評「兼飛紅、湘娥諸侍女雜然左右」：這厭物腳中釘。

評「生與嬌欲一言有不可得」：兩人更過不得。

評「妗與嬌各登車，諸侍女相隨先後」：想殺人！□步行不離，可恨！

評「恐妾垂首瞑目，骨化形銷，君將卧花卧柳，棄舊憐新」：語語痛恨，腸俱斷矣。

評「妾枕邊恩愛，他人有之矣」：只旦割捨，不得捻酸之甚。

評「睹物思人可也」：勾引。

評「得暇可求便一來」：日不去［能］忘。

評「毋以地遠爲辭」：當學縮地法。

評「無非寄與嬌紅之語」：時刻在念。

評「春風情性，奈少年棄負、竊香名譽」：絶妙好辭，才情溢出。

評「亂紅飛盡，桃源從此迷路」：恨紅婢。

評「察弟之心，必有所主。秋期在邇，且移此筆力鏖戰文場可也」：老成之言，像個做兄長的。訓誨極是！

評「榜揭後，無面目回鄉也」：只想竊玉偷香，元無心于功名也。

評「生與兄綸俱在高選，兄弟聯捧捷而歸」：志願兩全，真大快事！可羡可羡！

評「次年春試，又與兄同及第」：俱聯捷，奇快奇快。

評「弟固當往」：正合機。

評「妗終以生前疑似之故」：這老嫗不方便。

評「但彼此佇視，不能出一言」：難爲情，當躁。

《風流十傳》、余本雙行小字夾批

評「幾許良宵，幾亂紅飛〔九五〕」：寓言飛紅也。

【釋義】

《評釋嬌紅記》「釋義」專欄

按：以下在《念奴嬌·春風情性》後：

御風：《列子篇》：「御風而行，不知風乘我耶，我乘風耶。」

縮地：《神仙傳》：費長房，汝南人。既隨壺公入壺中，公曰：「長房不可教，以仙道止。」將道竹二竿與之。長房乘竹縮地得歸家，千里即在目前。

雁杳：前漢《蘇武傳》：武帝時，蘇武爲中郎將，奉使于單于。欲武降，武不肯。使武至海無人處牧羝羊。若羊生子，則放回。漢使至，單于詐言武已死。使者誑單于天子射雁得帛書，知武在大澤中牧羊。單于不能隱，遂得還。

魚沉：古詩：「客從遠方來，遺我雙鯉魚。呼童烹鯉魚，中有尺素書。」

骨化形銷：崔鶯鶯與張生書：「謂要盟之可欺，則當骨化形銷。」

棄舊憐新：《左傳》云：「捨其舊，而新是謀〔九六〕。」

死且不朽：昭公三十一年，不絶季氏，而賜之死。若弗殺弗亡，君之惠〔九七〕也，死且不朽。

分袂：杜詩：「歲晚〔九八〕仍分袂。」

日月長：《仙家詩話》：「壺中日月長。」

同心結：隋文帝崩，晉王廣使人賜陳夫人金盒。發而視之，則同心結數枚矣。

睹物思人：劉向《新序》曰：哀公問於孔子曰：「寡人生於深宮，未嘗知哀。」孔子曰：「然人君入廣門，仰見榱棟〔九九〕，俯見筵几。其器在，其人亡，君以此思哀，將不勝矣？」

目送：宋孔父嘉之妻美，宋華父督見之於路，目迎而送之，曰：「美而艷」。

竊香：賈充之女私竊香與韓壽。充聞之，遂以女妻壽。

桃源從此迷路：按：陶淵明敘桃源事云：晉太康中，武陵人捕魚。從溪行，忘路遠近。逢桃千株夾岸。既至，乃秦人避世於此。

行雲：楚襄王夢神女云：巫山之神，朝行雲，暮行雨。朝朝暮暮，陽臺之下。

三峽詞流：杜子美《醉歌行》：「詞源倒流〔一〇〇〕三峽水。」

秋娘聲價：周美成《詞話》：「惟有舊家秋娘，聲價如故。」

彩鸞同跨：秦弄玉同蕭史跨鸞升仙而去。

按：以下在《臨江仙·入手功名》後：

取青紫如拾地芥：漢夏侯勝曰：「士病不明經術，苟明經術，取青紫如拈拾地芥耳。」

鏖戰〔一〇二〕：文場以軍士守之，謂曰「鏖戰」。

媒蘖：漢李陵敗降虜，司馬遷言陵有國士之風。今舉事一不幸，全軀保妻子之臣，隨而媒蘖其短。又齊人請麵餅曰媒。□□，釀成其罪。

槐黄在目：科舉近與，槐黄逼眼。

荒唐：繆悠之説，荒唐之言。《莊子・天下》篇謂「廣大無域，畔也」。

孫山之外：解試不中曰在孫山之外。《遯齋閒覽》：孫山末名得解。有同試者，托山探得失。山曰：「解名盡處是孫山，吾兄更在孫山外。」

徐卿二子：杜子美歌：「君不見，徐卿二子生絶奇，感應吉夢相追隨。」徐卿，名道，洛中人，有二子也。

興賢詔：科舉謂興賢詔。

折桂枝：陳元〔一〇二〕老及第詩：「桃花〔一〇三〕先透三層浪，月桂高攀第一枝。」

浪桃三月：春雷繞，禹門三汲浪，平地一聲雷。

龍門：唐人目登科爲登龍門。

緑衣：荊公有詩云：「卻憶金明池上路〔一〇四〕，紅裙争看緑衣郎。」

萊衣：《高士傳》：老萊子性至孝，事雙親。行年七十，身着五色班斕之衣戲舞，或挑水佯跌卧地作小兒啼，弄雛於親側，欲親之喜也。

治辦行李：《左傳・哀公八年》：「亦不使〔一〇五〕一介〔一〇六〕行李告于寡君。」一介，一人也。行李，人遠行，必有行囊也。

春官：《周禮・春官》有六典，天官、地官、春官、夏官、秋官、冬官。春官，禮部官也。唐武德初謂之曰義曹，龍德中改爲司禮，武后改爲春官。

及第：國朝欽定資格，第一甲額取三名，號曰「賜進士及第」。

綿州：綿山在成都府城東北三百六十里。隋初改爲綿州，後改爲金山，唐亦改綿州，宋仍舊。本朝改元，仍宋。編户六十里。

蟾宫：及第之榮，比步蟾宫。

瓜時：任滿曰瓜時。《左傳》云：「瓜時而往，及瓜而代。」

按：以下在《相思會・脈脈惜春心》後：

登科記：唐咸亨始由趙參列進士名目，題曰《登科記》，今曰《登科録》。

子克家：《易・蒙卦》九二：「包蒙，吉，納婦，吉，子克家。」象曰：「子克家，剛柔接也。」

菱花頻照：《白氏六帖》：魏武帝有菱花鏡。又寇平叔〔一〇七〕詞云：「菱花塵滿慵將照，倚樓無語欲銷魂。」

爲誰雪積：高蟾詩：「人生莫遣頭如雪，縱得春風亦不消。」

【校證】

〔一〕何本此處曰：「擁爐嬌紅下」。四十五卷本、十二卷本《艷異編》此處作「幽期部　嬌紅記下」。

〔二〕此題署爲單行本下卷首葉所獨有。

〔三〕申生與嬌娘分袂而別，次早遂歸：何本同單行本。林本、《花陣綺言》近單行本，唯「而」作「相」。《艷異編》作「申生與嬌別，歸」。

〔四〕既達侍下：《艷異編》無。

〔五〕書史：《艷異編》同單行本。餘皆作「經史」。

〔六〕來歲：他本作「間歲」。《繡谷春容》誤作「間遂」。

〔七〕又：他本作「又復」。

〔八〕眼前：《艷異編》奪一「前」字。

〔九〕往：《艷異編》作「於」。林本、何本、《花陣綺言》作「以」。

〔一〇〕坐卧：《艷異編》無。

〔一一〕然：《繡谷春容》作「在」。

〔一二〕異：《艷異編》同單行本。林本、何本、《花陣綺言》作「共」。

〔一三〕「春盡夏終……絶無消息」句：《艷異編》無。

〔一四〕舅以眉州隸倅催赴任期：《艷異編》《風流十傳》作「舅以眉州倅滿」。林本、何本、《花陣綺言》作「舅以眉州隸倅及催任期」。

〔一五〕有：他本無。

〔一六〕而：《艷異編》無。林本、何本、《花陣綺言》作「有」。

〔一七〕妗與嬌：此據他本。單行本作「嬌與妗」。

〔一八〕眠花卧柳：《艷異編》、何本、《繡谷春容》同單行本。林本、《花陣綺言》作「卧花卧柳」。

〔一九〕乃口占一詩以贈生，詩云：他本作「乃占詩一首贈生」。

〔二〇〕征夫：《艷異編》《繡谷春容》《風流十傳》同單行本。林本、何本、《花陣綺言》作「狂夫」。

〔二一〕臨歧：何本、《繡谷春衡》作「臨期」。

〔二二〕佩：諸本皆作「珮」。爲與小説臨近結尾處「紅又詐爲嬌舊遺生香佩」「因取香佩細認」等語呼應，改爲「佩」。

〔二三〕真珠：《艷異編》同單行本。餘皆作「珍珠」。二者通用。

〔二四〕得暇：何本作「得之」。

〔二五〕竟：《艷異編》同單行本。餘皆作「畢」。

〔二六〕潸然：他本作「凄然」。

〔二七〕非：《艷異編》作「不」。
〔二八〕寓：《艷異編》作「寄」。林本、何本、《花陣綺言》作「陳」。
〔二九〕篩：《花陣綺言》作「移」。
〔三〇〕光陰易失，算行雲何處：《花陣綺言》作「況陰陽失算，行雲何處」。
〔三一〕此詞與詞譜規定的《念奴嬌》略有出入。
〔三二〕其詞：此據他本。單行本、《艷異編》作「之」。爲表意明確，據他本改。
〔三三〕背肩：《艷異編》同單行本。林本、何本、《花陣綺言》作「肩背」。
〔三四〕地芥：《艷異編》作「芥」。林本、何本、《花陣綺言》作「草芥」。
〔三五〕留連：他本作「流連」。
〔三六〕在邇：《艷異編》作「在近」。
〔三七〕筆力：此據林本、何本、《花陣綺言》。單行本作「筆刀」。《艷異編》作「筆」。
〔三八〕與：《艷異編》作「於」。
〔三九〕末：《艷異編》同單行本。林本、何本、《花陣綺言》作「未」，歸下句。
〔四〇〕舉問：此據林本、何本、《花陣綺言》。舉，發問，動問也。單行本誤作「學問」。《繡谷春容》誤作「舉動」。
〔四一〕「申生既以《念奴嬌》詞示其兄……亦懼父母之督責也」一段：《艷異編》無。

〔四二〕決：《艷異編》、何本、《繡谷春容》同單行本。林本、《花陣綺言》誤作「快」。

〔四三〕在近：《艷異編》同單行本。林本、何本、《花陣綺言》作「在目」。

〔四四〕俟：《花陣綺言》作「候」。

〔四五〕高遠：《繡谷春容》作「深遠」。

〔四六〕高中：《繡谷春容》同單行本。餘皆作「危中」。

〔四七〕俱：何本、《繡谷春容》作「皆」。

〔四八〕聯捷：《風流十傳》同單行本。餘皆作「聯捧捷」。

〔四九〕鄉人：何本作「鄰人」。

〔五〇〕此處單行本少一「雙」字。據林本、何本、《花陣綺言》補。

〔五一〕浪桃：此據林本、何本、《花陣綺言》。單行本此處作「桃浪」，釋義部分亦作「浪桃」。《繡谷春容》作「浪暖」。

〔五二〕共躍：何本、《繡谷春容》同單行本。林本作「共跳」。《花陣綺言》作「並跳」。

〔五三〕並：《花陣綺言》作「共」。

〔五四〕是：何本作「知」。

〔五五〕此非《步蟾宮》，當爲《玉樓春》。

〔五六〕同赴府縣謝辭畢：此據《花陣綺言》《繡谷春容》。單行本作「同赴府，謝解畢」。林本、何本作

「同赴府縣，謝解畢」。

〔五七〕「父母甚喜……同上春官」一段：《艷異編》無。

〔五八〕春試：此據林本、何本、《花陣綺言》。單行本、《艷異編》無。

〔五九〕綸：《艷異編》同單行本。林本、何本、《花陣綺言》無。

〔六〇〕升甲：《艷異編》甲本、十二卷本同諸本，乙本、四十卷本「甲」作「且」，歸下句。

〔六一〕晝錦歸家：他本作「歸家待次」。

〔六二〕此處林本、何本多「官客」二字，《花陣綺言》多「官舍」二字。

〔六三〕畢賀：何本、《繡谷春容》作「賀畢」。

〔六四〕嫦娥：何本同單行本。林本、《花陣綺言》作「姮娥」。

〔六五〕年少：此據林本、《花陣綺言》。單行本、何本、《繡谷春容》作「少年」。根據《臨江仙》格律規定，此句以仄字收結。

〔六六〕換與：林本、何本、《花陣綺言》作「博換」。

〔六七〕此據林本、何本、《花陣綺言》。單行本此處多一「念」字。

〔六八〕期：此據林本、何本、《花陣綺言》。單行本作「間」。

〔六九〕「於時親朋畢賀……右調《臨江仙》」一段：《艷異編》無。

〔七〇〕於眉州：此據他本。單行本作「至綿州」。前敘舅家赴任眉州，故單行本誤。

〔七一〕者：何本此字前移至「登科録」後。
〔七二〕眷人：林本、何本同單行本。《艷異編》《花陣綺言》作「得人」。
〔七三〕爲慶：此據林本、何本、《花陣綺言》、《風流十傳》。單行本作「爲愛」。《艷異編》無此二字。
〔七四〕且：《艷異編》、何本、《繡谷春容》同單行本。林本、《花陣綺言》作「耳」，歸上句。
〔七五〕一行：《艷異編》《繡谷春容》同單行本。林本、《花陣綺言》作「以行」。何本作「一往」。
〔七六〕烏：林本、何本同單行本。《艷異編》《花陣綺言》作「焉」。
〔七七〕長子：他本作「長孫」。
〔七八〕畢見：《艷異編》同單行本。林本、《花陣綺言》作「出見」。《繡谷春容》作「見」。《風流十傳》作「見畢」。何本此句作「妗與嬌出見」。
〔七九〕審：《花陣綺言》作「聞」。
〔八〇〕與有榮幸：此據《艷異編》。單行本、林本、何本、《花陣綺言》作「預有榮幸」。
〔八一〕曰：他本作「問」。
〔八二〕禮盡：他本作「盡禮」。
〔八三〕廳：他本作「廳事」。
〔八四〕尋常：《花陣綺言》無此二字。
〔八五〕此處《艷異編》多一「而」字，《花陣綺言》多一「則」字。林本、何本同單行本。

〔八六〕或與嬌：《花陣綺言》無此三字。
〔八七〕辭歸：他本作「告歸」。
〔八八〕未曾：《花陣綺言》作「未嘗」。
〔八九〕悶悶：此據他本。單行本作「匆匆」。
〔九〇〕詞云：林本、何本作「其詞曰」。餘皆無此二字。
〔九一〕莫：《艷異編》《花陣綺言》同單行本。林本、何本作「不」。
〔九二〕愁怎織：此據他本。「織」字入聲，合韻。單行本作「愁萬緒」。
〔九三〕此詞與詞譜規定的《相思會》略有出入。
〔九四〕評語原文奪一「稱」字，據《左傳》補。
〔九五〕按：此句非小説原文，已經《風流十傳》改寫。余本襲之。
〔九六〕釋義原文作「圖」。
〔九七〕釋義原文誤作「重」。
〔九八〕釋義原文誤作「曉」。
〔九九〕釋義原文誤作「陳」。
〔一〇〇〕「倒流」二字逢書葉殘破，據《醉歌行》補。
〔一〇一〕釋義原文衍「棘圍」二字。

〔一〇二〕釋義原文作「堯」。
〔一〇三〕釋義原文作「桃源」。
〔一〇四〕釋義原文作「卻意一朝登雲路」。
〔一〇五〕釋義原文誤作「復」。
〔一〇六〕釋義原文誤作「一箇」，下同。
〔一〇七〕釋義原文作「□平敘」。

一日，生晨起，入謁妗。妗未起，生因忽遇嬌於堂〔一〕。時且〔二〕早，左右俱未起，嬌亟促步前語生曰：「妾別兄久矣，思念之心，未嘗少息。喜審近取高第〔三〕，但恨命薄一葉〔四〕，不能執箕帚以觀富貴，爲大恨耳！兄能不棄，不以地遠來臨，妾何以得此？妾與飛紅有隙，君所知也。今妗以年尊多病，不暇他顧〔五〕。而飛紅方用事，跬步動容，無所求其便〔六〕。兄至此已十日矣，妾不能〔七〕與兄一敘疇昔者，坐此故也。妾每見兄必晨昏〔八〕入謁，凡七日晨起以俟兄至，而兄每日〔九〕必晚〔一〇〕。今非兄早至，妾安能與兄一語也？」生曰：「我見事變如此，終日危坐〔一一〕，孤苦之態，不能備述〔一二〕。方欲〔一三〕於一二日間圖爲歸計，緣未及與子一語，故未忍去。今既若此，我雖在此千歲，何益也〔一四〕？予將歸矣。」嬌曰：「妾以〔一五〕今日之故屈事飛紅，尚未得其歡心。自今以往，當愈屈意事之。萬一得回其意〔一六〕，則可與兄復如前〔一七〕日。兄果能少留月餘否？」因出袖中黄金二十星〔一八〕與生，曰：「恐兄到此或有用度。衣服有不堪者，宜令左右以工直〔一九〕持來，當與兄修治也。」生乃曰：「若果有可謀，雖僻處〔二〇〕鬼室〔二一〕千日，亦何害！」

頃之，起者〔二二〕漸衆，生遂出外室〔二三〕。愈無聊賴，終日繞窗〔二四〕吟詠，以寫懷抱。睡起，題詩一首，詩云〔二五〕：

庭院深深寂不譁，午風吹夢到天涯。出牆新竹呈霜節，匝地垂楊滚雪花。覓句閒將〔二六〕消永日，遣愁聊復酌流霞。狂蜂〔二七〕全不知人意，早向窗前報晚衙〔二八〕。

生吟罷，終無以爲懷。至夜復吟一首，詩云〔二九〕：

簟展湘紋浪〔三〇〕欲生，幽人自〔三一〕感夢難成。倚床剩覺〔三二〕添風味，開户〔三三〕何妨待月明。擬倩蛙聲傳密意，難將螢火照離情。遥憐〔三四〕織女佳期近，時看銀河幾〔三五〕曲横。

生在舅家，自秋及冬，歲將暮矣，慕戀〔三六〕之心，終無以自遣。每以明燭〔三七〕，倚床獨坐，夜半方就枕〔三八〕。所居室東邊有脩竹數竿，竹外有亭。前任州官有子婦美而少，因得暴疾，遂至不起，殯于亭中，經歲後移歸〔三九〕鄉里。然精誠〔四〇〕常在亭中，每爲妖祟以迷少年〔四一〕，生不知其詳。一夕，方掩關〔四二〕而坐，將及二更許，忽聞窗外步履聲，生意其兵吏夜起，不以爲怪。頃之，叩窗甚急，生出視，則見嬌娘獨立窗下，曰：「君何不納〔四三〕？候君久矣。」生不知其〔四四〕妖，欣然與之入室，曰：「子何以得此來？」答曰：「舅妗熟寢，無有知者，故來。」因就寢〔四五〕。將旦〔四六〕告去，囑〔四七〕生曰：「此後妾必夜至，兄無幹不必入〔四八〕中堂；或入，偶相遇，不必以言相問，恐人有所覺也。妾或與君語，幸無見答以狎斜之言，妾必有爲〔四九〕，君宜引去，不對。則人將謂君無心於妾，庶可釋疑也。」生曰：「子若夜必一至吾室，吾人何幹？」言訖，遂去。

自後，妖夜必至。凡月餘，人莫之知〔五〇〕。生常經數日，方一入中堂。左右問之，以他事對，或遇嬌，則遠望引避。常獨吟一詞以自喜，詞曰〔五一〕：

天賦多嬌，蕙蘭心性風標，憐才不減文簫〔五二〕。怕芸窗〔五三〕花館，虛度良宵。密相撋就〔五四〕，長待燭暗香銷。○向人前滅迹〔五五〕，休把言語輕挑。問誰知證，唯有明月相邀。從今管取爲雲雨〔五六〕，暮暮朝朝。

——右調《于飛樂〔五七〕》

嬌自生再至，益〔五八〕屈己以事飛紅。平日玩好珍奇〔五九〕，紅一開〔六〇〕口，則舉而贈之。錦繡綾羅，金銀珠翠，唯紅所欲，〔六一〕呼之爲「紅娘子」。紅見嬌之待己厚也，漸釋舊〔六二〕憾，與嬌稔密〔六三〕，嬌結之愈至。

時小慧〔六四〕年已長，見嬌屈意事〔六五〕紅，語嬌曰：「娘子，通判女，貴人也；飛紅，通判〔六六〕妾，賤人也。奈何以貴事〔六七〕賤？此小慧久〔六八〕所不能平者。」嬌因歎曰：「我之遇申生，爾所知也。紅與我有隙，屢窘撓〔六九〕我。今生遠來已久，我不能與之一敘間闊者，蓋梗〔七〇〕於此耳。苟不屈己以結紅之心，或者與生胥會，能保其無語乎？我不自愛而屈事之者，爲生設也。」因吟詩一絶，詩云〔七一〕：

雨勒春寒花信遲，癡雲礙〔七二〕月夜光微。披雲閣雨憑誰力？花月開圓且待時。

吟畢，因泣下。慧〔七三〕曰：「娘子芳年秀麗，稟性聰明，立身鄭重。向時遊玩花園，與湘娥並行，湘〔七四〕不相讓，先登樓梯，娘子怒以告夫人，夫人不治，凡不食者兩日，其負氣有如此者。前年罷官西歸，驛舍床帳不備，重以繡裀〔七五〕，周以羅幃，猶思其不潔，焚沉蓺麝〔七六〕，夜半方寢，其愛身有如此者。娘子善歌，衆所共知，親族聚會，申請願聞〔七七〕再四，終不肯出一聲，其重言有如此者。今既委千金之身〔七八〕於申生，若棄敝屣，而又下事飛紅，喪盡名節，此妾之所〔七九〕大不曉者。況娘子詩詞清麗，文章華贍，名聞於時久矣。當今少年才子，咸〔八〇〕願一見而不可得，苟求婚姻，豈不能得一申生也？又兼申生一第之後，視娘子頗似無情。今雖在此，呼之而不來，問之而不對，諒必有他意也，娘子何自苦執如此？」嬌曰：「爾勿復言。天下復有鍾情如申生者乎？以生之才美，必不負我，必得生而後已。」慧知嬌眷戀申生之心如鐵石，乃亦諂事飛紅。

紅後感嬌之結己備至，盡釋前憾，喟然〔八一〕謂嬌曰：「娘子近日以來憔悴特甚，若重有所思者，何不與紅一言？紅受娘子之恩厚矣，苟有效力，當以死報。」嬌但流涕不言。紅復叩之。乃曰〔八二〕：「我之遇申生，爾所知也，他何言？」紅曰：「此易事耳〔八三〕。夫人〔八四〕年尊，終日於〔八五〕小樓看經。堂室之事，娘子主之。果有所圖，一唯命是從〔八六〕。」嬌鄭重〔八七〕謝之。

【集評】

《評釋嬌紅記》眉批

評「……兄至此已十日矣，妾不能與兄一敘疇昔者，坐此故也。妾每見兄必晨昏入謁，凡七日晨起以俟兄至，而兄每日必晚……」：生居宿舅家七日，纔得與嬌一見。在嬌之心有難以盡述，而生亦不勝其惘者矣。

評「嬌曰：『妾今日之故屈事飛紅，尚未得其歡心。自今以往，當愈屈意事之。萬一得回其意，則可與兄復如前日。兄果能少留月餘否？』」：嬌之屈己事紅，冀圖與生重會。生聞其語，因此逗遛，不作歸計。

評「庭院深深寂不譁」詩：生之襟懷灑落，故其發爲詞章，清新典雅，膾炙人口。

評「前任州官有子婦美而少，因得暴疾，遂至不起，殯于亭中，經歲後移居鄉里。然精誠常在亭中，每爲妖祟以迷少年」：大抵妖祟迷人，在在有之。士君子居身正大光明，則不爲所侵。

評《于飛樂·天賦多嬌》：先正云：「正可辟邪，理能制欲。」生之心邪矣，故邪得以惑之；生之心欲矣，故欲得以引之。否則將畏避之，不遑其能爾耶！

評「時小慧年已長，見嬌屈意事紅，語嬌曰：『娘子，通判女，貴人也；飛紅，通判妾，賤人也。奈何以貴下賤？此小慧久所不能平者。』嬌因歎曰……因吟詩一絶，詩云：『……披雲閣雨憑誰力？』」：小慧有不平之鳴，故嬌以心事語之，其意蓋有在也。「披雲閣雨」之喻，最爲婉切。

評「娘子芳年秀麗，稟性聰明，立身鄭重……其負氣有如此者……其愛身有如此者……其重言有如此者。今既委千金之身於申生，若棄敝屣，而又下事飛紅，喪盡名節，此妾之所大不曉者……」：小慧以嬌之平昔負氣、愛身、重言如此，而今乃不然，以失節玷軀爲諫，即《鍾情集》中四桃「亡猿失火」之喻，可謂深且切矣。

評「紅後感嬌之結己備至，盡釋前憾，喟然謂嬌曰：『娘子近日以來憔悴特甚，若重有所思者，何不與紅一言？紅受娘子之恩厚矣，苟有效力，當以死報。』嬌但流涕不言。紅復叩之。乃曰：『我之遇申生，爾所知也，他何言？』」：飛紅之心，至是感嬌厚恩，思以圖報。叩問再三，嬌乃以心事告之。

四十卷本《艷異編》眉批

評「擬倩蛙聲傳密意，難將螢火照離情。遥憐織女佳期近，時看銀河幾曲横」：眼前點綴，自覺離思酸楚。

評「所居室東邊有脩竹數竿，竹外有亭。前任州官有子婦美而少……」：此一□，在絶處逢生。

評「（妖）囑生曰：『此後妾必夜至，兄無幹不必至中堂；或入，偶相遇，不必以言相問，恐人有所覺也。妾或與君語，幸無見答以狎斜之言，妾必有爲，君宜引去，不對』」：不得生者得死者，不得真者得假者，可歎！

評「則人將謂君無心於妾，庶可釋疑也」：非妖不能有此□計。

評「平日玩好珍奇之物，紅一開口，則舉而贈之。錦繡綾羅，金銀珠翠，唯紅所欲」：都在空裡。

評「我不自愛而屈事之者，爲生設也」：屈意事紅，猶屈意事生。見得通透！

十二卷本《艷異編》眉批

評「妾以今日之故屈事飛紅」：不惜小恥。

評「（嬌）因出袖中黄金二十兩與生，曰：『恐兄到此或有用度。衣服有不堪者，宜令左右以工直持來，當與兄修治也。』」：用意周至。

評「擬倩蛙聲傳密意，難將螢火照離情。遥憐織女佳期近，時看銀河幾曲横」：眼前點綴，自覺離思酸楚。（按：同於四十卷本眉批。）

評「（妖）囑生曰：『此後妾必夜至，兄無幹不必至中堂。或入，偶相遇，不必以言相問，恐人有所覺也。妾或與君語，幸無見答以狎斜之言，妾必有爲，君宜引去，不對』」：不得生者得死者，不得真者得假者，可歎！（按：同於四十卷本眉批。）

評「則人將謂君無心於妾，庶可釋疑也」：非妖不能遠計。（按：略同於四十卷本眉批。）

評「平日玩好珍奇之物，紅一開口，則舉而贈之。錦繡綾羅，金銀珠翠，唯紅所欲」：

都在空裡。（按：同於四十卷本眉批。）

評「或者與生胥會，能保其無語乎？」：此出真情。

評「我不自愛而屈事之者，爲生設也」：屈意事紅，猶屈意〔八八〕事生。見得通透！

（按：同於四十卷本眉批。）

評小慧所言嬌娘「其負氣有如此者」「其愛身有如此者」「其重言有如此者」：發出三段大議論。

評「又兼申生一第之後，視娘子頗似無情。今雖在此，呼之而不來，問之而不對，諒必有他意也，娘子何自苦執如此？」：挑語切骨，終不能悟。（按：四十卷本此處眉批漫漶，當與此同。）

《花陣綺言》旁批

評「時且早，左右皆未起」：這時湊巧該盡相思之苦。

評「但恨命薄一葉」：怨命。

評「不能執箕帚以觀富貴，爲大恨耳！」：真可恨！痛死！

評「妾與飛紅有隙」：冤家。

評「飛紅方用事」：專權。

評「跬步動容」：可惡。

評「無所求其便」：恨殺！

評「凡七日晨起以俟兄至，而兄每日必晚」：不得此一會，幾負此心。言之使人墮淚。

評「緣未及與子一語」：彼此道盡心事。

評「尚未得其歡心」：真可憐！

評「當愈屈意事之」：没奈何。

評「萬一得回其思」：苦求。

評「因出袖中黄金二十兩」：該倒貼。

評「庭院深深寂不譁」：密藏處，不敢做聲。

評「遣愁聊復酌流霞」：只是酒色。

評「幽人自感夢難成」：想念，無寐。

評「前任州官有子婦美而少」：這回要真見鬼。

評「忽聞窗外步履聲」：做鬼也愛少年。

評「或入，偶相遇，不必以言相問，恐人有所覺也」：鬼魅弄人最巧。

評「則人將謂君無心於妾，庶可釋疑也」：説來大有理，那得見疑？

評「子若夜必一至吾室，吾入何幹？」：竟不知誤殺了那人也。

評「則遠望引避」：以真爲假。

評「平日玩好珍奇，紅一開口，則舉而贈之」：可惜虛費。

評「此小慧日久所不能平者」：真不服氣。

評「我不自愛而屈事之者，爲生設也」：切真可憐。

評「娘子善歌，衆所共知，親族聚會，申請願聞再四」：女子家不宜善此技，這説差了。

評「終不肯出一聲」：是不當歌。

評「視娘子頗似無情。今雖在此，呼之而不來，問之而不對，諒必有他意也，娘子何自苦執如此？」：這丫頭勸解可信，但不知小姐之堅執有情揔在，蘇、張之口亦不能回其志也。

評「天下復有鍾情如申生者乎」：寧可人負我，不可我負人。只是認真中不可破。

評「盡釋前憾」：良心發現。

評「憔悴特甚」：回嗔反憐。

評「嬌但流涕不言」：難説。

評「我之遇申生，爾所知也，他何言」：明道出。

評「一唯命而已」：好！

余本《燕居筆記》旁批

評「妾今屈意事之」：何不早出之。

評「兄無幹不必至中堂」：見智，亦緣也。

【釋義】

《評釋嬌紅記》「釋義」專欄

按：以下在《于飛樂・天賦多嬌》後：

箕帚：單父人呂公好相人，見漢高祖狀貌，重之，曰：「臣相人多矣，無如季相。臣有息女，願〔八九〕爲箕帚妾。」

有隙：有仇。隙，間隙也。漢曹參與蕭何善，及〔九〇〕爲相，有隙。後曹參相齊王，與蕭何乖離不相合也。

酌流霞：《抱朴子》：項〔九一〕曼卿言到天上，仙人以流霞杯飲之，始名如此。

蕙蘭心性：柳耆卿詞：「多才多藝，願嬭嬭、蘭心蕙性，枕前言下。」

風標：黃山谷詩：「遺編想風標〔九二〕。」

【校證】

〔一〕堂：林本、何本同單行本。《艷異編》《花陣綺言》作「堂側」。

〔二〕且：此據《艷異編》《花陣綺言》。單行本、林本、何本無。

〔三〕高第：《艷異編》《花陣綺言》同單行本。林本、何本作「高科」。

〔四〕一葉：《艷異編》作「所棄」。

〔五〕他顧：《繡谷春容》作「治家」。

〔六〕無所求其便：林本作「無所不致其謹」。此處《繡谷春容》與其他諸本同。

〔七〕兄至此已十日矣，妾不能……：林本作「使妾輾轉多方，竟莫能……」此處《繡谷春容》與其他諸本同。

〔八〕晨昏：《花陣綺言》作「清晨」。

〔九〕日：林本、何本、《花陣綺言》同單行本。《艷異編》《風流十傳》作「入」。

〔一〇〕晚：《艷異編》《花陣綺言》《風流十傳》同單行本。林本、何本作「晏」。

〔一一〕危坐：他本作「死坐」。

〔一二〕備述：他本作「備言」。

〔一三〕此處《繡谷春容》多一「求」字。

〔一四〕我雖在此千歲，何益也：林本、何本同單行本。《花陣綺言》近此而奪一「千」字。《繡谷春容》

「何」作「無」。《艷異編》作「我雖在此，竟何益也？」

〔一五〕以：此據《艷異編》《花陣綺言》。單行本、林本、何本無。

〔一六〕意：《花陣綺言》作「思」。

〔一七〕此處《花陣綺言》奪一「前」字。

〔一八〕二十星：林本、何本同單行本。《艷異編》《花陣綺言》作「二十兩」。星，戥上標記也，二十星即二十錢。錢，舊時計量單位，一般用於黄金、香料、草藥、食材等輕量物品的稱量，十錢爲一兩。

〔一九〕以工直：《艷異編》《花陣綺言》同單行本。林本、何本作「公值」。《繡谷春容》作「公僕」。

〔二〇〕僻處：此據《艷異編》《花陣綺言》《繡谷春容》。單行本、林本、何本作「群處」。

〔二一〕鬼室：《艷異編》《花陣綺言》同單行本。餘皆無此二字。

〔二二〕起者：林本、何本同單行本。《艷異編》《花陣綺言》作「人」。

〔二三〕外室：林本、何本同單行本。《艷異編》《花陣綺言》無此二字。

〔二四〕終日繞窗：林本、何本同單行本。《艷異編》作「時繞户」。《花陣綺言》作「時繞窗」。

〔二五〕「睡起，題詩一首，詩云」句：林本、何本同單行本。《艷異編》《花陣綺言》作「有二詩云」。

〔二六〕閒將：林本、何本、《風流十傳》同單行本。《艷異編》《花陣綺言》作「閒來」。

〔二七〕狂蜂：《艷異編》《繡谷春容》作「狂風」。

〔二八〕晚衙：《艷異編》、何本、《花陣綺言》、《繡谷春容》同單行本。林本、《風流十傳》作「曉衙」。

〔二九〕「生吟罷……詩云」句：林本、何本同單行本。《艷異編》無此句，空一格。《花陣綺言》作「其二」。

〔三〇〕浪：《花陣綺言》作「亂」。

〔三一〕自：此據他本。單行本作「有」。

〔三二〕剩覺：《繡谷春容》作「盛覺」。「剩」「盛」作副詞均可表示程度，「剩」有「更加」意，「盛」指程度深。

〔三三〕開户：《艷異編》、林本同單行本。何本、《花陣綺言》、《風流十傳》作「閉户」。

〔三四〕遥憐：此據他本。單行本作「卻憐」。

〔三五〕幾：《繡谷春容》作「九」。

〔三六〕慕戀：《繡谷春容》作「思戀」。

〔三七〕明燭：何本、《繡谷春容》作「銀燭」。

〔三八〕就枕：何本作「就寢」。

〔三九〕移歸：此據他本。單行本作「移居」。

〔四〇〕精誠：《繡谷春容》作「精神」。

〔四一〕以迷少年：何本、《繡谷春容》作「以迷惑生」。

〔四二〕掩關：林本作「掩扉」。此處《繡谷春容》與其他諸本同。

〔四三〕納：《艷異編》甲本作「寤」，十二卷本作「寢」。《繡谷春容》作「知」。《艷異編》四十卷本、乙本及其餘諸本皆作「懼」。因下一句爲「候君久矣」，度其語意，「納」字更佳。

〔四四〕其：林本、何本同單行本。《艷異編》《花陣綺言》無此字。

〔四五〕因就寢：《花陣綺言》近單行本，唯「寢」作「枕」。《艷異編》、林本、何本作「相就」，接上句，爲嬌娘語。

〔四六〕將旦：《繡谷春容》作「頃且」。

〔四七〕囑：此據他本。單行本作「祝」。

〔四八〕入：他本作「至」。

〔四九〕妾必有爲：此據《艷異編》、林本、何本、《花陣綺言》。單行本末衍一「言」字。《繡谷春容》作「妾若有問」。

〔五〇〕人莫之知：林本、何本、《花陣綺言》同單行本。《艷異編》《繡谷春容》作「人莫知之」。

〔五一〕詞曰：《艷異編》作「曰」。林本、何本、《花陣綺言》無此二字。

〔五二〕簫：林本作「繡」。

〔五三〕芸窗：此據《艷異編》《花陣綺言》。餘皆作「雲窗」。芸窗，即書齋。

〔五四〕撋就：此據林本、何本、《花陣綺言》。單行本作「親就」。《艷異編》作「捫就」。撋就，即温存、體貼，撋音 ruán。北宋王觀《木蘭花令·柳》：「東君有意偏撋就，慣得腰肢真個瘦。」南宋何夢桂《喜遷鶯·感春》：「夜雨簾櫳，柳邊庭院，煩惱有誰撋就。」

〔五五〕減迹：此據林本、何本、《花陣綺言》。單行本、《艷異編》作「載迹」。

〔五六〕雲雨：此據他本。《艷異編》「雲雨」二字左右並列，擠佔在一格之中。單行本少一「雨」字。

〔五七〕此非《于飛樂》。遍查詞譜，未知何調。林本在此分卷，此處無詞牌名。

〔五八〕益：此據《艷異編》。餘皆無此字。

〔五九〕此處《艷異編》多「之物」二字。

〔六〇〕開：此據他本。單行本誤作「問」。

〔六一〕此處《艷異編》多「人皆」二字。

〔六二〕舊：《艷異編》、何本同單行本。林本、《花陣綺言》作「獲」。《繡谷春容》作「夙」。

〔六三〕稔密：此據他本。單行本作「和密」。

〔六四〕小慧：何本作「小蕙」，與前文「因呼小蕙晝月」照應。何本全篇除「小慧不足畏也」一處外，凡「小慧」「慧」皆作「小蕙」「蕙」，後文若僅此一字之異，不再出註。

〔六五〕此處《艷異編》多一「於」字。

〔六六〕此處《艷異編》多一「之」字。

〔六七〕事：此據《艷異編》。餘皆作「下」。

〔六八〕久：他本作「日久」。

〔六九〕撓：《艷異編》同單行本。林本、何本、《花陣綺言》、《風流十傳》作「敗」。

〔七〇〕梗：《艷異編》作「阻」。

〔七一〕詩云：《艷異編》作「云」。林本、何本、《花陣綺言》作「詩曰」。《繡谷春容》無此二字。

〔七二〕礙：《艷異編》、林本、何本、《風流十傳》同單行本。《花陣綺言》作「歸」。《繡谷春容》作「迷」。

〔七三〕慧：《艷異編》同單行本。林本、《花陣綺言》作「小慧」。何本作「小蕙」。

〔七四〕湘：他本作「娥」。

〔七五〕裀：他本作「茵」。作墊、褥解時，「裀」「茵」兩通。

〔七六〕焚沉爇麝：《艷異編》同單行本。林本、何本、《花陣綺言》、《風流十傳》「沉」作「檀」。爇，點燃、焚燒，音 ruò。沉即沉香，檀即檀香，皆名貴香料也。

〔七七〕願聞：此據林本、何本、《花陣綺言》。單行本、《艷異編》作「不明」。

〔七八〕身：《花陣綺言》作「軀」。

〔七九〕所：《艷異編》同單行本。林本、何本、《花陣綺言》作「所以」。《風流十傳》作「所謂」。「此妾之所大不曉者」與前文「此小慧久所不能平者」，皆小慧心聲之流露。

〔八〇〕咸：《艷異編》同單行本。林本、何本、《花陣綺言》作「或」。

〔八一〕喟然：《繡谷春容》作「顧」。

〔八二〕紅復叩之。乃曰……：他本作「紅乃叩之。曰……」。

〔八三〕耳：《花陣綺言》作「爾」。林本、何本誤爲「高」。《艷異編》《繡谷春容》無此字。

〔八四〕夫人：此據《繡谷春容》。餘皆作「妗」。此爲飛紅稱呼嬌娘母親語，當作「夫人」，後文亦有飛紅所言「夫人不幸先逝」云云。

〔八五〕於：《繡谷春容》作「坐」。

〔八六〕一唯命是從：《艷異編》作「敢不唯命？」「敢不」二字左右並列，擠佔一格之中。林本、何本、《花陣綺言》作「一唯命而已」。

〔八七〕鄭重：此據他本。單行本無。

〔八八〕評語原文誤作「意意」。

〔八九〕釋義原文作「貌」。

〔九〇〕釋義原文作「又」。

〔九一〕釋義原文作「碩」。

〔九二〕按：此句似指王安石詩「遺編一讀想風標」。

自此，紅常與嬌爲他求以見生。然生每夜有所〔一〕遇妖之後，以爲真嬌之來，累十日餘〔二〕不入中堂，加以〔三〕精神昏倦，終日思睡。嬌乃以他事幹，常日自作詩賦，存留與生視。視畢，又偶成《情思歎》詩九首〔四〕：

《情思蕭條〔五〕》情緣心曲兩難忘，夢隔巫山蝶思荒。春事〔六〕懶隨花片薄，愁懷偏勝柳絲長。金鬆〔七〕瘦削腸堪斷，珠淚瓓珊意倍傷。人自蕭條〔八〕春自好，少年空爾惜流芳。

《綠窗寫怨〔九〕》曉窗初起〔一〇〕翠娥顰，天際〔一一〕晴霞曙色新。錦字謾題〔一二〕機上恨，黃鸝爲喚樹頭春。每憐芳草愁花悴，偏覺幽魂入夢頻。翠袖未殘空染淚，閨闈〔一三〕寂寂暗傷神。

《蘭室感懷〔一四〕》一點芳心冷似灰，蘭闈〔一五〕寂靜鎖塵埃。幾時閨思多慳澀，昨夜燈花又浪開。夢裡佳期成慘淡，鏡中〔一六〕顏色苦〔一七〕疑猜。芙蓉帳小雲屏〔一八〕暗，一段春愁帶雨來。

《繡幄顰眉〔一九〕》春山幽恨〔二〇〕攢〔二一〕愁思，不慰閒情只自知。寥落〔二二〕肯容成獨夢，淒涼偏是蹙雙眉。那知淺笑輕顰態，不記如癡〔二三〕似醉時。對面相看〔二四〕只如此，知他欲負此生〔二五〕期。

《錦幃灑淚〔二六〕》斗帳春寒歎寂寥，羅衣那得血痕消。無因得贖陽臺路，有信無情恰是空。佳況〔二七〕每從愁裡減，芳魂疑是〔二八〕夢中招。賦〔二九〕成獨與堪裯弄〔三〇〕，珠淚汪汪暗處飄。

《塵榻空懸〔三一〕》曉起西窗一半開，輕移蓮步下芳階。流鶯有恨空啼樹，塵榻無情自鎖埃。薄倖動成經歲別，光陰枉負少年懷。每期對榻人長負〔三二〕，輸了愁顔〔三三〕淚滿腮。

《珠簾不捲〔三四〕》咫尺天涯一望間，重簾十二擁朱欄。斷腸芳草連天碧，作惡〔三五〕東風特地寒。籠裡飛禽堪再復，盆中覆水恐收難〔三六〕。落花舞絮〔三七〕春如水〔三八〕，下卻珠簾〔三九〕不忍看。

《空悲弱質〔四〇〕》屈指光陰又隔春，朱顔枉負一生身。情牽相喚鶯聲細，腸斷無端草色新。霧帳〔四一〕銀床〔四二〕初破睡，舞衫歌扇總生塵。幾回惆悵空悲歎，秖〔四三〕爲無情薄倖人。

《眷戀〔四四〕多情〔四五〕》瘦盡紅芳緑正肥，枕中春夢不多時。好將此日思前日，莫遣佳期負後期。鎮日閒愁魂去遠，殘春孤恨夢生遲〔四六〕。憑誰寄與多情道，憔悴闌干〔四七〕怨落暉。

嬌娘吟畢，付與紅觀，曰：「我別申生，動經一載之餘。今咫尺天涯，對面如此，我何以堪！」言已，忽仆於地。紅扶之而起，良久方甦。紅見嬌失意，懼妗有疑，乃誑〔四八〕妗曰：「嬌娘子多苦寒疾。」妗信之，故嬌雖憔悴，不疑〔四九〕也。

紅一夕至嬌所，嬌方掩淚獨坐，殊不勝情。紅因曰：「娘子如此，而申生如彼，此豈有人心者？」妾近見申生，屢以實情告之，往往不顧。且其神思昏迷，況彼所居之地，名娼豔女甚多，想年少〔五〇〕不能自持，他有所匿〔五一〕，宜乎寡情於娘子！」因舉古詞一首，以釋嬌娘之懷，詞云〔五二〕：

兩川〔五三〕自古繁華地，正芳菲、景明媚。園林錦繡妝成，雜遝〔五四〕香車寶騎。弦管聲中，綺羅叢裡，盈盈多少佳麗。才子逞疏狂，不惜千金醉。○彼此相看總留意，浮雲浪雨尤滯。羨甚〔五五〕楚館秦樓，長是偎紅倚翠。濯錦〔五六〕江頭，惡風番雨，無情落花流水。誰念鳳幃人，閑〔五七〕卻鴛鴦被。

——右調《晝夜樂〔五八〕》

紅〔五九〕又曰：「娘子何多自苦？古人詞語必不虛設，試一索之，便可知生之所爲矣〔六〇〕。」嬌見生之相棄甚也，因紅語，亦疑之。至晚，遂令小慧及紅〔六一〕房下小侍女蘭蘭夜出，伺生起處。慧與蘭蘭〔六二〕同至生室前，見窗内燈明。慧因穴窗〔六三〕私視〔六四〕，見生與一女子對坐，顔色、態度與嬌娘無異，因〔六五〕私相歎駭。歸室，則見嬌與紅並坐於室。慧曰：「娘子適至生室乎？」嬌曰：「我與飛紅同遣爾〔六六〕去，我二人坐此未嘗動耳，安得妄言？」慧、蘭同聲曰〔六七〕：「適來申生與一女子相對而坐，絶似娘子。若此，則彼爲〔六八〕何人也？」嬌、紅大駭。良久，紅曰：「舊聞此地多〔六九〕鬼魅，諒必此類惑之，宜其待娘子恝然〔七〇〕也。」因欲與慧、蘭等再出視之。時夜深，門守甚嚴，不復可出，遂止。

明晨，嬌詐以妗命召生入，生不出〔七一〕，再四召之方來。小慧前導至後室，見嬌獨坐，生彷徨欲去。嬌即前挽生袖曰：「君〔七二〕勿去，將有事語君。」生不得已，乃坐。嬌曰：「兄近日何相棄〔七三〕？妾之待兄亦至矣！一旦〔七四〕若是，豈平昔所望於兄者？」生不答。嬌又曰：「兄每夕所遇者何人？」生曰：「無之。」嬌曰：「不必隱諱。」生猶〔七五〕謂詐己，乃左右顧盼，切切曰：「子令我勿言，何窘我也？」嬌曰：「妾有何事，令君勿言？」生大駭，因曰：「左右有人乎？」嬌曰：「無之。」嬌又曰：「妾自別君之後，迄今將兩歲矣。兄此來，妾亦何便得與君款密？何嘗囑君勿言？〔七六〕」生曰：「子何反復〔七七〕也？子自前月以來，每夜必至我室，囑我勿言，懼飛紅之〔七八〕生釁也。子今乃有是説，何故？」嬌曰：「妾實〔七九〕未嘗一出。君之室所居窮僻，久聞其中〔八〇〕多怪，諒必鬼物化妾之形以惑君。妾自屈事飛紅之後，已得其歡〔八一〕心，日夕使人招兄，兄不至；縱一來，與兄談話，兄又不答。

日夕不知所謂，將謂兄有異心，夜來使小慧、蘭蘭伺兄起處〔八二〕，乃〔八三〕見一女子，形狀如妾，與兄對坐，此非鬼〔八四〕而何？故今日召兄實之耳。君不信，則召紅證之。」乃潛使人呼紅。

紅至，謂生曰：「郎君何棄娘子也？」因具道昨夕之事。生駭然，汗下浹背，罔知所出，乃謝曰：「非子眷眷〔八五〕不忘，則我將死於鬼〔八六〕手矣！第恨兩月以來，負子恩愛之勤〔八七〕，其何以爲報？」因大恐，不敢出息其室，至暮猶在中堂。

紅乃與嬌謀，止以生爲鬼所惑告妗。妗疑之，曰：「安有是理？」紅欲實其言，至一更許，令生且出室。生懼，不敢往〔八八〕。紅曰：「第往彼，妾將有爲也。」因戒生曰：「今夜二鼓〔八九〕，妾與妗來觀。如彼來，妾與妗遠望，恐見其類嬌則生疑矣。如索君，君亦勿言似娘子也。」生勉强許之。

至二鼓〔九〇〕初，鬼果來。生雖與之對坐，心驚股栗未定。少時〔九一〕，紅、妗已至窗前，果見一婦人。妗欲細視，紅懼其事發露，因大撫窗趨入，鬼果不見。生初聞嬌之言且信且疑，及紅撫窗鬼頓不見〔九二〕，生方大悟。妗因詢生曰：「適爲何人？」生愧謝曰：「不知其〔九三〕鬼也。願妗救我！」於是，妗與紅謀移生〔九四〕入中堂。舅知之，廣求明師符水，以與生飲。生後〔九五〕卧病累日〔九六〕，亦尋平安〔九七〕。

自爾，生起居皆在宅内。嬌亦不爲向日相棄介意，歡愛如平日。或即〔九八〕生室連夕，妗亦不知也。生追思鬼惑之事，深得嬌、紅之救己，乃作一詞以謝之。詞云：

從前事，今日始知空。冷落巫山峰十二〔九九〕，朝雲暮雨竟無蹤，一覺大槐宫。○花月地，天意巧爲容。不比〔一〇〇〕尋常三五夜，清輝香影隔簾櫳，春在畫堂中。

——右調《望江南》

【集評】

《評釋嬌紅記》眉批

評《情思嘆·緑窗寫怨》：春閨之怨，盡洩於詞藻〔一〇一〕中矣。

評《錦幃灑淚》：顰眉灑淚，傷春故態，而嬌之心爲尤切。

評《珠簾不捲》：懸榻垂簾，嗟我懷人不見而花落鶯啼，春事闌珊也。

評《空悲弱負》《眷戀多情》二詩：《空負》《多情》二律，描寫殘春景象，而倦倦屬意於生見矣。

評「言已，忽仆於地。紅扶之而起，良久方甦。紅見嬌失意，懼妗有疑，乃誑妗曰：『嬌娘子多苦寒疾。』妗信之」：飛紅稱言嬌有寒疾，以掩其仆地之故，亦誑之以理之所有也。

評飛紅所舉《晝夜樂》詞：飛紅之才之美，亞於嬌者。援古人之詞以釋其思生之懷，且疑生他有所匿，亦察言。

評「慧、蘭同聲言曰：『適來申生與一女子相對而坐，絶似娘子，若此則彼謂何人也？』嬌、紅大駭。良久，紅曰：『舊聞此地多鬼魅，諒必此類惑之，宜其待娘子恝然也。』」：妖魅宜有先知之明，何慧、蘭潛窺而不避乎？抑亦妖術之未神乎，鬼緣之止此乎？是未可盡信也。

評「嬌又曰：『兄每夕所遇者何人？』生曰：『無之。』嬌曰：『不必隱諱。』生猶謂詐己，乃左右顧盼，切切曰：『子令我勿言，何窘我也？』」：嘗聞狐經三百歲，能化爲美婦，及伏屍現形，亦或有之。未聞〔一〇二〕亡骸已殯而妖靈尚可脱化迷人者。妄矣，妄矣！

評「紅乃與嬌謀，止以生爲鬼所惑告妗。妗疑之曰：『安有是理？』紅欲實其言……因戒生曰：『今夜二鼓，妾與妗來觀……』」：紅具以生爲祟迷之事告妗，妗疑其妄而竊視之，茲亦勢所必至〔一〇三〕也。

評「生初聞嬌之言且信且疑，及紅撫窗鬼頓不見，生方大悟」：生至是如大夢方覺，行住坐卧，有不遑寧處者。

評《望江南·從前事》：巫峰十二，曰望霞、翠屏、朝雲、松巒、集仙、聚鶴、净壇、上昇、起雲、登龍、聖泉、栖鳳是也。

四十卷本《艷異編》眉批

評「無因得贖陽臺路，有信無情恰是空」句：空曠。

評「我與飛紅同遣爾去，我二人坐此未嘗動耳，安得妄言？」：絶句。

評「諒必鬼物化妾之形以惑君」：了然、了然。

十二卷本《艷異編》眉批

評《情思歎》其一：蒼山碧水，映帶眉宇。

評「對面相看只如此，知他欲負此生期」句：將心托明月，誰知明月照溝渠。

評「斷腸芳草連天碧，作惡東風特地寒」句：古思。

評「憑誰寄與多情道，憔悴闌干怨落暉」句：曰既而尚留餘響。

評「諒必鬼物化妾之形以惑君」：了然、了然。（按：同於四十卷本眉批。）

《花陣綺言》旁批

評「紅常與嬌爲他求以見生」：同心合謀，是兩利也。

評「加以精神昏倦，終日思睡」：都不知鬼迷。

評「言已，忽仆於地」：痛恨，氣倒。

評「嬌方掩淚獨坐，殊不勝情」：癡心婦人，何自苦如此？

評「名娼豔女甚多」：着鬼迷，兩相疑怨。

評「彼此相看總留意」：越教人着惱。

評「見生與一女子對坐」：都見鬼。

評「則彼爲何人也」：好怪，好怪！

評「諒必此類惑之」：見得確。

評「子令我勿言」：守着鬼話。

評「何嘗囑君勿言？」：漸漸説明。

評「懼飛紅之生釁也」：彼此道破。

評「生駭然，汗下浹背」：今日各得釋然。

評「非子眷眷不忘，則我將死於鬼手矣」：始能自反，轉思、轉痛惜、轉追悔。

評「兩月以來，負子恩愛之勤」：心裡過不去。

評「紅乃與嬌謀，止以生爲鬼所惑告妗」：實告。

評「因大撫窗趨入，鬼果不見」：紅兒大有謀幹，可愛。

評「鬼頓不見」：真是鬼。

評「妗與紅謀移生入中堂」：得計。

【釋義】

《評釋嬌紅記》「釋義」專欄

按：以下在《眷戀多情》一詩後：

鄒吹[一〇四]：燕地寒谷不生黍稷，鄒衍吹律管，暖氣乃至，草木始生。

巫山：楚襄王夢巫山神女曰：「妾乃巫山之神，朝能行雲，暮能行雨，朝朝暮暮，陽臺之下。」

金鬆：崔鶯鶯鬆金釧、減玉肌，以送張生之别。

機上恨：晉竇滔妻蘇氏，名惠，字若蘭。滔被謫流沙，惠乃織錦迴文，以題機上之恨。

芙蓉帳：《長恨歌》云：「芙蓉帳暖度[一〇五]春宵。」

蹙雙眉：卓文君「蹙損遠山眉」。

陽臺：楚襄王夢神女於陽臺。

碧海潮[一〇六]：《山海經》云：「潮水有期，一日二次，隨水出入。」

塵榻：漢陳蕃特設一榻以待徐孺子。去，則懸之。

覆水：太公初娶馬氏，讀書不事産業，馬氏求去。太公封齊而求再合。太公取水一盆傾於地，令婦收水，惟得其泥。太公曰：「若能離更合，覆水定難收。」

緑正肥：李易安詞：「知否知否，應是緑肥紅瘦。」

按：以下在《望江南・從前事》後：

千金醉：李白詩：「五花馬，千金裘〔一〇七〕，呼童將去换美酒。」

楚館：楚襄王陽臺之上，夢神女之處也。

秦樓：秦弄玉所居之樓，後與蕭史同仙。

鴛鴦被：《古詩》：「文采雙鴛鴦，裁爲合歡被。」

顧盼：《史記》：馬援踞鞍顧盼，以示可用。

生釁：《左傳・桓公八年》：隋〔一〇八〕少師有寵，楚鬭〔一〇九〕伯比曰：「可矣！仇有釁。」

是有釁隙也。

大槐宫：《異聞集》：淳于棼醉夢，忽入大槐安國，見王，王曰：「吾南柯郡，屈卿爲守二十載。」使者送出穴，乃槐安國。又一穴，有上南支，即南柯郡也。

【校證】

〔一〕有所：他本無此二字。

〔二〕累十日餘：何本、《繡谷春容》、《花陣綺言》同單行本。《艷異編》作「累十餘日」。林本作「累千日餘」。

〔三〕加以：此據《花陣綺言》。單行本、林本、何本作「如以」。《艷異編》無。

〔四〕嬌乃以他事幹……又偶成《情思歎》詩九首：《艷異編》作「嬌眷戀之極，情不能已。時作詩以記之，凡九首」。林本、何本無「視畢」二字，林本後半句作「又偶成《情思嗟歎》詩八首」，何本作「又偶成《情思歎》詩八首」。《花陣綺言》作「嬌以眷戀之極，常日自作詩賦，存留與生視。又偶成《情思嗟歎》詩八首」。此組詩唯單行本九首全録並各有標題，《艷異編》九首全録但無標題，林本、何本、《花陣綺言》少《錦幃灑淚》一首，《風流十傳》僅存林本前七首且無題。《繡谷春容》無此組詩。

〔五〕蕭條：此據林本、何本、《花陣綺言》。單行本作「瀟條」。《艷異編》《風流十傳》無詩題。

〔六〕春事：此據他本。單行本作「春思」，因前句已見「思」字，避重而改。

〔七〕金鬆：《艷異編》同單行本。林本、何本、《花陣綺言》、《風流十傳》作「釧鬆」。

〔八〕蕭條：此據他本。單行本作「瀟條」。

〔九〕此處《艷異編》《風流十傳》無詩題，《艷異編》作「其二曰」。

〔一〇〕初起：林本、《風流十傳》同單行本。《艷異編》《花陣綺言》作「睡起」，何本作「春起」。

〔一一〕天際：《艷異編》、何本同單行本。林本、《花陣綺言》、《風流十傳》作「天霽」。「天際」與「曉窗」對仗，且若用「霽」字，則與其後「晴」字語義重複，故取「天際」。

〔一二〕謾題：何本作「慢題」。

〔一三〕閨闈：《艷異編》同單行本。林本、何本、《花陣綺言》、《風流十傳》作「閨幃」。「闈」指居室，「幃」指帳幕，據詩意，當取「闈」字。

〔一四〕此處《艷異編》《風流十傳》無詩題，《艷異編》作「其三曰」。

〔一五〕蘭闈：《艷異編》同單行本。林本、何本、《花陣綺言》、《風流十傳》作「蘭幃」。

〔一六〕鏡中：此據林本、《花陣綺言》、《風流十傳》。單行本、《艷異編》作「想中」。何本作「暗中」。

〔一七〕苦：此據他本。單行本作「若」。

〔一八〕雲屏：《花陣綺言》作「銀屏」。

〔一九〕此處《艷異編》《風流十傳》無詩題，《艷異編》作「其四曰」。

〔二〇〕幽恨：此據林本、何本、《花陣綺言》、《風流十傳》。單行本、《艷異編》作「癡恨」。因後有「癡」字，爲避重而改。

〔二一〕攢：《花陣綺言》作「含」。

〔二二〕寥落：《艷異編》、何本、《花陣綺言》同單行本。林本、《風流十傳》作「寂落」。

〔二三〕如癡：林本、何本、《花陣綺言》同單行本。《艷異編》《風流十傳》作「癡心」。

〔二四〕相看：《風流十傳》作「相堪」。

〔二五〕此生：何本作「此心」。

〔二六〕林本、何本、《花陣綺言》、《風流十傳》無此詩。《艷異編》無詩題，作「其五曰」。

〔二七〕佳況：此據《艷異編》。單行本作「一餉」。「佳況」與「芳魂」對仗更工。

〔二八〕疑是：此據《艷異編》乙本。單行本、《艷異編》甲本作「飛是」。

〔二九〕賦：《艷異編》作「晼」。

〔三〇〕裯弄：《艷異編》作「惆悵」。

〔三一〕此處《艷異編》《風流十傳》無詩題，《艷異編》作「其六曰」。

〔三二〕對榻人長負：《花陣綺言》作「對鏡人何在」。

〔三三〕愁顔：《艷異編》作「愁眉」。

〔三四〕此處《艷異編》《風流十傳》無詩題，《艷異編》作「其七曰」。

〔三五〕作惡：《艷異編》同單行本。林本、何本、《風流十傳》作「乍惡」。

〔三六〕恐收難：此據林本、何本、《風流十傳》。單行本、《艷異編》、《花陣綺言》作「恐難收」，出韻。

〔三七〕舞絮：《艷異編》、何本、《風流十傳》同單行本。林本、《花陣綺言》作「舞片」。

〔三八〕春如水：《艷異編》、何本同單行本。林本、《花陣綺言》、《風流十傳》作「春如許」。

〔三九〕珠簾：《艷異編》、何本、《花陣綺言》同單行本。林本、《風流十傳》作「朱簾」。

〔四〇〕弱質：此據林本。單行本誤作「弱負」。《艷異編》《風流十傳》無詩題，前者作「其八曰」。

〔四一〕霧帳：《艷異編》作「露帳」。
〔四二〕銀床：此據他本。單行本作「牙床」。「霧帳銀床初破睡」，襲用蘇軾詩句。
〔四三〕秖：「衹」之異體字也，僅僅。
〔四四〕眷戀：林本作「春戀」。
〔四五〕此處《艷異編》無詩題，作「其九曰」。《風流十傳》無此詩。
〔四六〕夢生遲：《花陣綺言》作「坐來遲」。
〔四七〕闌干：四十卷本和十二卷本《艷異編》同單行本。四十五卷本《艷異編》作「欄杆」。林本、《花陣綺言》作「瓓珊」。何本作「珊瑚」。
〔四八〕誑：林本作「告」。此處《繡谷春容》與其他諸本同。
〔四九〕疑：此據《艷異編》。單行本、林本、何本、《花陣綺言》作「豫」。
〔五〇〕年少：他本作「少年」。
〔五一〕匿：林本、何本、《繡谷春容》同單行本。《艷異編》《花陣綺言》作「暱」。
〔五二〕「因舉古詞……詞云」一段及下《晝夜樂》一詞：《艷異編》無。
〔五三〕兩川：此據林本和《花陣綺言》。單行本、何本、《繡谷春容》作「西川」。西川，宋初併兩川爲西川路，治所在益州（今成都），《清平山堂話本・西湖三塔記》有「西川濯錦江灩澦堆」句。兩川，東川與西川的合稱。故事發生在成都及西邊的眉州，兩川和西川皆可，因《晝夜樂》詞牌規定首字仄聲，故取「兩川」。

〔五四〕雜遝：亦作「雜沓」，衆多、紛亂貌，遝音 tà。北宋吕陶《和正月二日遊碑堂寺》其一：「萬室遊人方雜遝，三竿煦景漸舒遲。」元曹伯啟《壽喬令》：「賓朋雜遝輕裾飄，絲竹喧闐細腰舞。」

〔五五〕羨甚：此據林本、何本、《花陣綺言》。單行本作「選甚」。

〔五六〕濯錦江頭：何本同單行本。林本、《花陣綺言》作「濯足江頭」。濯錦江，岷江流經成都附近的一段。宋樂史《太平寰宇記》卷七十二《益州》：「濯錦江，即蜀江，水至此濯錦，錦彩鮮潤于他水，故曰濯錦江。」

〔五七〕閑：《花陣綺言》作「閉」。

〔五八〕此詞不全符合《晝夜樂》詞牌規定，或爲其變體，存疑。

〔五九〕紅：林本、何本、《花陣綺言》作「飛紅」。

〔六〇〕「紅又曰……便可知生之所爲矣」一段：《艷異編》緊接「宜乎寡情于娘子」後，作「何自苦乃爾。試一索之，便可知生之所爲矣」。

〔六一〕紅：《艷異編》同單行本。林本、何本、《花陣綺言》作「飛紅」。

〔六二〕夜出，伺生起處。慧與蘭蘭：此據《艷異編》。起處，猶起居，處音 chǔ。林本、何本、《花陣綺言》「起處」作「出處」，「蘭蘭」作「蘭」，何本另有「夜出」作「亦夜出」。單行本無此句。

〔六三〕穴窗：此據他本。單行本作「穴中」。穴窗：在窗紙上穿洞。

〔六四〕私視：他本作「細視」。

〔六五〕因：此據他本。單行本作「自」。

〔六六〕爾：何本作「汝」。

〔六七〕慧、蘭同聲曰：此據《艷異編》、林本、《花陣綺言》。單行本作「慧、蘭同聲言曰」。何本作「蕙曰」。

〔六八〕爲：此據他本。單行本作「謂」。

〔六九〕此處《艷異編》多一「有」字。

〔七〇〕恝然：《艷異編》、何本、《繡谷春容》同單行本。林本、《花陣綺言》誤作「恝愁」。恝然，漠然、冷漠貌，恝音jiá。北宋鄭俠《謝太守惠酒》：「吁嗟羈窮影弔形，安得恝然如無情。」南宋項安世《送羅機宜秩滿東歸》其二：「豈是恝然忘應物，亦知蕞爾漫勞人。」

〔七一〕召生入，生不出：此據林本、《花陣綺言》。單行本、《艷異編》作「召生入室，不過」。何本、《繡谷春容》作「召生，生入室不出」。

〔七二〕此處《艷異編》多一「且」字。

〔七三〕此處林本、何本、《花陣綺言》多「妾之甚」三字。

〔七四〕一旦：《艷異編》同單行本。林本、何本、《花陣綺言》無此二字。

〔七五〕猶：《艷異編》無。

〔七六〕妾亦何便得與君款密?何嘗囑君勿言?:林本無。林本每行十五字,此句亦十五字,或是與刊刻所據底本行款相似,脱漏一行。《花陣綺言》「何便」作「何」。《繡谷春容》除「何便」作「何幸」之外,皆同其他諸本。

〔七七〕反復:林本、《花陣綺言》同單行本。《艷異編》、何本、《繡谷春容》作「反覆」。

〔七八〕此處《艷異編》多一「輩」字。

〔七九〕實:《艷異編》作「室」。

〔八〇〕此處林本、《花陣綺言》奪一「中」字,而在「諒必」之間多一空格。《繡谷春容》同其他諸本。

〔八一〕歡:何本作「欣」。

〔八二〕起處:此據《艷異編》。餘皆作「出處」。

〔八三〕乃:《花陣綺言》無。

〔八四〕此處《艷異編》多一「祟」字。

〔八五〕眷眷:何本、《繡谷春容》作「眷戀」。

〔八六〕此處《艷異編》多一「祟」字。

〔八七〕勤:《艷異編》作「情」。

〔八八〕往:《花陣綺言》作「出」。

〔八九〕鼓:《艷異編》、林本、何本同單行本。《花陣綺言》作「更」。

〔九〇〕鼓：他本作「更」。爲與前文統一，以單行本爲準，取「鼓」。

〔九一〕心驚股栗未定。少時……：《艷異編》作「心驚股栗未定間……」。林本、何本、《花陣綺言》近《艷異編》，然「心」皆誤作「必」，此外《花陣綺言》「間」作「然」，歸下句。單行本「心」亦誤作「必」，據《艷異編》改。

〔九二〕鬼頓不見：《繡谷春容》「頓」作「果」。《艷異編》作「鬼遁滅跡」。

〔九三〕此處林本、何本、《花陣綺言》多一「何」字。

〔九四〕生：此據他本。單行本無此字。

〔九五〕後：《花陣綺言》作「復」。

〔九六〕累日：《花陣綺言》作「屢日」。

〔九七〕平安：《艷異編》作「向安」。林本、何本、《花陣綺言》作「苟安」。

〔九八〕即：林本、何本同單行本。《艷異編》《花陣綺言》作「至」。

〔九九〕峰十二：他本作「十二峰」。依照《望江南》格律規定，此三字爲「平仄仄」，故從單行本。

〔一〇〇〕不比：《艷異編》、何本、《繡谷春容》同單行本。林本、《花陣綺言》、《風流十傳》作「不必」。

〔一〇一〕評語原文誤作「詞澡」。

〔一〇二〕評語原文誤作「問」。

〔一〇三〕評語原文誤作「王」。

〔一〇四〕按：正文未見「鄒吹」一詞。
〔一〇五〕釋義原文誤作「怯」。
〔一〇六〕按：正文未見「碧海潮」，這説明正文可能有脱漏，原或爲十首詩。詩題兩兩對仗，卻非偶數，也指向了這一可能。另外，明代中篇文言傳奇《五金魚傳》對《嬌紅記》模仿頗多，其中有《情思歎》組詩，含《蘭閨蕭條》《緑窗寫怨》《翠被生寒》《珠簾不捲》《夜月淒涼》《情寄征鴻》《晝夢難成》《看花無語》《臨流浩歎》《雨夜聞蛙》十絶，亦可作旁證。
〔一〇七〕釋義原文誤作「喪」。
〔一〇八〕釋義原文誤作「趙」。
〔一〇九〕釋義原文誤作「問」。

又兩月餘，妗以病死，嬌哀毀殊甚，幾不堪處。生見舅家事紛紜，乘間告歸。嬌〔一〕謂生曰：「昔日之別，不識後有今日〔二〕。幸欣〔三〕再會，奈何罹此禍變！哀毀之中，不能〔四〕與兄款曲，暫歸，宜再來也〔五〕。」因長吁〔六〕曰：「數年之間，送兄者屢矣。知相別後，能念妾動〔七〕心否乎？」生無言，但掩淚而〔八〕別。明日辭舅歸，至家〔九〕。父母聞妗之亡，皆驚動嗟泣。

明年六月，舅滿任〔一〇〕回，再過生門，生〔一一〕迎宿留住數日。自妗之死，飛紅專寵於舅，因宛轉〔一二〕爲嬌謀〔一三〕，遂語〔一四〕舅曰：「夫人不幸先逝，相公家事無人主持〔一五〕，何不拉三哥同歸經理，且其瓜期未及也。」舅〔一六〕然之，欲拉生去〔一七〕，生父〔一八〕不欲。生聞紅謀〔一九〕，心切意〔二〇〕喜，因乘間囑紅，俾舅再三拉之。舅如言，力與生父言之，父不得已，乃令生行。遂同到舅家。

住兩月〔二一〕，舅即爲再調任〔二二〕計，謂生曰：「家中事緒繁多〔二三〕，小兒幼失所恃〔二四〕，三哥不妨在此相與維持，俟〔二五〕有美赴之期，當竭力〔二六〕助行〔二七〕。」生諾之〔二八〕。舅遂行。生厚賂舅之左右，莫不歡悦〔二九〕。生因與嬌絶無間隔，院宇深沉，簾幕掩映〔三〇〕，玉枕相挨，鸞鳳並翼。或時朱闌〔三一〕共倚〔三二〕，舉盞飛觴，嬉笑謳吟，曲盡人間之樂。踰半載〔三三〕，舅以舉員未足，再調利州〔三四〕倅以歸〔三五〕。左右得生之賂，加以事大體重〔三六〕，無敢言及之者〔三七〕，惟於舅前爲生延譽〔三八〕。舅歸之後，見生經理其家事事有倫，知生之才幹有餘〔三九〕，又妙年高第，前程未可量，遂悔向日〔四〇〕背親之謀，間使紅委曲問生。

一夕，生方與嬌閒坐，紅趨至〔四一〕拜賀曰：「娘子、郎君〔四二〕平昔之願諧矣，敢不賀？」嬌詢之，紅曰：「舅又有結好之意，使妾審訂郎君，懼郎君之不從也。」嬌曰：「天果不違人耶！」因大喜，明燈達旦，忘寐。生賦詞以相慶，詞云：

燈花何太喜，多情事，天意想從人念。子秀〔四三〕蘭房，才高柳絮。我登仕版，世忝簪紳〔四四〕。堪誇處，一雙兩好，彼此正青春。夙世〔四五〕姻緣〔四六〕，今生契合，昔時秦晉，重締姻親。○殷勤謝紅葉，傳來佳耗，意密情真。記東池畔，要誓神明。料得從今，臨風對月，消除舊恨，慘雨愁雲。管取團圓到底，不負深盟。

——右調《内家嬌〔四七〕》

是夕，紅反命於舅曰：「生意無不可也。」遂立媒〔四八〕遣之生家。生父〔四九〕亦允許，且曰：「此固所願也。」遂〔五〇〕擇日遣聘〔五一〕。

〔五二〕丁憐憐者，自生〔五三〕別〔五四〕後，久之，一入帥府。至西書院，所畫美人猶在壁上，帥子坐其傍，憐〔五五〕仰視久之。帥子問曰：「天下果有如此婦人乎？」憐〔五六〕曰：「有之。」因指嬌像曰：「聞此女，已入畫者，未能模寫其一二〔五七〕。足極小，眉極脩，詞章翰墨，無以〔五八〕出其右。以此女實之，想其他皆然。」帥子喜曰：「我將求婚此女。」憐曰：「無用也，聞此女久有外遇，恐非全身〔五九〕。」帥子曰〔六〇〕：「得婦如此，幸已甚矣，此不足問。」憐〔六一〕悔失言，力解不得〔六二〕。

帥子遂令親信懇告其父，求婚於王。王時倅眉州未回，故無言及此者。逮王再調，歸家待次之日，帥遂遣媒〔六三〕求婚。王初拒之再四，帥〔六四〕逼以威勢，賂以貨財，不得已，遂許之。

嬌夜持帥書至生室，告曰：「前日姻約復敗矣！帥子求婚，家君迫於權要，許之矣。兄何以爲計？」生〔六五〕曰：「事在他日，當徐圖之。」嬌自是見生愈密，然一相遇，則慘慘〔六六〕不樂。殆〔六七〕平生善歌，每作哀怨之音，則聞者動容，或至流涕。雖與生至相得〔六八〕，未嘗對生〔六九〕一歌。生或潛聽，嬌覺之則又中輟，生每以爲嫌。至是，生不請，自歌。詞云：

世間萬事轉頭空，何物似情濃？新歡〔七〇〕共把愁眉展，怎知道、新恨重封〔七一〕？媒妁無憑，佳期又誤，何處問流紅？〇欲歌先咽意沖沖，從此各西東。愁人最怕到黃昏〔七二〕，窗兒外、疏雨泣梧桐。仔細〔七三〕思量，不如桃李，猶解嫁東風。

——右調《一叢花》

歌未終，黯黯然〔七四〕淚下如雨。生平生嗜好有不能致者，嬌廣用金玉，售以遺生。一夕，家宴罷，至就寢。生被酒未能臥，嬌秉燭侍側。生從容問曰：「邇來眷我何益厚也？」嬌曰：「始者妾謂可托終身於君，今既不如願〔七五〕，事兄〔七六〕有日矣。雖盡〔七七〕此身，何足以謝！」生大〔七八〕感慟。

居數日，嬌忽臥病，不得與生會者近〔七九〕二月。一日舅出謁，生厚賂左右，欲一見嬌。左右扶嬌至生室之側，生迎與相見，嗚咽不自勝〔八〇〕。良久，嬌乃曰：「『樂極生悲〔八一〕』，俗語不誣。妾疾必難扶持〔八二〕，生願既〔八三〕不諧，死亦從兄，在所不恤也！」語竟〔八四〕，倚生之懷，似無所主。左右驚扶而入，久之方醒〔八五〕。生亦自此悶悶，作事顛倒，言語〔八六〕無實，目前所爲，旋踵而忘，舅甚怪之。

秋八月，帥子納幣促〔八七〕親期，舅許之。嬌病少瘳，因他事怒小婢〔八八〕緑英〔八九〕，英〔九〇〕懷恨，乘間以嬌平日所爲告舅〔九一〕。舅〔九二〕大〔九三〕怒，審實於紅，將治之。紅詒〔九四〕曰：「小娘子〔九五〕讀書知禮義〔九六〕，豈不知失身之爲大辱？且重厚少言，愛身若珠玉，擇地而行，待時而動，相公〔九七〕所知也。況申生功名到手，舉動不妄，堂廡之間，不命之入不敢入，未嘗與嬌一語戲狎。倘有是事，妾豈不知〔九八〕？或者〔九九〕之言，未宜深信。且親期在邇，不宜自爲此不美也。」舅方寵任飛紅，信其言，不復問，止加防閑。

生〔一〇〇〕度勢不可留，乃告嬌曰：「今日之事，舅知之矣。行計不可緩也。子親期去此止兩〔一〇一〕月，勉事新君，吾與子從此決矣！」因賦詞一首，與嬌爲别。詞云：

一自識伊來，便許綰〔一〇二〕同心結。天意竟辜人願，成幾番虛設。佳期近也想新歡，遣〔一〇三〕我空懸絶。莫忘花陰深處，與西窗明月。

——右調《好事近〔一〇四〕》

嬌覽詞，怒曰：「兄，丈夫也！堂堂六〔一〇五〕尺之軀，乃不能謀一婦人！事已至此，更〔一〇六〕委之他人，君其忍乎！妾身不可再得〔一〇七〕，既已〔一〇八〕與君，則君之身也。」因掩面大慟。生方悟感〔一〇九〕，去留未決。俄〔一一〇〕得家書，報父有疾，遣〔一一一〕僕馬促回。生使人候嬌，不得已，入謁舅告別。

舅時坐中堂，嬌聞之，出立舅後，四目〔一一二〕佇視，不能出半語。舅曰：「子歸〔一一三〕後，府君無恙，宜再來。嬌娘親禮〔一一四〕在即，家事紛紜，恐〔一一五〕無執幹者。」生辭曰：「令愛親期已近，純歸侍亦須累月，又瓜期將及，動是數年，重會未可知也。舅宜善自愛攝〔一一六〕。」因以一詩謝別，詩曰：

自愧駑駘不可鞭，渭陽視〔一一七〕我子同〔一一八〕然。維持〔一一九〕家事無纖力，數載恩情有二天。望切白雲催去路，悔憑〔一二〇〕紅葉欠前緣。悠悠後會知何日？願保全軀職九遷〔一二一〕。

生因再拜。舅曰：「嬌娘在近出室，子來期〔一二二〕未定，未必相會。」因呼出別生。嬌聞語，灑淚不能止。懼舅見之，不敢前，背面遁去，再四呼之不出〔一二三〕。生遂別舅而歸。

【集評】

《評釋嬌紅記》眉批

評「生見舅家事紛紜，乘間告歸。嬌謂生曰：『昔日之别，不識後有今日。幸欣再會，奈何罹此禍變！哀毁之中，不能與兄款曲，暫歸，宜再來也。』因長吁曰：『數年之間，送兄者屢矣。知相别後，能念妾動心否乎？』」：蘇惠娘迴文詞云：「含悲掩淚贈君言，莫忘恩情便長去。」亦此意。

評「（飛紅）因宛轉爲嬌謀，遂語舅曰：『夫人不幸先逝，相公家事無人主持，何不拉三哥同歸經理，且其瓜期未及也。』」：嬌謀諸紅，請命于舅，復有招生之舉，則舊生姻緣得以重敘矣，豈不快哉！

評「生因與嬌絶無間隔，院宇深沉，簾幕掩映，玉枕相挨，鸞鳳並翼。或時朱闌共倚，舉盞飛觴，嬉笑謳吟，曲盡人間之樂」：兩情繾綣，其比昵之私，非筆舌所能盡述者。

評《内家嬌·燈花何太喜》：詩餘古調：「瀟灑佳人，風流才子，天然分付成雙。」可爲此評。

評「（憐憐）因指嬌像曰：『聞此女於以入畫者，未能模寫其一二。足極小，眉極脩，詞章翰墨，無以出其右。以此女實之，想其他皆然。』帥子喜曰：『我將求婚此女。』」：大抵婦人多妬，丁憐憐因生棄己憐嬌，故入帥府指羨美人圖像，以嬌爲天香國色、平生入眼未曾有者，帥子欲得之心已勃然矣。

評《一叢花・世間萬事轉頭空》：坡老登平山堂詞：「休言〔一二四〕萬事轉頭空，未轉頭時皆夢。」信乎見道之言也！

評「妾疾必難扶持，生願既不諧，死亦從兄，在所不恤也」：《鍾情集》中，瑜與輅書云：「皇天后〔一二五〕土，實所監臨，碧落黃泉，要同一處。」即此意。

評「英懷恨，乘間以嬌平日所爲告舅。舅大怒，審實於紅，將治之」：《詩》云：「中冓〔一二六〕之言，不可道也，所可道也，言之醜也。」

評《好事近・一自識伊來》：昔瑜別輅詞有云：「大都細把離情訴，聲聲短嘆長吁。鍾情到斯，悲歡離合都經歷。恨殺我無雙翼〔一二七〕，對對鳳于飛。古人言：『在天願作比翼鳥，入地願爲連理枝。』這言兒君須記。死生隨你，問我何歸，相思而已。」

評「嬌覽詞，怒曰：『兄，丈夫也！堂堂五尺之軀，乃不能謀一婦人！事已至此，委之他人，君其忍乎！妾身不可再得，既以與君，則君之身也。』」：《鍾情》中，瑜與輅書云：「垂首九原，亦所甘心。惟兄圖之，毋使落他人手也。」即此意。

評「嬌聞語，灑淚不能止，懼舅見之，不敢前，背面遁去，再四呼之不出」：瑜娘與輅詩云：「當時何啻魚游水，今日番成參與商。流淚淚流流盡淚，斷腸腸斷斷無腸。」形容別離最苦。

四十卷本《艷異編》眉批

評「院宇深沉，簾幕掩映，玉枕相挨，鸞鳳並翼。或時朱闌共倚，舉盞飛觴，嬉笑謳吟，曲盡人間之樂」：盡興！快活！

評「（舅）知生之才，能幹有餘，又妙年高第，前程未可量，遂悔向日背親之謀」：好了，有□了。

評「丁憐憐者，自生別後，久之，一入帥府」：寃家。

評《一叢花・世間萬事轉頭空》：淡宕如米家筆[一三八]畫。

評「勉事新君，吾與子從此決矣」：恨殺，惱殺！

評「（嬌）怒曰：『兄，丈夫也！堂堂六尺之軀，乃不能謀一婦人！事已至此，更委之他人，君其忍乎！妾身不可再辱，既以與君，則君之身也』」：女中烈丈夫！

十二卷本《艷異編》眉批

評「院宇深沉，簾幕掩映，玉枕相挨，鸞鳳並翼。或時朱闌共倚，舉盞飛觴，嬉笑謳吟，曲盡人間之樂」：方得盡興。

評「舅歸之後，見生經理其家事事有倫，知生之才，能幹有餘，又妙年高第，前程未可量，遂悔向日背親之謀」：有機會了！

評「丁憐憐者，自生别後，久之，一入帥府」：冤家。（按：同於四十卷本眉批。）

評《一叢花·世間萬事轉頭空》：淡宕如米家筆〔一三九〕畫。（按：同於四十卷本眉批。）

評「嬌曰：『始者妾謂可托終身於君，今既不如所願，事兄蓋有日矣。雖盡此身，何足以謝！』」：可憐！

評「勉事新君，吾與子從此決矣」：恨殺，惱殺！（按：同於四十卷本眉批。）

評「（嬌）怒曰：『兄，丈夫也！堂堂六尺之軀，乃不能謀一婦人！事已至此，更委之他人，君其忍乎！妾身不可再辱，既以與君，則君之身也」：女中烈丈夫！（按：同於四十卷本眉批。）

《花陣綺言》旁批

評「生無言，但掩淚爲别」：哽咽不語，淚出痛腸。

評「何不拉三哥同歸經理」：説來中窾，正是一舉而兩得。

評「生因與嬌絶無間隔」：放心樂意。

評「鸞鳳並翼」：恣其所爲。
評「遂悔昔背親之謀」：尚未嫌遲，卻早已偏背。
評「紅趨入拜賀」：報喜信。
評「天果不違人耶」：真歡喜！
評「一入帥府」：禍起。
評「未能模寫其一二」：害命。
評「足極小，眉極修」：有趣，動火。
評「詞章翰墨，無以出其右」：一言敗人事。
評「以此女實之，想其他皆然」：何勞褒奬，誤殺佳人。
評「此女久有外遇，恐非金身」：此破楔皆爲申、嬌二人，乃悔言也。
評「不得已，遂許之」：一女許兩家，可恨！
評「兄何以爲計」：急煞，唬煞！
評「不如桃李，猶解嫁東風」：傷情。
評「嬌廣用金玉」：飽其所欲。
評「事兄有日矣」：可憐！

評「雖殞此身，何足以謝！」：言之淚下。

評「不得與生會者近二月」：度日如年，一日三秋。

評「生願既不諧，死亦從兄，在所不恤也」：此語不祥，果作永訣。

評「左右驚扶而入，久之方醒」：病甚，痛極！

評「豈不知失身之爲大辱？」：問着個中人，好話。

評「且重厚少言」：偏護有理。

評「不命之入不敢入」：替他强辨。

評「或者之言，未宜深信」：極有力！

評「勉事新君，吾與子從此决矣！」：傷心話，斷腸詞。

評「既以與君，則君之身也」：恐不由己。

評「不能出半語」：有口難言。

評「嬌娘親禮在即，家事紛紜」：不中聽，不着己。

評「令愛親期已近」：恨！

評「純歸侍亦須累月」：發怒。

評「又瓜期將及」：拒辭。

評「重會未可知也」：謝絶。
評「灑淚不能止」：心如割矣！
評「懼舅見之」：怕出醜。
評「背面遁去」：難為情。
評「再四呼之不至」：腸寸斷矣！

【釋義】

《評釋嬌紅記》「釋義」專欄

按：以下在《内家嬌・燈花何太喜》後：

才高柳絮：晉謝道韞，聰識有才辯〔一三〇〕。叔父安嘗内集，俄而雪下，安曰：「何所似？」安兄子朗曰：「撒鹽空中差可擬！」道韞曰：「未若柳絮因風起。」

仕版：《禮記》版圖註：以爲之今户籍，謂之户版。仕籍謂之仕版。

簪紳：曾子固詩：「風義動簪紳。」

按：以下在「自愧駑駘不可鞭」詩後：

珠玉擇地而行：按杜詩「珠玉走中原」，又按陳涉「珠玉無脛遍走中原」，則知珠玉擇地而行矣。

堂堂：晉武帝嘗曰：「魏舒堂堂，人之領袖也。」代山濤爲司徒。時陳留周震累辟，舒因辟之，竟無患議〔一三一〕者，稱其爲達命者也。

渭陽視我子同然：秦康公之母，晉文公之妹。康公爲太子時，令卒送文公于渭之陽，念母之不見也，我見舅氏如母存焉。

恩情有二天：後漢蘇章，順帝時，遷翼州刺史，故人爲「清河太守」。章行部按其姦贓，太守爲設酒，陳平生之好甚歡，太守喜曰：「人皆有一天，我獨有二天。」

職九遷：任〔一三二〕彦升表曰：「千秋一歲〔一三三〕，九遷其官。」

【校證】

〔一〕《花陣綺言》此處多一「因」字。

〔二〕不識後有今日：林本同單行本。何本、《繡谷春容》近之，何本「識」作「知」，《繡谷春容》「後」作「復」。《艷異編》《花陣綺言》作「不謂復有今日」。

〔三〕欣：《艷異編》、何本、《繡谷春容》同單行本。林本作「喜」。《花陣綺言》作「忻」。

〔四〕能：林本、何本同單行本。《艷異編》《花陣綺言》作「暇」。

〔五〕暫歸，宜再來也：林本作「暫別，乞再來也」。《繡谷春容》同其他諸本。

〔六〕吁：《花陣綺言》作「歎」。

〔七〕動：《艷異編》作「勤」。

〔八〕而：林本、何本、《風流十傳》同單行本。《艷異編》《花陣綺言》作「爲」。

〔九〕此處《艷異編》《花陣綺言》多一「中」字。

〔一〇〕滿任：《艷異編》同單行本。林本、何本、《花陣綺言》作「美任」。

〔一一〕生：林本、何本同單行本。《艷異編》《花陣綺言》無此字。

〔一二〕宛轉：《繡谷春容》作「婉轉」。

〔一三〕謀：《花陣綺言》《繡谷春容》同單行本。《艷異編》、何本作「媒」。林本誤作「其」。

〔一四〕遂語：《艷異編》作「因與」。林本、何本、《花陣綺言》作「因語」。

〔一五〕相公家事無人主持：《艷異編》《花陣綺言》「相公」作「善父年少」，餘同單行本。林本作「善父母俱逝，事無人理幹」。何本、《繡谷春容》作「善父年幼，家事無人理幹」。

〔一六〕此處《艷異編》《花陣綺言》多一「欣」字。

〔一七〕去：林本作「同行」。《繡谷春容》同其他諸本。

〔一八〕父：林本無。《繡谷春容》同其他諸本。

〔一九〕紅謀：林本、何本同單行本。《艷異編》《花陣綺言》作「之」。

〔二〇〕意：此據《艷異編》《花陣綺言》。單行本、林本、何本無此字。

〔二一〕月：林本作「日」。《繡谷春容》同其他諸本。

〔二二〕任：此據《艷異編》《花陣綺言》。單行本、林本、何本無此字。

〔二三〕繁多：此據《艷異編》《花陣綺言》。單行本誤作「還多」。林本、何本、《風流十傳》作「叢雜」。

〔二四〕恃：此據四十卷本和十二卷本《艷異編》、何本、《花陣綺言》、《繡谷春容》。四十五卷本《艷異編》、單行本、林本誤作「持」。

〔二五〕俟：此據《艷異編》。《花陣綺言》作「候」。單行本、林本、何本作「矣」，歸上句。

〔二六〕竭力：此據《艷異編》《花陣綺言》。單行本、林本、何本誤作「弱力」。

〔二七〕林本此處多一「也」字。《繡谷春容》同其他諸本。

〔二八〕生諸之：林本作「其後」。《繡谷春容》同其他諸本。

〔二九〕歡悦：林本作「寡其德」。《繡谷春容》作「喜悦」。

〔三〇〕掩映：林本作「風生」。《繡谷春容》同其他諸本。

〔三一〕朱闌：《艷異編》同單行本。餘皆作「朱欄」。

〔三二〕共倚：林本作「玕而」。《繡谷春容》同其他諸本。

〔三三〕曲盡人間之樂。踰半載……：林本作「曲盡人間之歡娱。半載……」。《繡谷春容》同其他諸本。

〔三四〕利州：此據《艷異編》《花陣綺言》。單行本、林本、何本、《風流十傳》作「和州」。《繡谷春容》誤作「和明」。據宋樂史《太平寰宇記》卷一百三十五《利州》、卷一百二十四《和州》，利州爲蜀地之北境，和州屬淮南道。故事發生於蜀地，故取利州，今四川廣元猶有利州區。宋元以降，利、和二州在文獻中偶有牽混，蓋因宋時利州下設西和州也。西和州，「以淮西有和州，故加『西』字」，見《宋史》卷八十九、志第四十二《利州路》。

〔三五〕以歸：林本作「漓甚」。《繡谷春容》同其他諸本。

〔三六〕事大體重：何本作「事體大重」。

〔三七〕無敢言及之者：林本作「無有能及之者」。《繡谷春容》同其他諸本。

〔三八〕延譽：此據四十卷本和十二卷本《艷異編》、《花陣綺言》、《繡谷春容》、《風流十傳》。四十五卷本《艷異編》、單行本、林本、何本作「延舉」。

〔三九〕知生之才幹有餘：林本、何本同單行本。《艷異編》《花陣綺言》作「知生之才，能幹有餘」。

〔四〇〕向日：《花陣綺言》作「昔」。

〔四一〕至：《花陣綺言》作「入」。

〔四二〕娘子、郎君：林本、何本同單行本。《艷異編》《花陣綺言》作「郎君、娘子」。

〔四三〕秀：林本作「香」。《繡谷春容》同其他諸本。

〔四四〕簪紳：《艷異編》《花陣綺言》同單行本。林本、何本作「縉紳」。

〔四五〕夙世：何本作「夙夜」。

〔四六〕姻緣：《艷異編》作「因緣」。

〔四七〕此調與柳永《内家嬌・煦景朝升》字數相同，然格律大異。

〔四八〕立媒：《花陣綺言》作「拉媒」。《繡谷春容》作「托媒」。

〔四九〕父：《艷異編》作「父母」。

〔五〇〕遂：《艷異編》無。

〔五一〕林本、何本、《花陣綺言》、《風流十傳》此處多一「畢」字。

〔五二〕林本、何本、《花陣綺言》此處多一「有」字。「有丁憐憐者」語氣更通，然因憐憐已於前文出現，非此處首度提及，故不加「有」字。

〔五三〕生：《艷異編》同單行本。林本、何本、《花陣綺言》作「申生」。

〔五四〕别：此據他本。單行本作「歸」。

〔五五〕憐：他本作「憐憐」。

〔五六〕憐：《艷異編》同單行本。林本、何本、《花陣綺言》作「憐憐」。

〔五七〕聞此女，已入畫者，未能模寫其一二：此據林本、何本、《花陣綺言》，此三本實作「以入畫者」。「以」「已」兩通，據通行用字選定「已」。單行本作「聞此女於以入畫者，未能模寫其一二」。《艷異編》作「聞此於已入畫者，未能模寫其一二」。《繡谷春容》作「聞此女容，入畫者未能模寫其一二」。《風流十傳》改寫爲「聞此女之美，畫者未能模寫其一二」。

〔五八〕以：《艷異編》作「能」。

〔五九〕全身：《艷異編》、何本、《繡谷春容》同單行本。林本、《花陣綺言》作「金身」。

〔六〇〕曰：何本無。
〔六一〕憐：《艷異編》、何本同單行本。林本、《花陣綺言》作「其」。
〔六二〕得：《艷異編》作「獲」。
〔六三〕媒：此據林本、何本、《花陣綺言》、《風流十傳》。單行本、《艷異編》作「來」。
〔六四〕帥：《艷異編》同單行本。林本、何本、《花陣綺言》無。
〔六五〕生：《艷異編》同單行本。林本、何本、《花陣綺言》無。
〔六六〕慘慘：《艷異編》同單行本。林本、何本、《花陣綺言》、《風流十傳》作「淒慘」。
〔六七〕殆：《艷異編》無。
〔六八〕至相得：《艷異編》同單行本。林本、何本、《花陣綺言》作「相遇甚厚」。
〔六九〕對生：《花陣綺言》作「對坐」。
〔七〇〕新歡：《艷異編》《風流十傳》同單行本。林本、何本、《花陣綺言》作「新情」。
〔七一〕封：《艷異編》作「逢」。
〔七二〕愁人最怕到黄昏：此據林本、何本、《花陣綺言》。單行本奪「最」字。《艷異編》奪「人最」二字。
〔七三〕仔細：此據《艷異編》《花陣綺言》《風流十傳》。單行本、何本、林本作「子細」。
〔七四〕黯黯然：《花陣綺言》作「獨黯然」。
〔七五〕不如願：他本作「不如所願」。

〔七六〕此處《艷異編》多一「蓋」字。

〔七七〕盡：此據《艷異編》。單行本無。林本、何本、《花陣綺言》、《風流十傳》作「殞」。

〔七八〕大：《艷異編》、何本、《繡谷春容》同單行本。林本、《花陣綺言》作「遂」。

〔七九〕近：《艷異編》誤作「僅」。

〔八〇〕不自勝：《艷異編》作「不已」。

〔八一〕樂極生悲：何本作「極樂悲生」。

〔八二〕妾疾必難扶持：林本、何本、《花陣綺言》同單行本。《艷異編》作「妾病不能扶持」。

〔八三〕既：《艷異編》無。

〔八四〕竟：《艷異編》同單行本。林本、何本、《花陣綺言》作「畢」。

〔八五〕醒：何本作「甦」。

〔八六〕言語：何本作「語言」。

〔八七〕促：此據《艷異編》《花陣綺言》。單行本、林本、何本作「從」。《繡谷春容》作「請」。

〔八八〕小婢：《艷異編》作「小鬟」。

〔八九〕緑英：《繡谷春容》作「緑陰」。

〔九〇〕英：《艷異編》作「緑英」。《繡谷春容》作「陰」。

〔九一〕以嬌平日所爲告舅：林本、《花陣綺言》同單行本，何本同此，句末多一「也」字。《艷異編》作

「以嬌平日所爲之事，從實告舅」。

〔九二〕此處何本少一「舅」字。

〔九三〕大：《艷異編》無。

〔九四〕詒：此據《艷異編》。單行本無。餘皆作「紿」。「詒」「紿」兩通。

〔九五〕小娘子：《艷異編》同單行本。林本、何本、《花陣綺言》作「娘子」。

〔九六〕禮義：《艷異編》同單行本。林本、何本、《花陣綺言》、《風流十傳》作「義禮」。

〔九七〕相公：此據《艷異編》《風流十傳》。單行本作「通判」。林本、何本、《花陣綺言》作「大人」。爲保持前後稱呼一致，作「相公」。

〔九八〕此處《艷異編》多一「也」字。

〔九九〕此處《艷異編》多「小人」二字。

〔一〇〇〕生：《艷異編》作「申生」。

〔一〇一〕兩：林本作「幾」。

〔一〇二〕綰：此據他本。單行本誤作「管」。

〔一〇三〕遣：此據《艷異編》《花陣綺言》。單行本、林本、何本作「追」。

〔一〇四〕好事近：此據他本。單行本誤作「好近事」。

〔一〇五〕六：此據《艷異編》。單行本、林本、何本、《花陣綺言》作「五」。

〔一〇六〕更：此據他本。單行本無。
〔一〇七〕得：林本、何本同單行本。《艷異編》《花陣綺言》《風流十傳》作「辱」。
〔一〇八〕已：諸本作「以」。「已」「以」兩通。據通行用字選定「已」。
〔一〇九〕悟感：《艷異編》作「悟」。
〔一一〇〕俄：《艷異編》、何本、《繡谷春容》、《風流十傳》同單行本。林本、《花陣綺言》誤作「我」。
〔一一一〕遣：《艷異編》、何本、《繡谷春容》同單行本。林本、《花陣綺言》作「令」。
〔一一二〕四目：《艷異編》作「回目」。林本、何本、《花陣綺言》、《風流十傳》作「兩目」。
〔一一三〕歸：何本無。
〔一一四〕親禮：《繡谷春容》作「親迎」。親迎，猶俗稱之迎親。
〔一一五〕恐：《艷異編》無。林本、何本、《花陣綺言》作「慎」。《繡谷春容》作「苦」。
〔一一六〕愛攝：《艷異編》作「愛」。
〔一一七〕視：《繡谷春容》作「待」。
〔一一八〕同：何本、《繡谷春容》同單行本。林本、《花陣綺言》作「猶」。
〔一一九〕維持：《花陣綺言》作「他時」。
〔一二〇〕悔憑：此據林本、何本、《花陣綺言》。單行本作「每憑」。《繡谷春容》作「追維」。
〔一二一〕從「因以一詩謝別」到「自愧駑駘不可鞭」一詩結束：《艷異編》無。

〔二二〕來期：《花陣綺言》《繡谷春容》同單行本。《艷異編》、林本、何本誤作「來朝」。

〔二三〕出：《艷異編》《花陣綺言》作「至」。林本、何本作「止」。

〔二四〕評語原文誤作「空」。

〔二五〕評語原文誤作「厚」。

〔二六〕評語原文誤作「覯」。

〔二七〕評語原文誤作「翌」。

〔二八〕評語原文作「比」。

〔二九〕評語原文作「比」。

〔三〇〕釋義原文作「辨」。

〔三一〕釋義原文作「識」。

〔三二〕釋義原文作「周」。

〔三三〕釋義原文作「月」。

嬌自生去，日夜悲泣，未嘗覽鏡〔一〕。芳容頓改，幽艷暗消，楊柳迷煙，梨花帶雨。或見梁燕雙飛，征鴻獨叫，則淒慘不自勝也。近半月，病愈甚，將不能起。紅乃潛書促生來，使與爲訣。生得書，以無故不敢告父母，乃夜遁潛至嬌之門，住兩日，舅亦不知也。

生時艤舟岸下繫〔二〕，〔三〕一見嬌後即歸，蓋慮父母知之〔四〕，必獲重責。明日，舅送舊守出於郊外，時紅乃〔五〕與嬌私出，即上生舟。嬌執生手〔六〕，大慟曰：「即〔七〕不來矣，恨無以報兄〔八〕。不幸迫於父母之命，不能終身以相從。兄今青雲萬里，宜〔九〕擇佳配，共享榮貴，妾不敢望也。妾向時與兄擁爐，謂『事不濟當以死謝』，妾敢背此言耶？兄氣質孱〔一〇〕薄，常多病，善攝養，毋以妾爲念。」因出斷袖還生，曰：「謝兄厚恩，復思此景，其可再得乎〔一一〕？」哭愈慟，紅亦淚下。久之，紅懼有他變〔一二〕，詐〔一三〕語嬌曰：「舅將至矣，宜速登岸。」嬌含淚口占一詞以贈生，詞云：

郎今去也拋奴去，恨共離舟留不住。扶病別江頭，沾襟淚雨流〔一四〕。○路遠終須別，一寸腸千結。此會再難逢，相逢只夢中。

——右調《菩薩蠻》

又吟一絕爲別，云：

合歡帶上真珠〔一五〕結，個個團圓又〔一六〕無缺。當時把向掌中看，豈意今爲千古別。

生得嬌詩詞，揖別歸舟而去。紅扶嬌登岸，但見舟人撥〔一七〕棹，蘋浪翻〔一八〕風，彩鷁急飛，征鴻易斷，目力有盡，江山無窮。

生歸，枕席上無不流涕。嬌之佳期已逼，乃托疢疾〔一九〕佯狂〔二〇〕，蓬頭垢面，以求退親。父迫之，嬌引刀自截，左右救之，得不殞。因絶食數日，不能起。紅委曲開諭之曰：「娘子平生俊快〔二一〕，豈不諳〔二二〕世事？帥家富貴極矣，子弟端方俊拔〔二三〕，殆過申生。娘子不自開釋〔二四〕，保身自重，何苦如是〔二五〕？且聞媒者之言，彼之欲得娘子甚如飢渴，其他皆所不問，娘子何自棄也？況申生歸後，亦已議親貴族，彼蓋亦絶念於此矣。」因圖帥子之貌以獻曰：「得婿如是，亦無負矣。」嬌曰：「美則美，而〔二六〕非我所及，事〔二七〕止此矣，吾志不易也。」

紅又詐爲嬌舊遺生香佩〔二八〕，下結以破環隻釵，謂生遣遺嬌，因言已結他姻之意以相絶。嬌見之泣下，曰〔二九〕：「相從數年，申生之心事，我豈不知者？彼聞我有他故，特爲此以開釋我耳。」因取香佩細認，覺其虛真〔三〇〕，因曰：「我固知申生不爲是〔三一〕也。我始以不正遇申生，終又背而之他，則我之淫蕩甚矣。既不克其始，又不有其終，人謂我何？紅娘子愛我厚矣，幸毋多言！我固不愛一身，以謝申生也。」遂不復言。

舅聞而亦憐之，但由業〔三二〕已成矣，無可奈何。遣紅輩百端爲之開釋，終莫能悟。嬌遂吟詩二首，寄與〔三三〕生別云：

如此鍾情古〔三四〕所稀，吁嗟好事到頭非。汪汪兩眼西風淚，猶〔三五〕向陽臺作雨飛〔三六〕。

月有陰晴與圓缺，人有悲歡與會別〔三八〕。擁爐細語鬼神知，拚把紅顔爲君絶。

又〔三七〕：

間隔數日，嬌〔三九〕竟以憂〔四〇〕卒。生接得〔四一〕寄來詩章，方曉，而嬌之訃音隨至。生茫然自失，對景傷懷，獨坐則以手書空，咄咄若與人語。因賦詞一闋，以弔嬌娘。詞曰：

當日〔四二〕相逢，千金麗質，憐才便肯分付。自念潘安容貌，無此奇遇。梨花擲處還驚起，因共我擁爐低語。拚今生〔四三〕、兩兩同心，不怕傍人間阻。〇此事憑誰處？對明神爲誓，死也相許。徒思行雲信斷，聽簫歸去，月明誰伴孤鸞舞？細思之〔四四〕淚流如雨。使〔四五〕因喪命，甘從〔四六〕地下，和伊一處。

——右調《憶瑶姬》

生兄綸見此詞尾句，知其語不祥，因再三慰解〔四七〕。生追慕〔四八〕無已，殆不能堪，又於壁間〔四九〕題詩一絶，以别父母。詩曰：

竇翁德卲〔五〇〕如椿古，蔡母年高與鶴齊。生育恩深俱未報，此身先死奈虞兮。

又爲〔五一〕詩一絶以別兄。詩曰：

當年風雅藹雙〔五二〕鸞，曾〔五三〕共翱翔萬里天。今日雁行分散去，誰憐隻影叫蒼烟。

生題詩畢，索嬌向所贈〔五四〕香羅帕，自縊於書窗〔五五〕間，爲家人所覺，救免。兄綸與生〔五六〕之素識皆來勸解之，且曰：「大丈夫志在四方。弟年少而登科甲〔五七〕，青雲足下，而甘死兒女子手中耶？況天下多美婦人，何必如是〔五八〕？」生色變〔五九〕氣逆，不能即對，徐曰：「佳人難再得。」因回〔六〇〕顧二親，〔六一〕曰：「二哥才學俱優，妙年取功名，且及瓜期，前程萬里。顯親揚名，光〔六二〕吾門户，承繼宗祧，一夔足矣。惟大人割不忍之恩！」又顧兄綸曰：「雙親年高〔六三〕，賴兄侍養〔六四〕。純不孝，不能酬罔極之恩，惟兄念之！」

自是神思昏迷，不思飲食，日漸尫羸，竟奄奄〔六五〕不起。父母大慟，即日馳書告舅。舅得書，飛紅輩知〔六六〕之，舉家號泣。舅因呼紅，痛責之曰：「往時問汝，汝何不實告我？以致事變至此〔六七〕，皆汝之咎！」紅不能答〔六八〕，因伏地請罪。久之，舅意稍解，乃〔六九〕曰：「事已如此，不可及矣。兩違親議，亦老夫之罪也。」因痛〔七〇〕自悔。又謂紅曰：「申生丰儀如許，才學〔七一〕又〔七二〕如許，正昔人〔七三〕所謂『我見汝猶憐，況老奴乎』！二人〔七四〕生前之願〔七五〕既已違之矣，與死後之姻緣，可也。」紅曰：「然則如之何？」舅沉吟半晌〔七六〕，曰：「我今復書，舉嬌〔七七〕之柩以歸于申家〔七八〕，得合葬焉。没者而有知，其不快快於泉下也必矣〔七九〕。」紅曰：「然〔八〇〕。」

於是復書，以此言告於生之父母，〔八一〕許焉。越月得吉日，戒嚴，遂舁嬌柩以歸生家。舅遣〔八二〕書自悔責，且謝兩背姻盟之非，仍〔八三〕遣紅來〔八四〕弔慰，營辦〔八五〕喪事。又月餘，詢謀僉同，乃合葬於濯錦江邊，所謂「穀〔八六〕則異室，死則同穴」者此也。人之年少而遭此罹〔八七〕，蓋〔八八〕爲父母者不爲之察其心而觀其志也。豈不哀哉！豈不痛哉〔八九〕！

葬畢，〔九〇〕紅告歸。抵舍之明日，因與小慧過嬌寢所，恍惚見嬌與生在室，相對笑語。嬌〔九一〕謂紅曰：「喪事謝汝遠來營辦，吾二人死無憾矣。我自去世，即歸仙道。見住碧瑶之宫，相距蓬萊不遠咫尺。朝歡〔九二〕暮宴，天上之樂，不減人間，所願足矣。惟是親恩未報，弟年尚幼，一家之事，賴汝支吾〔九三〕。善事家君，無以我爲念〔九四〕。明年寒食祭掃新墳，汝能爲我一來，彼時又得相會也。」語未終，紅且驚且喜，愴惶〔九五〕告舅。舅復與往寢所物色之，則〔九六〕無所有矣。惟見壁間留詞一闋，詞云〔九七〕：

親闈〔九八〕愛絶，長向碧瑶深處歇。華表來〔九九〕歸，風物依然人事非。〇月光如水〔一〇〇〕，偏照鴛鴦新塚裡。黄鶴催班，此去何時得再還？

——右調《減字木蘭花》

舅見此詞，不覺哀悼。所留字跡，半濃半淡，尋亦滅去。舅與紅輩，皆驚異嗟歎而已。

越明年，清明漸近〔一〇一〕，舅〔一〇二〕追思紅見嬌之事，呼僕命騎，往詣墳所。灑酒奠泣〔一〇三〕之際〔一〇四〕，唯見雙鴛鴦飛翔上下，捕之不得，逐之不去。祭奠已〔一〇五〕畢，倏然不見。後人故名爲「鴛鴦塚」云。

嗚呼！男女歸〔一〇六〕室，人之大倫。一雙兩美，情之至願。矧申生之與嬌娘，乃内兄弟之親，已有瓜葛之好。玉鏡之臺，温嶠已下；母黨之重，蘇妹〔一〇七〕猶去〔一〇八〕。其父泥於執一不通，未諳男女所願，蠢爾凡庸，無足爲道。申生學問有餘，識見未至。病入膏肓，蠹生骨髓。自乎丁憐憐所言之日，帥子求親之隙，故知之審矣。況我〔一〇九〕科第聯登，聲名顯要〔一一〇〕，相期諧老，必先以此事謀之於嬌娘，然後以其實事告於二家之父母，則玉鏡之臺可下也，母黨之重可成也。雨意雲情〔一一一〕，必全千金之軀；矢死拔生〔一一二〕，不作九泉〔一一三〕之客。舍此不務，留連光景，貪於私樂。數載之間，惶惶不暇，卒至窮迫而死，誠可哀也！事雖有不然，而理不得以不然。「死」之一字，嬌娘斷斷言之曰「以死謝君」、曰「事敗，當以死繼之」，非苟言之，實允蹈之〔一一四〕。視彼世之偷生免死者，真〔一一五〕天淵矣。節義大閑〔一一六〕，萬古不易。予始雖爲〔一一七〕二子惜〔一一八〕，終實爲二子喜。故爲〔一一九〕首序，亦奉己爲之致歎焉〔一二〇〕。

噫，死生亦大矣，豈不痛哉？知幾〔一二二〕君子，要當謀之於始也。復有挽詩〔一二三〕以弔之，附録於左〔一二三〕：

厚卿天下士，弱冠已登科。暇日珉珠玉〔一二四〕，春風醉綺羅。三生爲杜牧，一死憶秦娥〔一二五〕。濯錦江頭〔一二六〕墓，行人感歎多〔一二七〕。

新鍥校正評釋申王奇遘擁爐嬌紅記下卷　終〔一二八〕

【集評】

《評釋嬌紅記》眉批

評「明日，舅送舊守出於郊外，時紅乃與嬌私出，即上生舟。嬌執生手，大慟曰：『郎不來矣，恨無以報，況不幸迫於父母之命，不能終身以相從……』」：生泊舟而待，不忍遽歸；嬌登舟握手，揮淚大慟。言言永訣，之死靡他，鍾情之至，無以加矣！

評「嬌之佳期已逼，乃托疢疾佯狂，蓬頭垢面，以求退親。父迫之，嬌引刀自截，左右救之，得不殞。因絶食數日不能起」：嬌之臨别，以死許生。任是墮〔一二九〕口蒯舌，不能挽回其意者。

評「我固知申生不爲是也。我始以不正遇申生，終又背而之他，則我之淫蕩甚矣。既不克其始，又不有其終，人謂我何？紅娘子愛我厚矣，幸毋多言！我固不愛一身，以謝申生也。」：嬌與紅言「我始以不正遇生」數句，真所謂金石不渝者，亦烈婦也。

評「月有陰晴與圓缺」詩：嬌之戀生，百折不回於此，此絕鬼之。

評「間隔數日，嬌竟以憂喪卒」：嬌與生當日擁爐「以死相許」之言，至是踐矣。

評「竇翁德卲如椿古」詩：明郭氏曾召入宫爲女官，臨卒，書楚聲以自哀，云：「修短有數兮，不足較也。生而如夢兮，死則覺也。先吾親而歸兮，獨慚予之不孝也。心悽悽而不能已兮，是則可悼也。」

評「徐曰：『佳人難再得。』……竟奄奄〔一三〇〕不起」：大丈夫生身兩間，當孝親忠君，光前裕後，樹不朽事業。況生以少年登第，遠大可到，而乃甘死於兒女子手中，名教之罪人也，惜哉！

評「越月得吉日，戒嚴，遂舁嬌柩以歸生家……又月餘，詢謀僉同，乃合葬於濯錦江邊」：舅妗〔一三一〕憐嬌之死，移柩歸申合葬，在生亦瞑目於九泉之下矣。

評《減字木蘭花·親鬧愛絕》：戴石屏妻張氏別夫詞云：「惜多才，憐薄命，無計可留汝。揉碎花箋，忍寫斷腸句。道傍楊柳依依，千絲萬縷，抵不住，一分愁緒……誓月盟風，不是夢中語。後回君重來，不相忘處，把酒澆奴墳上土。」可爲此評。

評文末「嗚呼」一段自評：細玩此一集申、嬌兩情契合，可謂鍾愛之至。又且内有飛紅之謀，外聞舅有許配之語，一知帥子之求，即宜設策以拒，則于飛之願、伉儷之歡，在舅未有不可挽回者。及至帥子聘幣已將、于歸在邇，而乃悲慟不捨，相繼而傾，縱使死同穴葬，孰若生同衾枕之爲樂乎？觀此見生之始謀固善而終謀則拙，予讀此傳，不□不爲之感慨云。

四十卷本《艷異編》眉批

評「紅又詐爲嬌舊遺生香珮，下結以破環隻釵，謂生遣遺嬌，因言已結他姻之意以相絶」：千方百計，難壞他一點真心。

評「青雲足下，而甘死兒女子手中耶？」：到此又當別論。

評「兩違親議，亦老夫之罪也」：兩命都害在手。

十二卷本《艷異編》眉批

評「嬌自生去，日夜悲泣，未嘗覽鏡。芳容頓改，幽艷暗消，楊柳迷煙，梨花帶雨」：寫得生動，如吴道子畫。（按：四十卷本此處眉批漫漶，當與此同。）

評「妾向時與兄擁爐，謂『事不濟當以死謝』，妾敢背此言耶？」：果爾難得！（按：四十卷本此處眉批漫漶，當與此同。）

評「紅扶嬌登岸，但見舟人撥棹，蘋浪翻風，彩鷁急飛，征鴻易斷，目力有盡，江山無窮」：艄〔三〕子好不知趣！

評「紅又詐爲嬌舊遺生香珮，下結以破環隻釵，謂生遣遺嬌，因言已結他姻之意以相絕」：千方百計，難壞他一點真心。（按：同於四十卷本眉批。）

評「我始以不正遇申生，終又背而之他，則我之淫蕩甚矣。既不克其始，又不有其終，人謂我何？」：狂不離於正。

評「青雲足下，而甘死兒女子手中耶？」：到此又當别論。（按：同於四十卷本眉批。）

評「兩違親議，亦老夫之罪也」：兩命都害在手。（按：同於四十卷本眉批。）

評「没者而有知，其不怏怏於泉下也必矣」：死者之靈稍慰。

《花陣綺言》旁批

評「郎不來矣，恨無以報兄。不幸迫於父母之命，不能終身以相從……」：一言一淚，似不忍讀。世上鍾情無過此。

評「一寸腸千結」：應是斷了。

評「相逢只夢中」：不愁無夢。

評「豈意今爲千古别」：都是永訣怨辭。

評「蘋浪番風，彩鷁急飛，征鴻易斷，目力有盡，江山無窮」：一片離人景況。

評「蓬頭垢面」：真病。

評「因絶食數日不能起」：要死。

評「娘子平生俊雅」：承贊！

評「帥家富貴極矣」：不貪。

評「子弟端方秀拔」：不愛。

評「且聞媒者之言，彼之欲得娘子甚如飢渴」：不揣。

評「況申生歸後，亦已議親貴族」：不然。

評「彼蓋亦絶念於此矣」：句句令人心地。

評「因圖帥子之貌以獻曰：『得婿如是，亦無負矣。』」：用心大巧。

評「美則美，而非我所及，事止此矣，吾志不易也」：雖有子建才、安仁貌，亦非我心。

評「申生之心事，我豈不知者」：執一不回。

評「特爲此以開釋我耳」：好言謝絶。

評「覺其虚真」：識破。

評「紅娘子愛我厚矣，幸毋多言！我固不愛一身，以謝申生也」：紅之利口奸謀，嬌之烈性剛腸，兩無濟事。

評「而嬌之訃音隨至。茫然自失」：自當痛死，何以獨生！

評「自縊於室窗間」：輕命重義。

評「因使今日以至於此」：自家悔親，歸罪別人。

評「兩違親議，亦老夫之罪也」：知罪了。

評「舉嬌娘之柩以歸於生家，得合葬焉」：何益于事？

評「蓋爲父母者不爲之察其心而觀其志也」：悔之晚矣。

評「恍惚見嬌與生在室，相對笑語」：真見鬼！

評「喪事謝汝遠來營辦」：音容如在。

評「即歸仙道」：雖死勝生。

評「相距蓬萊不遠咫尺」：昇仙界。

評「惟是親恩未報」：純孝。

評「弟年尚幼」：友愛。

評「明年寒食祭掃新墳，汝能爲我一來」：既得超凡，何又戀此抔土？

評「唯見雙鴛鴦飛翔上下」：精靈所化。

評「視彼世之偷生免死者，真隔天淵矣」：説盡兩人心事。

評「要當謀之於始也」：結語警世。

余本《燕居筆記》旁批

評「因出斷袖〔一三三〕還生」：淒慘甚。

余本《燕居筆記》文末評（按：此評較正文另行低一格）

公子仁曰：申、嬌之會而不得，其死亦自取之也。然飛紅一片雅情，惜嬌娘之不能容，申郎之不能納也。豈不知伐虞取虢之謂乎！到底合葬一節，亦紅之力也。但其情以死許，而郎以死應，此難及也。申郎生與鬼交，而死亦鬼交，得非鬼魂使然乎？吁，爲君子者當謹之戒之。

【釋義】

《評釋嬌紅記》「釋義」專欄

按：以下在「月有陰晴與圓缺」一詩後：

合歡帶：賀方回詞：「便認〔一三四〕得琴心〔一三五〕先許，與綰合歡雙帶。」又白居易《竹枝詞》：「紫袗微〔一三六〕捲合歡帶〔一三七〕。」

真珠：《説文》：「珠乃蚌之陰精，蚌蛤胎也，産於海者。」

蘋浪番風：宋玉《風賦》：「風起青蘋之末。」

彩鷁急飛：《東都賦》：「鷁，水鳥。畫其像着船，文彩盡致〔一三八〕，船如鷁鳥浮泛。」

佯狂：《宋世家》：紂王淫佚，箕子諫紂不聽，乃披髮佯狂而爲奴。

引刀自截：曹爽從弟文叔妻，即夏侯文寧之女，名令女。文叔早死，服闋。自以爲年少無子，恐家必嫁己。斷髮爲信，後家人逼令嫁之，令女引刀自斷。

吁嗟好事到頭非：韓退之歌：「吁嗟世事無不然。」

月有陰晴與圓缺，人有悲歡與會别：東坡中秋《水調歌頭》詞：「人有悲歡離合，月有陰晴圓缺，此事古難全。但願人長久，千里共嬋娟。」

細語：李〔一三九〕端《拜新月》詩：「細語人不聞〔一四〇〕，北〔一四一〕風吹裙帶。」

按：以下在「當年風雅藹孤鸞」一詩後：

訃音：喪報也。

手書空：晉殷浩〔一四二〕被黜，談詠不輟，雖家人不見其有流放之感，但終日書空。

咄咄：衛夫人書云：咄咄逼人。咄咄，驚怪之聲。

潘安容貌：晉人潘岳，字安仁。容貌如玉，姿色極美。每〔一四三〕出，遊人争以果擲之，置於滿車而回。

孤鸞：《[一四四]異苑》：罽賓王一鸞，三年不鳴。夫人曰：「聞見類則鳴。」懸鏡照之，鸞悲鳴而舞，沖霄[一四五]一奮而絶。

吹簫歸去：《列仙傳》：蕭史，秦穆公時人，能吹簫引鳳。穆公女弄玉亦好吹簫，乃教弄玉作鳳聲，居鳳凰臺，後隨鳳而去。

竇翁德卲[一四六]如椿古：竇禹鈞[一四七]五子俱及第，馮道臻詩云：「燕山竇十郎，教子以義方。靈椿一株老，丹桂五枝芳。」

蔡母年高與鶴齊：宋蔡玉齊，其母晚歲生齊。至齊及第之日，則鶴髮垂絲，有僧與齊有舊，訪齊不遇，題詩曰：「聖君寵重龍頭選，慈母恩情鶴髮垂[一四八]。」

虞兮：《史記》項羽楚歌曰：「虞兮虞兮奈若何！」

翱翔萬里：杜子美賦：翱翔九萬里。

雁行分散：誰云一弟兄，群中雁失行。

按：以下在「後人故名爲『鴛鴦塚』云」後：

志在四方：《禮・射義》：男子生，懸桑弧蓬矢，以射天地四方云。

佳人難再得：荀粲，字奉倩。娶曹洪[一四九]女，極相美，愛其女。冬月病熱疾，粲露體向妻，候身冷逼熱，通宵不寐。後妻竟亡。粲痛哭過甚，歎曰：「佳人難再得！」

承繼宗祧：《周禮〔一五〇〕·小宗伯》：「辨廟〔一五一〕祧之昭穆。」

一夔足矣：後漢章帝命曹褒定禮曰：昔堯作大章，一夔足矣。

罔極之恩：《詩·蓼莪》篇：「欲報之德，昊天罔極。」註言：「父母之恩如此，欲報之以德，而其恩之大如天無窮，不知所以報也。」

尫羸：久疾，形骸衰憊也。

奄奄〔一五二〕：李密《陳情表》曰：「薄西山氣息奄奄〔一五三〕」，謂將盡也。

我見汝猶憐，況老奴乎：王子年《拾遺》：桓温尚明帝女南康〔一五四〕公主，温平蜀，以李勢女爲妾，甚有寵。公主聞之，與十數婢拔白刃襲之，值李梳頭，髮垂地，姿貌莊麗。徐步下階，結髮拜手曰：「國破家亡，無心以至。今日若能見殺，乃是素懷。」神色閒雅，辭氣悽惋。主於是擲刃，前抱之曰：「我見猶憐，況老奴乎！」遂善待之。

蓬萊：《列仙傳》：謝自〔一五五〕然泛海求蓬萊。自然，果州仙女也。蓬萊，海中仙山也。

愴惶：急遽貌。

華表來歸：《搜神記》：遼東城門華表柱，有一白鶴集其上，言曰：「有鳥有鳥丁令威，去家千歲今來歸。城郭如故人民非，何不學仙冢累累？」遂沖天而去也。月光如水：趙嘏詩：「獨上江樓思悄然，月光如水水連〔一五六〕天。」黄鶴催班，此去何時得再還：崔顥〔一五七〕有《登黄鶴樓》詩云：「黄鶴一去不復還，白雲千載空悠悠。」

鴛鴦塚：〔一五八〕韓朋妻美，康王將奪之。朋〔一五九〕自殺，妻亦自殺。遺書曰：「願以屍還韓氏合葬。」王怒，令兩塚相望。經宿，有梓樹生〔一六〇〕二塚上，根交於下，枝連於上。有鳥如鴛鴦，常棲其樹，朝暮悲鳴。人謂即韓朋〔一六一〕夫婦精魂所致如此。

【校證】

〔一〕覽鏡：何本作「對鏡」。

〔二〕生時艤舟岸下繫：《艷異編》甲本作「時生係舟岸下，冀……」，乙本、四十卷本、十二卷本作「生時艤舟岸下，冀……」。

〔三〕林本、何本、《花陣綺言》此處多一「待」字。《艷異編》如前註所示，上句少一字，此處有「冀」字。

〔四〕知之：此據林本、何本、《花陣綺言》。單行本、《艷異編》作「之知」。

〔五〕乃：何本無。

〔六〕嬌執生手：何本作「生得嬌，嬌接生手」。《繡谷春容》作「嬌見生，乃……」。

〔七〕即：此據《艷異編》、何本。單行本、林本、《花陣綺言》作「郎」。此句之末有異文，以「兄」字爲佳，故此處不作「郎」。況且此段之中，嬌皆以「兄」稱生，不宜另作别稱。

〔八〕兄：此據《艷異編》、林本、《花陣綺言》。何本作「君」。單行本作「況」，歸下句。

〔九〕宜：《繡谷春容》作「審」。餘皆作「厚」。

〔一〇〕孱：此據《艷異編》《風流十傳》。單行本作「潺」。林本、何本、《花陣綺言》作「弱」。

〔一一〕此處《花陣綺言》多一「矣」字。

〔一二〕變：《艷異編》、何本、《繡谷春容》同單行本。林本、《花陣綺言》作「故」。

〔一三〕詐：《艷異編》、何本、《繡谷春容》同單行本。林本、《花陣綺言》作「乃」。

〔一四〕淚雨流：此據《繡谷春容》。餘皆作「淚如雨」。據《菩薩蠻》格律規定，上、下闋各四句，兩仄韻，兩平韻。故取「淚雨流」。

〔一五〕真珠：何本、《繡谷春容》作「珍珠」。

〔一六〕又：《繡谷春容》作「一」。

〔一七〕撥：此據《艷異編》、林本、《花陣綺言》、《風流十傳》。單行本、何本作「發」。

〔一八〕翻：此據十二卷本《艷異編》、何本、《繡谷春容》。餘皆作「番」。

〔一九〕疢疾：他本作「感疾」。疢疾，猶憂患、痛苦，疢音chèn。南宋杜範《花翁將歸婺女因爲江西遊有長篇留别社中次韻送之》：「一身纏疢疾，形骸頓已孱。」元陶植《賦尹氏澹飯齋》：「食澹神自清，甘肥成疢疾。」

〔二〇〕佯狂：《繡谷春容》無此二字。何本作「佯狂不起」。

〔二一〕俊快：此據《艷異編》。單行本作「俊俏」。林本、何本、《花陣綺言》作「俊雅」。俊快，猶灑脱敏捷。

〔二二〕諳：《艷異編》、何本、《花陣綺言》、《繡谷春容》作「諳曉」。林本誤作「暗曉」。

〔二三〕俊拔：《艷異編》同單行本。林本、何本、《花陣綺言》作「秀拔」。

〔二四〕開釋：《艷異編》作「開懷」。

〔二五〕此處《艷異編》多一「耶」字。

〔二六〕而：林本、何本、《花陣綺言》同單行本。《艷異編》《風流十傳》作「耳」，歸上句。

〔二七〕此處單行本多一「言」字。

〔二八〕佩：《艷異編》作「珮」。

〔二九〕曰：此據《艷異編》。單行本、林本、何本、《花陣綺言》無。

〔三〇〕虚真：《艷異編》作「虚」。《繡谷春容》作「非真」。

〔三一〕不爲是：他本作「不如是」。

〔三二〕由業：《艷異編》作「曰：業……」。林本、何本、《花陣綺言》作「由事」。《繡谷春容》作「姻事」。

〔三三〕《艷異編》此處多一「申」字。

〔三四〕古：《艷異編》同單行本。餘皆作「世」。

〔三五〕猶：《繡谷春容》作「灑」。

〔三六〕《鍾情麗集》中引用此詩與此略異，記録於此，以備參看——瑜曰：「兄以（按：指《嬌紅記》中詩歌）何者爲佳？」生曰：「『如此鍾情古所稀，吁嗟好事到頭非。汪汪兩眼西風淚，灑向陽臺化作灰』一詩而已。」

〔三七〕又：林本同單行本。《艷異編》《繡谷春容》無此字。《花陣綺言》作「其二」。

〔三八〕會別：何本、《繡谷春容》作「離別」。

〔三九〕嬌：林本、何本、《花陣綺言》作「嬌娘」。

〔四〇〕單行本此處多一「喪」字。

〔四一〕得：《艷異編》無。

〔四二〕當日：《艷異編》作「蜀下」。林本、何本、《花陣綺言》、《風流十傳》作「合下」。

〔四三〕拚今生：《艷異編》作「今生拚」。

〔四四〕之：《艷異編》作「知」。

〔四五〕使：林本、何本同單行本。《艷異編》《花陣綺言》作「便」。

〔四六〕從：此據《艷異編》《花陣綺言》《風流十傳》。單行本、林本、何本作「以」。

〔四七〕慰解：《艷異編》同單行本。林本、何本、《花陣綺言》、《風流十傳》作「寬慰」。

〔四八〕追慕：《艷異編》同單行本。林本、何本、《花陣綺言》、《風流十傳》作「悼痛」。
〔四九〕間：《艷異編》乙本爲「間」，甲本此葉闕如，抄補者作「上」；四十卷本、十二卷本皆作「上」。
〔五〇〕德卲：此據《風流十傳》。單行本、何本、《艷異編》、《繡谷春容》作「德邵」。林本、《花陣綺言》作「德召」。卲，高也，可引申爲高尚美好，此時「卲」可通「劭」。
〔五一〕爲：《艷異編》同單行本。餘皆作「題」。
〔五二〕雙：此據《艷異編》《花陣綺言》《風流十傳》。單行本、林本、何本作「孤」。
〔五三〕曾：林本、何本誤作「冒」。《艷異編》《花陣綺言》《風流十傳》作「擬」。《繡谷春容》作「謂」。
〔五四〕向所贈：此據《花陣綺言》。單行本、林本、何本作「自所贈」。《艷異編》作「所自贈」。
〔五五〕書窗：《艷異編》同單行本。林本、何本、《花陣綺言》作「室窗」。《繡谷春容》作「窗室」。
〔五六〕生：何本作「兄」。
〔五七〕年少而登科甲：《艷異編》作「年少科高」。林本、《花陣綺言》作「年少高科」。何本作「年少高登」。
〔五八〕如是：此據他本。其中《艷異編》乙本「如是」二字左右並置，合爲一格，甲本此葉爲後來抄補。單行本作「於是」。
〔五九〕色變：此據他本。單行本作「變色」。
〔六〇〕回：此據他本。單行本作「面」。
〔六一〕此處《艷異編》多「叮寧」二字。

〔六二〕光：《艷異編》作「大」。
〔六三〕高：《繡谷春容》作「老」。
〔六四〕賴兄侍養：此據林本、何本、《花陣綺言》、《風流十傳》。單行本作「德養」。《艷異編》無「賴兄」二字。
〔六五〕奄奄：此據他本。單行本作「淹淹」。
〔六六〕知：《艷異編》同單行本。林本、何本、《花陣綺言》作「聞」。
〔六七〕以致事變至此：《艷異編》作「稔成事變，以至於此」。林本、何本、《花陣綺言》、《風流十傳》作「因使今日以至於此」。
〔六八〕答：他本作「對」。
〔六九〕乃：何本無此字。
〔七〇〕痛：何本作「慟」。
〔七一〕才學：《艷異編》《花陣綺言》同單行本。林本、何本作「文才」。
〔七二〕又：《艷異編》《花陣綺言》同單行本。林本、何本無此字。
〔七三〕昔人：《花陣綺言》無此二字。
〔七四〕二人：此據林本、何本、《花陣綺言》、《風流十傳》。單行本、《艷異編》無此二字。
〔七五〕此處林本、何本、《花陣綺言》、《風流十傳》多「老夫」二字。

〔七六〕晌：此據四十卷本和十二卷本《艷異編》、《花陣綺言》。四十五卷本《艷異編》作「餉」。單行本、何本誤作「响」。林本「晌」「响」漫漶不辨。「餉」「晌」兩通，據通行用字選定「晌」。

〔七七〕嬌：《艷異編》同單行本。林本、何本、《花陣綺言》、《風流十傳》作「嬌娘」。

〔七八〕申家：《艷異編》同單行本。林本、何本、《花陣綺言》、《風流十傳》作「生家」。

〔七九〕没者而有知，其不怏怏於泉下也必矣：十二卷本《艷異編》同單行本，四十五卷本、四十卷本《艷異編》「怏怏」誤作「快快」。林本、何本、《花陣綺言》作「使没者知，其快於九泉之下必矣」。《繡谷春容》作「使没者之兩快於九泉之下必矣」。

〔八〇〕然：《艷異編》同單行本。林本、何本、《花陣綺言》作「大人此舉誠爲美也」。

〔八一〕林本、何本、《花陣綺言》此處多「生父」二字。

〔八二〕遣：《艷異編》無。

〔八三〕仍：何本作「又」。

〔八四〕紅來：《艷異編》同單行本。林本、何本、《花陣綺言》、《風流十傳》作「飛紅」。

〔八五〕營辦：此據《艷異編》《風流十傳》。單行本、林本此處作「營辨」，後文「喪事謝汝遠來營辦」亦作「營辨」。

〔八六〕穀：此據林本、何本、《花陣綺言》。單行本作「生」。

〔八七〕罹：林本、何本同單行本。《花陣綺言》作「禍」。

〔八八〕此處單行本多「出於」二字。

〔八九〕從「所謂『縠則異室，死則同穴』者」到「豈不痛哉」一段：《艷異編》無。

〔九〇〕此處林本、何本、《花陣綺言》多一「飛」字。

〔九一〕此處單行本衍一「遇」字。

〔九二〕歡：《花陣綺言》作「飲」。

〔九三〕支吾：何本作「主張」。支吾，古有應付、對付之意。唐白居易《在家出家》：「衣食支吾婚嫁畢，從今家事不相仍。」南宋戴復古《清明前夢得花字》：「隨分支吾度時節，那求不死煉丹砂。」

〔九四〕無以我爲念：《艷異編》甲本和十二卷本、何本、《繡谷春容》同單行本。《艷異編》乙本和四十卷本、林本、《花陣綺言》作「無以爲我念」。

〔九五〕愴惶：《艷異編》作「倉皇」。

〔九六〕則：《艷異編》《繡谷春容》同單行本。林本、何本、《花陣綺言》作「言」。

〔九七〕惟見壁間留詞一闋，詞云：林本、《花陣綺言》同單行本。《艷異編》作「惟見壁間之詞一闋，云」。何本作「惟見壁間留一闋詞，云」。《繡谷春容》作「惟見壁間留一闋詞」。

〔九八〕親闈：《艷異編》《花陣綺言》《風流十傳》作「蓮闈」。林本、何本誤作「遵闈」。《繡谷春容》作「蘭闈」。

〔九九〕來：何本無。

〔一〇〇〕如水：《艷異編》《花陣綺言》同單行本。林本、何本、《風流十傳》作「如許」。

〔一〇一〕清明漸近：《艷異編》作「清明日」。林本、何本、《花陣綺言》作「清明節近」。

〔一〇二〕舅：《艷異編》無。

〔一〇三〕泣：此據《艷異編》《繡谷春容》。餘皆作「位」。

〔一〇四〕際：何本、《繡谷春容》作「餘」。

〔一〇五〕已：他本作「之」。

〔一〇六〕歸：林本、《花陣綺言》作「居」。

〔一〇七〕蘇妹：《繡谷春容》作「姑蘇」。

〔一〇八〕去：林本、《花陣綺言》作「云」。

〔一〇九〕其：單行本作「我」。

〔一一〇〕顯要：《繡谷春容》作「顯耀」。

〔一一一〕雨意雲情：《繡谷春容》同單行本。林本「雲」作「一」。《花陣綺言》作「兩意一情」。

〔一一二〕矢死拔生：林本、《花陣綺言》作「惡死投生」。《繡谷春容》作「出死□生」。

〔一一三〕九泉：《花陣綺言》作「黄泉」。

〔一一四〕非苟言之，實允蹈之：林本無「蹈」字，該處空一格。《繡谷春容》無「非」字。《花陣綺言》作「非苟存之，實允之」。

〔二五〕真：林本作「真截」。《花陣綺言》作「真隔」。《繡谷春容》作「直截」。

〔二六〕節義大閑：《繡谷春容》作「節義大關」。

〔二七〕爲：此據林本、《花陣綺言》。單行本作「烏」。

〔二八〕惜：《花陣綺言》作「情」。

〔二九〕爲：林本、《花陣綺言》作「於」。《繡谷春容》作「予」。

〔三〇〕亦奉己爲之致歎焉：林本作「亦捧己爲之致歎焉」。《花陣綺言》作「亦切切爲之致歎焉」。《繡谷春容》作「亦捧爲己之致歎焉」。

〔三一〕幾：此據《花陣綺言》《繡谷春容》。單行本作「機」。林本作「譏」。

〔三二〕此處林本、《花陣綺言》多「一首」二字，林本後空一格，《花陣綺言》後無空格。《繡谷春容》多「一首遥」三字。

〔三三〕附録於左：林本作「詩乎於右」。《花陣綺言》《繡谷春容》無此句。

〔三四〕暇日珉珠玉：林本、何本、《花陣綺言》作「夏日輝珠玉」。《繡谷春容》同此而「輝」誤作「惲」。

〔三五〕三生爲杜牧，一死憶秦娥：林本、《花陣綺言》作「三生仿杜瑟，一死爲嬌娥」。何本作「三生仿杜牧，一死爲嬌娥」。《繡谷春容》作「三生几杜牧，一死爲嬌娥」。

〔三六〕江頭：林本、《花陣綺言》作「兩頭」。何本作「江南」。《繡谷春容》作「江邊」。

〔三七〕從「嗚呼」至文末：《艷異編》《風流十傳》無。何本該段僅餘「詩曰：厚卿天下士……行人感歎多」。「嗚呼」一段乃作者議論，單行本、林本另起一行，頂格出之。《花陣綺言》《繡谷春容》另起一行，低一格出之。

〔二八〕此處何本標注「擁爐嬌紅　下卷終」，《繡谷春容》標註「畢」。

〔二九〕墮：眉批原文作「隋」。

〔三〇〕奄奄：原文作「淹淹」。

〔三一〕按：彼時妗已逝，當爲「舅與紅」，評者失察矣。

〔三二〕評語原文作「稍」。

〔三三〕余本原文誤作「短袖」。

〔三四〕釋義原文誤作「忍」。

〔三五〕釋義原文作「芳心」。

〔三六〕釋義原文誤作「未」。

〔三七〕白詩原文作「合歡花」。

〔三八〕釋義原文誤作「之」。

〔三九〕釋義原文誤作「季」。

〔四〇〕釋義原文誤作「間」。

〔四一〕釋義原文誤作「此」。

〔一四二〕釋義原文奪一「浩」字。
〔一四三〕釋義原文作「疊」。
〔一四四〕釋義原文衍一「麗」字。
〔一四五〕釋義原文誤作「中宵」。
〔一四六〕此處及相應正文原作「邵」。
〔一四七〕釋義原文作「均」。
〔一四八〕釋義原文作「齊」。
〔一四九〕釋義原文誤作「淑」。
〔一五〇〕釋義原文誤作「禮記」。
〔一五一〕釋義原文作「宗」。
〔一五二〕此處及相應正文原作「淹淹」。
〔一五三〕釋義原文亦作「淹淹」。
〔一五四〕釋義原文誤作「南郡」。
〔一五五〕釋義原文誤作「浩」。
〔一五六〕釋義原文作「如」。
〔一五七〕釋義原文誤作「黄魯」。

〔一五八〕釋義原文此處衍「《孔帖》云」三字，誤。然循此線索，可知單行本此處釋義參考《韻府群玉》卷六下「平聲」之「鴛鴦」條。該條云：「……鴛鴦尤異者，養雛於土窟，能使狐銜其子。《孔帖》。大夫韓朋，一作憑，妻美……有鳥如鴛鴦，常棲其樹，朝暮悲鳴，人謂即韓朋夫婦精魂。《搜神記》。」可見，「孔帖」一詞歸上，乃「狐銜其子」條出處；韓朋故事出處爲「《搜神記》」，附於最末。

〔一五九〕釋義原文誤作「彭」。

〔一六〇〕釋義原文誤作「主」。

〔一六一〕釋義原文誤作「鵬」。

附録一　小説《嬌紅記》相關文史資料

一、書目

《朝鮮王朝實録》燕山君（一四九五—一五〇六在位）十二年（一五〇六）四月壬戌：

傳曰：《剪燈新話》《剪燈餘話》《效顰集》《嬌紅記》《西廂記》等，令謝恩使貿來。

《朝鮮王朝實録》燕山君十二年（一五〇六）八月甲寅：

傳曰：《麗情集》廣索以入，嘗覽《重增剪燈新話》，有蘭英、蕙英相與唱和，有詩百首，號《聯芳集》。當時豪士多傳誦之。故令貿來耳。且魏生常在室，娉𡢃持侍姬蘭苕見有《嬌紅記》一册云云，故知有《嬌紅記》，今下册乃此集也。

高儒《百川書志》（約一五四〇）卷六「史志·小史」列有《嬌紅記》。

（按：《剪燈新話》後有《嬌紅記》《鍾情麗集》《艷情集》《李嬌玉香羅記》《懷春雅集》

《雙偶集》六部作品，最末《雙偶集》下有注曰：）以上六種，皆本《鶯鶯傳》而作。語帶煙花，氣含脂粉，鑿穴穿牆之期，越禮傷身之事，不爲莊人所取，但備一體，爲解睡之具耳。

晁瑮《寶文堂書目》（一五〇七—一五六〇）中卷「子雜」列有《嬌紅記》。

孫楷第《日本東京所見小説書目》（一九三二）卷六明清部「風流十傳」條：

凡此等文字皆演以文言，多羼入詩詞。其甚者連篇累牘，觸目皆是，幾若以詩爲骨幹，而第以散文聯絡之者。而詩既俚鄙，文亦淺拙，間多穢語，宜爲下士所覽觀。此等作法，爲前此所無。其精神面目，既異於唐人之傳奇；而以文綴詩，形式上反與宋金諸宮調及小令之以詞爲主附以説白者有相似之處；然彼以歌唱爲主，故説白不佔重要地位，此則只供閱覽，則性質亦不相侔。余嘗考此等格範，蓋由瞿佑、李昌祺啟之。唐人傳奇，如《東陽夜怪録》等固全篇以詩敷衍，然侈陳靈異，意在誹諧，牛馬橐駝其所爲詩亦各自相切合，則用意固以故事爲主。及佑爲《剪燈新話》，乃於正文之外贅附詩詞，其多者至三十首，按之實際，可有可無，似爲自炫。昌祺效之，作《餘話》，著詩之多，不亞宗吉。而識者譏之，以爲詩皆俚拙，遠遜於集中所載。則亦徒爲蛇足而已。自此而後，轉相仿效，乃有以詩與文拼合之文言小説。乃至下士俗儒，稍知韻語，偶涉文字，便思把筆；蚓竅蠅聲，堆積未已，又成爲不文不白之「詩文小説」。因以詩文拼成，今姑名之爲詩文小説。而其言固淺露易曉，既無唐賢之風標，又非瞿、李之矜持，施之于文理粗通一知半解之人，乃適投其所好。流播既廣，知之者衆。乃至名公才子，亦取其事而譜爲傳奇矣。是以此等文字，以文藝言之，其價值固極微，若以文學史眼光觀察，則其在某一期間某一社會有相當之地位，亦不必否認。如斯二者，宜分别論之，不可溷淆。要之，沿波溯原，亦唐人傳奇之末流也。

孫楷第《中國通俗小説書目》（一九三三）卷四明清小説部乙「嬌紅傳」條：

未見。《野叟曝言》第三十一回引。《蜃樓志》第三回引猥褻書亦有此書。疑即明人《嬌紅傳》演申厚卿事者，或以口語演之。

戴不凡《小説見聞録》之《國色天香》：

我以爲宋元以迄明初南戲之發展與繁榮，與當時浙閩等地沿海城市海外貿易之興盛有關；而海外貿易中，瓷器又爲巨項（見拙稿《論温州南戲》）。明初以來，小説刊本大行，瓷商舶主於旅途無聊之際，正可手把一編爲樂，或資友朋談助。若《國色天香》内容之紛然雜陳，適可供此等「江湖散逸」之需。以其中所收小説言之，語多淺近欠通之文言，又夾以俚膚「風流」之詩詞，情節磨磨蹭蹭，故事拖泥帶水，亦堪此輩於旅途中消磨「公餘」長日。吴敬所署籍「撫金」，當是撫州金溪；明代戲曲小説恒多贛東人撰編，而刊印者則在就近之閩北建陽；觀夫建板小説往往在東京、倫敦、巴黎多所收藏，而國内反多遺佚，亦可得此中消息一二。

王重民《中國善本書提要》子部小説家類傳奇「繡谷春容」條：

大致與《風流十傳》《國色天香》《萬錦情林》《燕居筆記》等編所選相同。論其歷史，不論其價值，此類著作，爲《剪燈新話》《效顰集》之流裔，直開後來才子佳人派小説之源。在明代嘉、萬間章回白話小説鼎盛之時，猶當有其一席地位，想亦爲研究小説史者不廢。

譚正璧、譚尋《古本稀見小説彙考》上編傳奇小説之部「風流十傳」條：

《嬌紅傳》爲元人宋梅洞所撰，在先有明積德堂刊本，有宣德乙卯丘汝乘序，敘宋宣和時申厚卿、王嬌娘相戀，由婢飛紅從中撮合，故以主婢之名爲傳名。元王實甫與明初湯式、金文質、劉兑皆作有《嬌紅記》雜劇，明沈齡、盧伯生、孟稱舜又作《嬌紅記》傳奇，均衍此事，可見其來源之早及影響之大……（《風流十傳》）全書文體，亦與《遊仙窟》爲同流，於文言中羼人許多詩詞，甚至連篇累牘，觸目皆是，幾如以詩爲骨幹，而不過用散文加以聯綴而已。可是所載之詩，都很俚鄙，散文部分亦復淺拙，所以它的精神面目，遠遜唐人小説，即比之《剪燈新話》等書，亦雅俗相去遠甚。大約此種文體，已另受宋金諸宫調及元明彈詞的影響，故形式上以詩爲主而以散文爲附，與《遊仙窟》的以文爲主而以詩爲附恰恰相反。在明初瞿祐、李禎諸作中偶然亦用之，但在小説情節中卻可有可無。後來轉相仿效，乃成爲詩與文拼合的文言小説。乃至稍懂文字、略辨詩詞的人，也來效尤，於是又成爲不文不白的「詩文小説」。這種文體，正與解放前流行的小報文字相似，以文藝言之，固風格較低，但用文學史眼光來觀察，那麼它在某一時期某一社會有相當的地位，亦足以反映當時時代背景的一角。

二、小説（只録直接徵引《嬌紅記》文字或提及書中人物者，模仿取意者不録）

《賈雲華還魂記》：

○一日，偶與朋友遊西湖，娉伺生不在，攜侍姬蘭苕，潛至其室，遍閲簡牘。見有《嬌紅記》一册，笑謂苕曰：「郎君觀此書，得無壞心術乎？」

○娉聞之，撫髀歎曰：「余豈木石之人哉！兄之此言，豈知我者？妾自遇兄來，忘飡廢事，心動神疲，夜寐夙興，惟君子是念。顧以葑菲，得侍房帷，偕老百年，乃深幸也。第恐天不與人方便，不能善始令終，張珙、申純，足爲明鑒。」

○來早，娉乃破所照匣中鸞鏡，斷所彈琴上冰弦，並前時手帕，遣福福持去付生，爲相思紀念。福福艴然曰：「小姐賦稟温柔，幽嫻貞静，其性不可及，一也；天姿美豔，絶世無雙，其貌不可及，二也；歌詞流麗，翰墨清新，其才調不可及，三也；諳曉音律，善措言詞，其聰明不可及，四也。至於考究經史，評論古今，纚纚然如貫珠，灑灑然若霏雪。下至女事，更不在言。矧又爲薊公之孫、平章之女，母有邢國之賢，弟有令尹之貴，四德俱備，一族同推，行配高門，豈無佳婿？顧乃逾牆鑽穴，輕棄此身，戀戀魏生，甘心委質，流而爲崔鶯鶯、王嬌娜［娘］淫奔之女，以辱祖宗。且生纍然衰絰，五内崩摧，以此與之，毋乃不可！誠所謂既不能以禮自處，又不能以禮處人，妾實恥之，無面目將去也！」

《鍾情麗集》：

〇女曰：「妾嘗讀《鶯鶯傳》《嬌紅記》，未嘗不掩卷歎息，自恨無嬌、鶯之姿色，又不遇張生之才情，自見兄之後，密察其氣概文才，固無減於張、申，第妾鄙陋之質有愧二女，不足以感君耳。」生曰：「卿知其一，未知其二。且當時鶯鶯有自選佳期之美，嬌紅有血漬其衣之驗，今宵之遇，固不異於當時也。而卿之見拒，何耶？」

〇一夕，天色陰晦，生與瑜待月久之，乃同歸蘭室，席地而坐，盡出其所藏《西廂記》《嬌紅記》等書，共枕而玩。……瑜又問：「《嬌紅記》如何？」生曰：「亦未知其作者何人，但知其鋪敘格局，井井有條而可觀，模寫言詞，朗朗可聽而不厭也，苟非有製作之才，焉能若是哉！然其諸小詞多鄙猥，可人者僅一二焉。子觀之熟矣，其中有何詞最佳？」瑜曰：「《一剪梅》。」生曰：「以余看之，似有病。」女曰：「兄勿言，待妾思之。」頃曰：「誠有之。」生曰：「何在？」曰：「『離有悲歡，合有悲歡』乎？」生笑曰：「夫離別，人情之所不忍者也。大丈夫之仗劍對樽酒，猶不能無動於心，況子女之交者。

其曰離有悲，固然也；離有歡，吾不之信也。至若會合者，人情之所深欲者也。雖四海五湖之人，一朝同處，而喜氣亦有不期然而然者，況男女交情之深乎？謂之合有歡，不言可知矣；謂之合有悲，吾未之信也。」瑜曰：「兄以何者爲佳？」生曰：「『如此鍾情古所稀，吁嗟好事到頭非。汪汪兩眼西風淚，灑向陽臺化作灰』一詩而已。」瑜曰：「與其景慕他人，孰若親歷於己？妾之遇兄，較之往昔，殆亦彼此之間而已。他日幸得相逢，當集平昔所作之詩詞爲一集，俾與二《記》傳之不朽，不亦宜乎？」

《麗史》：

元稹記《會真》，虞記《嬌紅》，其事傳者，其翰傳世。

《龍會蘭池録》：

雲收雨霽，瑞蘭以嬌娘漬者指示世隆。

《花神三妙傳》：

生曰：「月前之誓，誓以死生，況患難乎！卿不記申、嬌之事乎？萬一不遂所懷，則嬌爲申死，申爲嬌亡，夫復何恨！」生即剪髮爲誓，曰：「若不與諸妹相從，願死不娶。」三姬亦斷髮爲誓，曰：「若不得與白郎相從，願死不嫁。」生曰：「吾之不娶，佯狂入山，事即休矣；卿之不嫁，奈何？」瓊、奇曰：「吾二人幸未有所屬，當以此事明之吾母。母或見憐，幸也；不爾，則自刭以謝君耳。寧以身見閻王，決不以身事二姓。」生謂錦曰：「於卿何如？」錦誓曰：「生死不相離，離則爲鬼幽。於君何如？」生誓曰：「終始不相棄，棄則受雷轟。」

《尋芳雅集》：

但見畫床錦幕，香氣襲人，室雖不甚幽，廣雅則若仙境，可愛也。正欲遍觀，見几上有《烈女傳》一帙。生因指曰：「此書不若《西廂》可人。」鳳曰：「《西廂》，邪曲耳。」生曰：「《嬌紅傳》何如？」鳳曰：「能壞心術。且二子人品，不足於人久矣，况顧慕之耶！」生曰：「崔氏才名，膾炙人口；嬌紅節義，至今凜然。雖其始遇以情，而盤結艱難間，卒以義終其身，正婦人而丈夫也，何可輕訾？較之昭君偶虜，卓氏當壚，西子敗國忘家，則其人品之高下，二子又何如哉？」鳳亦語塞。

《劉生覓蓮記》：

○越夕，生囑愛童守門，徑訪妓家。文仙出《嬌紅記》，與生觀之。曰：「有是哉！有始無終，非美談也。」

○生謝曰：「是教當書紳，是情當刻骨，此言出在卿口，入在吾耳，幸毋他泄。」文仙曰：「君固不下申厚卿，我也不爲丁憐憐，亦何疑焉！」

○碧蓮云：「女［汝］欲以絳桃、碧桃、三春、三紅之事待我，如傷風敗俗諸話本乎？……自思天下有淫婦人，故天下無貞男子。瑜娘之遇辜生，吾不爲也。崔鶯之遇張生，吾不敢也。嬌娘之遇申生，吾不顧［願］也。伍娘之遇陳生，吾不屑也。」

《濮陽奇遇》（一名《巫山奇遇》）：

（叔）翻案頭，有《烈女傳》一帙。叔曰：「使我有身後千秋烈女名，不如生前片時桃李春。」謙笑曰：「是郎君所言，則《會真記》與《嬌紅傳》，當快意讀易盡矣。……嬌爲申死，申爲嬌縊，凜凜生氣，迄今膏人脣吻間。崔有『爲人憔悴卻羞郎』之句，然張亦未嘗不惓惓……」

《雙雙傳》（《濮陽奇遇》之删改本）：

叔見案頭《烈女傳》，曰：「身後烈名，焉如生前桃李春？」謙笑曰：「如君所言，則《會真》《嬌紅》，當快意讀矣。……嬌爲申死，申爲嬌縊，迄今膏人唇吻。崔有『爲人憔悴卻羞郎』之思，張亦未嘗不注意惓惓……」

《杜麗娘慕色還魂》（收入何大掄本《燕居筆記》）：

昔日郭華偶遇月英、張生得遇崔氏，曾有《鍾情麗集》《嬌紅記》二書，此才子佳人，前以密約偷期，似皆一成秦晉。

《警世通言》卷三十五《王嬌鸞百年長恨》：

廷章閲書讚歎不已，讀詩至末聯「此生但作乾兄妹」，忽然想起一計，道：「當初張珙、申純皆因兄妹得就私情，王夫人與我同姓，何不拜之爲姑？便可通家往來，於中取事矣！」

《西湖二集》卷二十七《灑雪堂巧結良緣》：

《還魂記》載賈雲華，盡擬《嬌紅》意未嘉嘉，一作賒。

《春燈鬧》（一名《燈月緣》）第二回《癡情士邀歡酬美婢》：

姚子昂取出一本《嬌紅傳》，說說笑笑，看了一回。只見靈芸又把酒肴捧出。姚子昂深以蕙娘湊趣，怎知蕙娘亦爲著自己的心上人。兩個就在書房對酌。

《濃情快史》第三回《昌宗幸入合歡宮　媚娘巧弄鴛鴦伴》：

六郎見媚娘一眼看著他，便向袖裏取出《嬌紅傳》來道：「小娘子看一看，想是有趣的。」媚娘失口道：「我侄兒有一本，前已見過。」六郎道：「我未曾看完，不知中間是什麼故事。」媚娘道：「你看便知。」六郎故意攤在桌上翻看，把媚娘看一眼道：「這是什麼意思？」媚娘帶笑，回轉了頭。

《繡榻野史》：

○《小敘》：傳景以《如意》爲神奇，傳情以《嬌紅》爲雅妙，他無取也。……斯傳殆擴《如意》而矯《嬌紅》者。

○上卷：只見房裏靠東壁邊，掛著一幅仇十洲畫的美女兒，就是活的一般。大里看了，道：「這倒就好做你的行樂圖兒。」把一張蘇州水磨的長桌挨了畫，桌子上擺了許多骨董，又擺著《如意君傳》《嬌紅記》《三妙傳》，各樣的春意圖兒。

《弁而釵·情貞紀》第三回《語中露出風月懷　病裡了却相思債》：

崔張申嬌，無怪乎在在皆然也。

《金雲翹傳》第三回《兩意堅藍橋有路　通宵樂白璧無瑕》：

金生道：「常聞心堅石穿，爾我志願如斯，上蒼自應矜憐，玉成乃事。」翠翹道：「造化忌盈，至于忌才忌美猶甚。君不見嬌紅之事乎？」遂蒙袂掩泣。

《桃花影》第四回《滅燭邀歡雙意足》：

（玉卿）又寫書以答非雲道：自挹仙姿，神魂飛越，恨不急倩寒修，以納微儀，耿耿之思，與日俱積，所以八行見思，寶若天瑶。庸詎知匪人竊去，遂鼓簧口飛誣，瑢之罪也！然或卿有不諱，瑢豈獨生，當效申嬌成一鴛鴦冢耳！

《五色石》第一卷《二橋春：假相如巧騙老王孫　活雲華終配真才士》：

天下才子定當配佳人，佳人定當配才子。然二者相須之殷，往往相遇之疏。絶代嬌娃偏遇著庸夫村漢，風流文士偏不遇豔質芳姿。正不知天公何意，偏要如此配合。即如謝幼輿遇了没情趣的女郎，被她投梭折齒；朱淑真遇了不解事的兒夫，終身飲恨，每作詩詞必多斷腸之句，豈不是從來可恨可惜之事？又如元微之既遇了鶯鶯，偏又亂之而不能終之，他日托言表兄求見而不可得；王嬌娘既遇了申生，兩邊誓海盟山，究竟不能成其夫婦，似這般決裂分離，又使千百世後讀書者代他惋惜。這些往事不堪盡述，如今待在下説一個不折齒的謝幼輿，不斷腸的朱淑真，不負心的元微之，不薄命的王嬌娘，才子佳人天然配合，一補從來缺陷。這樁佳話其實足動人聽。

《駐春園小史·序》：

《駐春園》一書傳世已久，因未剞劂，故人多罕見。茲吾友欲公同好，特爲梓行，囑余評點，細爲批閱。間有類《玉嬌梨》《情夢柝》，似不越尋常蹊徑，而筆墨瀟灑，皆從唐宋小説《會真》《嬌紅》諸記而來。與近世稗官迥别。昔人一夕而作《祁禹傳》，詩歌曲調色色精工，今雖不存，《燕居筆記》尚採摘大略。但用情非正，總屬淫詞。必若茲編，才無慚大雅。

《野叟曝言》「天」字卷之五第三十一回（此據光緒八年［1882］申報館排印本。清光緒七年［1881］毘陵彙珍樓活字本相應文字當在「天」字卷之五第二十九回，然該回後半段有缺頁）：

○璇姑擔驚已久，自戳頸之後，公子未嘗再來。變出花樣，百般引誘，都是有人貪財獻勤之故，以至心猶未死。料想今夜斷無他故，因把四嫂送來之書展開一看，是一部《會真記》、一部《嬌紅傳》、一部《好逑傳》，板清紙白，前首繡像十分工致。

○（璇姑）把寫的詩夾在《嬌紅傳》中，匆匆上床，倒頭便睡。

《蜃樓志》第三回《温馨姐紅顔歎命　蘇笑官黑夜尋芳》：

素馨自幼識字，笑官將這些淫詞豔曲來打動他。不但《西廂記》一部，還有《嬌紅傳》《燈月緣》《趣史》《快史》等類。素馨視爲至寶，無人處獨自觀玩。

《吴江雪》第一回《清閨約法　訓子奇方》：

若防閑女子，比訓子更費周折，幼時教他日事針指、嫻習女儀，自不必説，一至六七歲時，就要加防閑。其防閑之法大約有十難：第一，須内外清肅，不許外人入内；第二，要閨範嚴厲，不許女子出外；第三，俊僕孌童，不許令他常見；第四，遠房兄弟和那表親，不可令他親熱。那些中表兄弟，自從三四歲時一同嬉戲，過了數年，各有十二三歲了，父母也不覺礙目，他也不避嫌疑。其或男愛女的姿容，女慕男的風流，在人面前倒裝做一個木瓜的模樣，心裡兩相情願，往往做出事來，若嬌紅之與申生，不一而足……

三、明清詞集

（明）陳耀文纂《花草粹編》卷七：

虞集《一剪梅·春别》（按：實爲王嬌娘《一剪梅》）。

（明）趙世傑輯《古今女史》：

嬌紅《贈别》（按：實爲王嬌娘《一剪梅》）。

（明）鍾惺編《名媛詩歸》：

王嬌紅《寄別申生》：月有陰晴與圓缺，人有悲歡與離別。擁爐細語鬼神知，拚把紅顏爲君絶。

（明）卓人月編《古今詞統》卷十二：

王嬌娘《滿庭芳・答申生》：簾影摇花，簟紋浮水，緑陰庭院清幽。夜長人静，贏得許多愁。空憶當時月色，小窗外情話綢繆，臨風淚抛成暮雨，猶向楚山頭。　殷勤紅一葉，傳來密意，佳好新求。奈百端間阻，恩愛休休。應是紅顏薄命難消受。俊雅風流須相念，重尋舊約，休忘杜家秋。

○按：有無名氏眉批曰：申生成一詞，寓《小梁州》，以示嬌云：惜花長是替花愁，每到西樓。如今何況抛離去也，關山千里，目斷三秋。　漫田野、殷勤分付東園柳，將爲管枝柔。只恐重來，緑成蔭也，青如豆。辜負梁州，恨悠悠。

○按：後附小説梗概與飛紅《青玉案》曰：宋宣和中，蜀人王通判，有女嬌娘，與中表申純，字厚卿者私通，酬和甚多。父納帥子之聘，嬌竟以憂卒，申生痛念之，亦死。王通判有妾飛紅者，貌美，亦能寫染，有詞云：花低鶯踏紅英亂，春心重頓成慵懶。楊花夢斷楚雲平，空惹起，情無限。　傷心漸覺成牽絆，奈愁緒、寸心難管。深誠無計寄天涯，幾欲問，梁間燕。

（清）張宗橚輯《詞林紀事》卷十九：

王瑩卿瑩卿字嬌娘，又號百一姐，眉州王通判女。《滿庭芳》。

（清）葉申薌撰《本事詞》卷一：

飛紅《青玉案》。

（清）周銘輯《林下詞選》卷三：

王嬌娘《滿庭芳》。

（清）徐釚編《詞苑叢談》外編卷十二：

王嬌娘《滿庭芳》。

四、彈詞

《新編後玉蜻蜓嬌紅傳》：

〇卷首「開場敘」：單題一部《嬌紅傳》，才子佳人《玉蜻蜓》。敘明多少情由事，付與知音著意評……

〇第二十四卷：世人留有《嬌紅傳》，《玉蜻蜓》後添。……南直蘇州吴縣内，申氏人家天下聞。世世相傳多貴顯，代代恩榮無比倫。書人特纂《嬌紅傳》，將來續接《玉蜻蜓》。

附録二　小説《嬌紅記》相關研究存目

按：撰寫時間與出版時間不一致的，以括號標註撰寫時間。

一、論文

鄭振鐸《中國小説的分類及其演化的趨勢》（一九二九），《鄭振鐸文集》，人民文學出版社一九八五年版。

趙景深《嬌紅記與嬌紅傳》（一九三六），《讀曲隨筆》，上海文藝出版社一九九九年版。

葉德均《讀明代傳奇文七種》（一九四七），《戲曲小説叢考》，中華書局一九七九年版。

［日］伊藤漱平《〈嬌紅記〉解説》，《今古奇觀下　嬌紅記》書後，「中國古典文學大系」三八，（日本）平凡社一九七三年版。

［日］伊藤漱平《嬌紅記成書經緯：其變遷及流傳過程》（一九七七），原載（日本）《東方學會報》第三二期，中譯版謝碧霞譯，見《中外文學》第一三卷第一二期，一九八五年五月。

［日］大塚秀高《明代後期文言小説刊行概況》，原載（日本）《東洋文化》第六一期，中譯版

謝碧霞譯，見（臺灣）《書目季刊》一九八五年第二、三期，後收入王進駒、張玉潔編著《中國歷代小説刊印研究資料集萃》，鳳凰出版社二〇一八年版。
徐朔方《小説〈鍾情麗集〉的作者》，原載朱東潤、李俊民、羅竹風主編《中華文史論叢》一九八七年第一輯，後收入《小説考信編》（改題《小説〈鍾情麗集〉的作者不是邱濬》），上海古籍出版社一九九七年版。
程毅中《〈嬌紅記〉在小説藝術發展中的歷史價值》，《許昌師專學報》一九九〇年第二期。
薛洪（勣）《明清文言小説的發展歷程》，《社會科學戰線》一九九〇年第二期。
薛洪勣《中國小説史上的一個發展環節——明代「文言話本」縱横談》，《社會科學戰線》一九九二年第一期。
孫一珍《明代小説的横向勝攬與正名》，中國社會科學院文研所編《俞平伯先生從事文學活動六十五周年紀念論文集》，巴蜀書社一九九二年版。
官桂銓《新發現的明代文言小説〈麗史〉》，《文獻》一九九三年第三期。
何長江《論元明長篇傳奇小説的發展歷程》，《明清小説研究》一九九四年第二期。
李劍國、何長江《〈龍會蘭池録〉産生時間考》，《南開學報》一九九五年第三期。
［日］市成直子《試論〈嬌紅記〉在中國小説史上的地位》，《復旦學報》一九九五年第四期。

[日]岡崎由美《明代長篇傳奇小説的敘事特徵》(一九九三),《'93中國古代小説國際研討會論文集》,開明出版社一九九六年版。
宣嘯東《〈嬌紅記〉最簡本的發現及其意義》,《明清小説研究》一九九七年第二期。
陳大康《論元明中篇傳奇小説》,《文學遺産》一九九八年第三期。
王冉冉《「體兼説部」的「詩話」與明代「詩文小説」》,《明清小説研究》二〇〇〇年第三期。
莊逸雲《明代中篇文言小説研究》,四川師範大學碩士論文,二〇〇一年。
姜焕偉《雙線聚合——〈嬌紅記〉情節結構簡析》,《泰安師專學報》二〇〇二年第五期。
林辰、苗壯主編《文言話本小説》「編校説明」,綫裝書局二〇〇三年。
余慧菊《論〈嬌紅記〉故事的文體嬗變》,武漢大學藝術學系季刊《珞珈藝林》二〇〇四年第二期。
雷振華、吴建國《從〈鍾情麗集〉看元明之際表親型「才子佳人」敘事範型》,《中國文學研究》二〇〇四年第二期。
李夢生《論明代中篇文言小説發展軌跡及特點》,《殷都學刊》二〇〇四年第四期。
武影《〈嬌紅記〉:小説與戲曲辨》,《宜賓學院學報》二〇〇四年第四期。

李向東《精心求證、梳理源流——澄清〈嬌紅記〉作於元代的謬説》，《中國圖書評論》二〇〇四年第八期。
潘建國《新發現明代中篇傳奇小説〈巫山奇遇〉考略》，《明清小説研究》二〇〇五年第三期。
丁𤏡《〈嬌紅記〉研究二題》，《明清小説研究》二〇〇五年第三期。
陳國軍《〈嬌紅記〉的作者及其小説史意義》，《二〇〇五明代文學國際學術研討會論文集》，學苑出版社二〇〇五年版。
陳國軍《元明中篇傳奇小説的發展歷程及其特徵》，（韓國）《中國小説論叢》第二一輯，二〇〇五年三月。
陳國軍《明代中篇傳奇小説格局的構成——以〈鍾情麗集〉爲考察中心》，《海南大學學報》（人文社會科學版）二〇〇五年第二期。
朱姝《嬌紅記研究：兼論才子佳人小説的發展》，蘇州大學碩士論文，二〇〇五年。
雷振華《明代的中篇傳奇小説創作》，湖南師範大學碩士論文，二〇〇五年。
王穎《從〈嬌紅記〉的審美傾向看元代戲曲對小説的影響》，《宜春學院學報》二〇〇六年第一期。

林辰《把砍斷的小説史鏈條接上——論明代小説〈嬌紅記〉》，《文化學刊》二〇〇六年第二期。

喬光輝《傳統民居與元明中篇傳奇小説的時空敘事》，《南京師大學報》（社會科學版）二〇〇六年第二期。

王穎《〈嬌紅記〉的美學特徵及文化探源》，《瀋陽師範大學學報》（社會科學版）二〇〇六年第二期。

甄静《論明代中篇文言小説——兼與唐傳奇比較》，《商丘師範學院學報》二〇〇六年第六期。

羅兵紅《從時間敘事看〈嬌紅記〉主人公的情感變化》，《湖南科技學院學報》二〇〇六年第一〇期。

姜麗華《論元代小説〈嬌紅記〉的獨特魅力與悲劇意蘊》，《牡丹江師範學院學報》（哲學社會科學版）二〇〇七年第五期。

韓昌《言情小説〈嬌紅記〉的開創性與示範性》，《文化學刊》二〇〇七年第五期。

韓昌《「嬌紅」故事研究》，臺灣中正大學中國文學研究所碩士論文，二〇〇七年。

［日］大賀晶子《「龍會蘭池録」について——もう一つの「拜月亭」》，松村昂編著《明人と

その文學》，（日本）汲古書院二〇〇九年版。
陳玉萍《中國古典中短篇小説中的詩文關係與抒情性——以愛情爲主題的討論》，臺灣大學中國文學研究所博士論文，二〇〇九年。
陳明緻《晚明中篇小説合集現象研究》，臺灣政治大學中國文學研究所碩士論文，二〇〇九年。
邱翔《〈嬌紅記〉：從小説到傳奇》，《戲曲藝術》二〇一〇年第二期。
趙薇《明代中篇傳奇小説編輯出版的商業化傾向》，《編輯之友》二〇一〇年第五期。
毛欣然、辛馨：《論〈嬌紅記〉的對話性》，《現代語文》（文學研究）二〇一〇年第四期。
雷振華《從〈天緣奇遇〉看明代士人的求全情結》，《湖南大衆傳媒職業技術學院學報》二〇一〇年第五期。
馮晶晶《論文言小説〈嬌紅記〉的「詩化小説」傾向》，《文學界》（理論版）二〇一〇年第六期。
雷振華《「鍾情類」明代中篇文言小説的情愛觀——與〈嬌紅記〉進行對比研究》，《湖南科技學院學報》二〇一〇年第九期。
杜寶瑩《論元明中篇傳奇小説的藝術特色及其文化内涵》，天津師範大學碩士論文，二〇一二年。

丁鳳珠《淺論〈嬌紅記〉的詩詞運用》，《湖北職業技術學院學報》二〇一二年第一期。

李瑞春、李豔茹《〈嬌紅記〉的敘事策略》，《廣播電視大學學報》（哲學社會科學版）二〇一二年第一期。

李春豔《〈嬌紅記〉：戲曲與小説人物形象之比較》，《赤峰學院學報》（漢文哲學社會科學版）二〇一二年第一期。

潘建國《白話小説對明代中篇文言傳奇的文體滲透：以若干明代中篇文言傳奇的刊行與刪改爲例》，《暨南學報》二〇一二年第二期。

侯桂運《中國古代小説詩詞敘事機制的創立——〈嬌紅記〉中詩詞的敘事學分析》，《長城》二〇一二年第八期。

唐艷華《論明代中篇傳奇小説的世俗化轉變》，《商洛學院學報》二〇一三年第三期。

鄭海濤、趙義山《寄生詞曲與明代中篇傳奇小説的文體變遷》，《浙江學刊》二〇一三年第五期。

林雅玲《從游於一方到安樂其所：明中篇傳奇小説愛情追求敘事試探》，（臺灣）《國文學報》第一八期，二〇一三年六月。

馬玉琴、龔金彥《明清詩文小説〈嬌紅記〉中的敘事結構分析》，《短篇小説》（原創版）二〇一三年第一一期。

白彩霞《元代〈嬌紅記〉的影響》，《語文學刊》（高等教育版）二〇一三年第一一期。

賀歡《元明嬌紅題材小説戲曲創作關係論》，陝西師範大學碩士論文，二〇一三年。

劉青霞《元明中篇傳奇小説人物形象研究》，陝西師範大學碩士論文，二〇一三年。

張清真《「詩文小説」〈鍾情麗集〉研究》，安慶師範學院碩士論文，二〇一三年。

鄧琳媛《〈嬌紅記〉傳播研究》，暨南大學碩士論文，二〇一四年。

鄧珍珍《明清時期申嬌故事接受研究》，四川師範大學碩士論文，二〇一四年。

王崗《移花接木：艷情改寫、王朝創業與天啟神授》，《薪火學刊》第二卷，復旦大學出版社二〇一五年版。

林雅玲《晚明六種合刊本傳奇小説集編輯出版現象析論》，（臺灣）《高雄師大國文學報》第二三期，二〇一六年一月。

李欣鑫《戲曲〈嬌紅記〉的繼承與發展——與小説版之比較》，《太原學院學報》（社會科學版）二〇一六年第二期。

大賀晶子《明代文言小説における西廂故事受容のあり方について——「鍾情麗集」の議

論を中心に》，（日本）《日本中國學會報》第六十八集，二〇一六年。

胡龍《珍本文言小説〈雙雙傳〉〈巫山奇遇〉之祖本——〈濮陽奇遇〉新發現及其版本關係、作者初步考識》，「古代小説網」公衆號平臺二〇一九年二月二四日。

林香蘭《〈嬌紅記〉與韓國古代漢文小説〈韋敬天傳〉的敘事結構比較研究》，《東疆學刊》二〇一九年第四期。

簡家彤《「嬌紅」系列傳奇小説與〈紅樓夢〉之共性脈絡研究》，臺灣師範大學國文系碩士論文，二〇一九年。

林瑩《〈紅樓夢〉與元明中篇文言傳奇淵源補論》，《紅樓夢學刊》二〇一九年第六輯。

林鶴宜《晚明清初小説新品類對文人傳奇戲曲敘事開創的影響》，（臺灣）《戲劇研究》第二五期，二〇二〇年一月。

林瑩《稀見明刻單行本〈評釋嬌紅記〉新考》，《勵耘學刊》二〇二一年第一輯。

陳文新、盧海濤《明代中篇傳奇小説的發展歷程與審美品格》，《齊魯學刊》二〇二二年第四期。

程國賦、陳靈心《論元明中篇傳奇小説對白話小説的文體滲透》，《南京師大學報》（社會科學版）二〇二二年第五期。

二、專著

陳益源《從〈嬌紅記〉到〈紅樓夢〉》，遼寧古籍出版社一九九六年版。

陳益源《元明中篇傳奇小説研究》，香港學峰文化事業公司一九九七年版。

Wang, Richard G., *Ming Erotic Novellas: Genre, Consumption, and Religiosity in Cultural Practice*, Hongkong: The Chinese University Press, 2011.

Alister D. Inglis, *The Chinese Love Story from the Tenth to the Fourteenth Century*, Albany: State University of New York Press, 2023.

附録三　稀見明刻單行本《評釋嬌紅記》新考

明刻單行本《評釋嬌紅記》爲海内孤本，兩卷一册，全名《新鍥校正評釋申王奇遘擁爐嬌紅記》。書封墨筆題「嬌紅記」三字，上卷首葉已佚，下卷卷端題「元邵菴虞伯生編輯　閩武夷彭海東評釋　建書林鄭雲竹繡梓」。此書現藏東京大學東洋文化研究所，舊爲日本岡山大學教授林秀一所有，後曾一度歸屬伊藤漱平，此即其室名「兩紅軒」的由來之一〔一〕。因爲書目失載且久屬私藏，此書直至二十世紀七十年代伊藤先生長文撰述，又經臺灣學人譯介〔二〕，才漸爲大陸學界所知，然多數學者只能輾轉抄録版本信息，始終無緣一睹真容。幸而近年經日本汲古書院影印出版，憑之可考其評釋特色、版本價值和刊刻情況，推進有關《嬌紅記》、元明中篇文言傳奇乃至萬曆時期書坊運營等方面的研究。

一　評釋考

《評釋嬌紅記》並非《嬌紅記》史上唯一的明刻單行本。嘉靖晁瑮《晁氏寶文堂書目》「子雜類」〔三〕、高儒《百川書志》卷六「史志・小史類」均載有單行本《嬌紅記》，後者爲另一明刻二卷本，署「元儒邵庵虞伯生〔四〕編輯　閩南三山明人趙元暉集覽」〔五〕。《評釋嬌紅記》題署與此相類，或謂爲趙本之再版。鑒於趙本久佚不傳，此書遂成《嬌紅記》現存唯一的明刻單行本，益顯珍貴〔六〕。

全書板框半葉寬十四點六釐米，高二十四點八釐米，半葉九行，行十九字；白口，四周雙邊，雙黑、順魚尾，版心上端刻「評釋嬌紅記」，中爲卷次、頁碼，下端或留白，或印「宗文書堂/宗文書舍」四字。卷下第卅五至卅八四葉錯序，若順次重排，當作卅七、卅六、卅五、卅八。書前附序《嬌紅記題》，無繫年落款，以「禮義」爲旨，否認小説意在導欲宣淫，故非「風流佳話」一詞所能涵攝。書内穿插雙面連式圖像十七幅，圖有缺、補情況：下卷第二四b頁闕如，上卷第二一b頁、下卷第二一a頁爲後來增補。書間遍布釋義、眉批，此乃本書一大特色。

釋義部分較正文低一格，嵌于段間，形成專欄。先以雙線小框標明所釋典故和專詞，復用小字夾註列出釋義。綜觀明代小説注本以歷史演義爲主，注釋多居行間、回末或眉端的慣例〔七〕，《評釋嬌紅記》以風月題材而鄭重專設「釋義」欄目之舉殊爲罕見。一般而言，小説注釋的設置表明目標讀者文化水平較低，然此書評釋燦然、圖文互見，版式極其雅致可觀，在中篇文言傳奇單行本中亦屬白眉，又顯現出精品化的刊印定位。

「釋義」之廣博精善，再度佐證了這一傾向。詞條徵引甚夥，旁涉《詩》《禮》《易》《左傳》《論語》《孟子》《荀子》《列子》等經典，《戰國策》《史記》《漢書》《南史》《大明一統志》等史傳地志，《新序》《列仙傳》《山海經》《風俗通》《拾遺記》《續齊諧記》《開元遺事》《異聞集》《唐史遺事》《唐貴妃傳》等稗官野史，以及李斯書、晁錯策、張衡集、鄭谷詩、陶谷詞、宋子京詞、王元澤詞、黄山谷詞、賀方回詞、晁無咎詞、朱淑貞詩、李易安詞等歷代詩文。觀此可知，撰者當爲飽學文士〔八〕。這一專欄大體不俗，如針對申氏兄弟聯捷賀詞中「徐卿二子」之典，「釋義」云，「杜子美歌：『君不見徐卿二子生絶奇，感應吉夢相追隨。』徐卿，名道，洛中人，有二子也」，頗可解惑。

依照題署，這些釋義爲「閩武夷彭海東」所撰。彭氏名濱，字海東。除此書外，他還參與了萬曆二十一年（一五九三）《鼎鐫校增評注五倫日記故事大全》、二十六年（一五九八）《鐫校釋唐四傑文集》、二十七年（一五九九）《重刻申閣老校正朱文公家禮正衡》等書的校釋工作〔九〕。其中，《唐四傑文集》與《評釋嬌紅記》同出宗文書舍，卷端署「海東彭濱校釋　雲竹鄭豪繡梓」。「鄭豪」即鄭世豪，字雲竹，福建建安（今建甌）人。他與彭濱屢屢合作，以「宗文書舍」名義刻書達數十種。考慮到彭、鄭二人活躍于萬曆二十年至三十年（一五九二—一六〇二），《評釋嬌紅記》亦大抵成于彼時。

此書眉端綴評，評語爲諸本《嬌紅記》中數量最多、内容最詳、質量最優者〔一〇〕。彭評或徵引謡諺典故，或勾連前後細節。品讀人物言行細緻入理，如「生泊舟而待，不忍遽歸；嬌登舟握手，揮淚大慟。言言永訣，之死靡他，鍾情之至，無以加矣」「此見嬌娘之謹始慮終，非貪歡賣俏者比也」「生之襟懷灑落，故其發爲詞章，清新典雅，膾炙人口」；賞鑒小説筆法又别具慧眼，有「履危涉險以表真識，亦是常套」「《空負》《多情》二律，描寫殘春景象，而倦倦屬意於生見矣」「此生借鶯爲喻，其戀慕之情，溢於言外矣」之評，與正文相得益彰。

值得留意的是，儘管《鍾情麗集》《懷春雅集》是在借鑒《嬌紅記》的基礎上創作的，但《評釋紅嬌記》眉批卻屢引二書返評《嬌紅記》，茲各舉一例。「《鍾情》詞云『十回密約九回孤』，可爲此評。」「《懷春集》詞：『百寶闌干，名花一捻紅妝巧。數枝濃豔，整點春多少。錦萼檀心，畫手描難就。東君道，韶光易老，好買千金笑。』」如是評點計有十六條，其中兩條提及《懷春雅集》，十四條提及《鍾情麗集》。在關涉《鍾情麗集》的評語裡，不僅有與《嬌紅記》詩詞互文處，也有情節、人物相似者，如「瑜與辜别云：『好事多磨，自古然也。』於今益驗」「生之棄憐憐舊好而不致意，猶辜輅之遇瑜娘而遠微香也」「辜生語微香云：『將新變故易，以故變新難。』誠然也」「小慧以嬌之平昔負氣、愛身、重言如此，而今乃不然，以失節玷軀爲諫，即《鍾情集》中四桃『亡猿失火』之喻，可謂深且切矣」等。這類評點是對《懷春雅集》《鍾情麗集》藝術效果的認可，既强調了二者與《嬌紅記》的淵源，同時也暗示了這樣一個情況：在《評釋嬌紅記》付梓的萬曆時期，《鍾情麗集》《懷春雅集》的流傳度可能遠勝《嬌紅記》，其中《鍾情麗集》的影響力尤其不容小覷。聯繫《鍾情麗集》曾有弘治十六年（一五〇三）單刻本，而其初刻本可能早在成化二十三年（一四八七）前後即已問世〔一一〕，這一現象或許不難索解。

二　版本考

迄今爲止，《嬌紅記》的文本整理主要依據若干通俗類書選輯本。據陳益源考訂，這批文獻分爲《艷異編》和以林近陽本《燕居筆記》爲首的兩大體系。

A　《艷異編》〔一二〕（卷十九「幽期部三」，題《嬌紅記》）。

B　林近陽編《燕居筆記》〔一三〕（卷八、卷九上欄，題《擁爐嬌紅》，下稱「林本」）；

何大掄編《燕居筆記》〔一四〕（卷七、卷八上欄，題《擁爐嬌紅》，下稱「何本」）；

《繡谷春容》〔一五〕（卷五上欄，題《申厚卿嬌紅記》）；

《花陣綺言》〔一六〕（卷八，題《嬌紅雙美》，目録頁題作《嬌紅並記》）；

《風流十傳》（卷五，題《嬌紅傳》）〔一七〕；

余公仁刊《燕居筆記》〔一八〕（卷下之六，題《嬌紅傳》，下稱「余本」）。

丁燁隨後指出，《風流十傳》本和余本應單獨列作第三個體系，該體系更接近《艷異編》本而非林本〔一九〕。陳、丁二位先生基本廓清了《嬌紅記》的版本關係，厥功甚偉，但主要以韻文差異提煉分類依據，尚未進行全文校讀，也没有利用明刻單行本《評釋嬌紅記》這一珍貴資源。爲此，筆者通校諸本，對上述結論做出四個方面的修訂。其一，《風流十傳》本和余本既非單純源自林本系統，亦非單純源自《艷異編》本系統，這也解釋了陳、丁二位分歧的緣由。其二，林本系統並非鐵板一塊，何本、《繡谷春容》、《花陣綺言》均有異文。其三，《繡谷春容》本、《風流十傳》本和余本都是經過删減的版本，然又有所不同：《繡谷春容》本只删不改，《風流十傳》本和余本則韻、散部分皆有删改。其四，在諸本中，林本的俗字、誤字最多，且有省文符號混用現象。

此外，得益於單行本的出現，筆者獲致三點新的結論。

1　單行本自有淵源，與今存最早的《艷異編》本最爲相近。

2　單行本内容最爲完備。林本系統缺失而單行本不缺者如下。

①申生惑於妖魅，與嬌不交一言。嬌娘寫下《情思歎》組詩，内含《情思瀟條》《緑窗

寫怨》《蘭室感懷》《繡幄顰眉》《錦幃灑淚》《塵榻空懸》《珠簾不捲》《空悲弱質〔二〇〕》《眷戀多情》九首。唯單行本九首全録，各有標題。《艷異編》本全録而無題；林本、《花陣綺言》本作「《情思嗟歎》詩八首」，何本作「《情思歎》詩八首」，均少《錦幃灑淚》一首；《風流十傳》本、余本僅有林本系統的前七首；《繡谷春容》本悉數刊落。

②申、嬌設誓後撰詞自陳。嬌娘作「【再團圓】芳心一點」，申生答以「【白牡丹】一片芳心」。林本系統無嬌娘詞，僅在申詞前敘「生賦一詞，備述心間之事以謝之」。單行本和《艷異編》本既有嬌娘詞，其後又分别作「生得詞，亦口占一調/詞，備述心事以謝之」，更勝一籌。

③申父提親受阻，嬌娘致書于生，單行本和《艷異編》本皆作「生展視之，乃新詞《滿庭芳》一闋，嬌所製也。……詞後又有詩二絶」，林本系統少【滿庭芳】詞，僅曰「生展視之，乃新詩二絶，嬌所製也」。

《艷異編》本缺失而單行本不缺者如下。

①《艷異編》本後半部分缺失多首詩詞。【晝夜樂】古詞乃飛紅爲釋嬌娘之懷所賦。飛紅吟畢勸道：「古人詞語必不虚設，試一索之，便可知生之所爲矣。」《艷異編》本無此詞，又無「古人詞語必不虚設」句，致使飛紅所言「試一索之」空無著落。單行本和林本系

統更爲周全。

②關於「申生歸家温書」一節，單行本和林本系統有兩處敘述爲《艷異編》本所無。一曰「申生既以《念奴嬌》詞示其兄，因感兄相勉功名之意，又加舉問〔二〕，雖不能忘情於嬌，而槐黄在目，幸而有兄相與講明，亦懼父母之督責也」，二曰「春盡夏終，轉眼又是初秋天氣，雁杳魚沉，絶無消息」。

③《艷異編》本無文末長段議論。

3　單行本獨有的部分異文頗具價值，以下試舉數例説明。

①申、嬌初見，嬌娘梳妝未出。申生所言，單行本作「百一姐姑舅至親，理當請見」，林本系統作「百一姐無他故，姑俟日後請見」，《艷異編》本作「百一姐無他故，姑俟何如」。依事理與下文而論，單行本佳。

②申生棄擲折花，嬌娘所言，單行本作「東皇故自有主，夜瓶一枝以供玩好足矣。兄何索之深也」，「瓶」字，《繡谷春容》本作「秉」，餘本皆作「屏」。單行本佳。

③單行本【擷芳詞】首句作「日如年，風似箭」，「風似箭」與「日如年」對仗且合韻。他本皆作「日如年，風輕扇」。

④【滿庭芳】一詞僅見諸單行本和《艷異編》本。其中單行本「簾影篩金」句，優於後

者的「簾影飾金」。

⑤申生向丁憐憐描述嬌娘美貌的情形，諸本所寫略異。單行本作「西施、杞子殆相仿佛，而丰韻過之」，前半句林本、何本、《花陣綺言》本、《繡谷春容》本均作「西施、妃子殆相千百」，後半句「丰韻」二字，《花陣綺言》本同單行本，《艷異編》本作「風韻」。《風流十傳》本、余本無此句。單行本除「杞」字訛誤，意思最爲暢達。

⑥申生與友人陳仲游同至憐憐處，林本、何本、《繡谷春容》本、《花陣綺言》本作「（憐憐）令其女名伴姐侍仲游寢」，《艷異編》本作「令其女弟伴姐侍仲游寢」，《風流十傳》本、余本無。單行本作「令其女伴相侍仲游寢」，最優。

⑦嬌娘屈事飛紅，盡釋前嫌。單行本敘飛紅「因宛轉爲嬌謀，遂語舅曰」，林本作「因宛轉爲嬌其，因語舅曰」，《艷異編》本作「因宛轉爲嬌媒，因與舅曰」。單行本佳。「其」「媒」均不通，「因」字重出亦不甚妥。

⑧申、嬌相別，二人「不能出半語」。單行本作「四目佇視」，林本系統作「兩目佇視」，《艷異編》本作「回目佇視」。單行本佳。

⑨申生將歸，其舅囑之，單行本作「嬌娘親禮在即，家事紛紜，恐無執幹者」，林本「恐」字作「慎」，《艷異編》本少「恐」字。單行本優。

⑩申生聞嬌娘訃音，賦【憶瑶姬】吊之。首句單行本作「當日相逢，千金麗質」，以「當日」領起回憶，合於詞牌寓意。林本系統作「合下相逢」，《艷異編》本作「蜀下相逢」，皆不通。

⑪文末長評爲單行本和林本系統所共有。單行本中「雨意雲情」「非苟言之，實允蹈之」「知幾君子，要當謀之於始也」等句，林本依次作「雨意一情」「非苟之，實允□之」「知譏君子」，多有訛漏。

林本系統和《艷異編》本固然也有優勝處，但因篇幅和論述重點所限，兹不盡舉。並且，如前所述，在林本系統之内，何本、《繡谷春容》、《花陣綺言》亦有互異之處，這些版本有時同於單行本或《艷異編》，時而則爲獨出異文，可見《嬌紅記》版本關係的複雜程度及《嬌紅記》文本曾經的流播之盛。而上述《評釋嬌紅記》的異文再次提醒我們，應當重視中篇文言傳奇單行本的校勘價值。今存中篇文言傳奇單行本爲數寥寥，極爲珍罕。除此本《評釋嬌紅記》外，尚有《鍾情麗集》、《吴生三美集》（《尋芳雅集》的單刻本）、《巫山奇遇》（《雙雙傳》的單刻本）和殘本《五金魚傳》四種〔二二〕，它們都保存著相應文本較早且最全的形態〔二三〕。《嬌紅記》單行本湮没已久，導致既往學者在整理《嬌紅記》時未能吸納。民國時鄭振鐸主持校訂《世界文庫》本《嬌紅記》，以《花陣綺言》本和清刊《國色天香》本爲底本，參之以《繡谷春容》本及林本。半個多世紀後，程毅中轉録鄭振鐸校本並加以復核，將其收入《古體小説鈔·宋元卷》。陳益源則以林本爲底本，再據《艷異編》本對校。今後校證若能充分利用這一稀見單行版本，無疑有助於勘定出《嬌紅記》更爲完善的文本面貌。《嬌紅記》是中篇文言傳奇的嚆矢之作，對明代中篇文言傳奇及明清小説戲曲的創作影響深遠[二四]，因此《評釋嬌紅記》的版本價值更是不容低估。

三　刊刻考

如前所述，《評釋嬌紅記》版心下端有「宗文書堂／宗文書舍」字樣。宗文書舍的主持者鄭世豪，出自建安刻書世家鄭氏家族。不過，《評釋嬌紅記》的版式和畫風卻明顯並非建本風格：圖版有典型的江南特色，插于文中，雙面連式，與其他建本《嬌紅記》形態迥異[二五]；畫風則展現出新安特徵，人物造型與置景細節高度相似於明刻本《吴生三美集》[二六]。諸如圖二與圖九、圖十的士人服冠、童子荷擔、畫框邊緣的柳葉花枝，圖四與圖七獨立女子的飛髻、衣飾和裝點背景的回廊、芭蕉、山石，圖三與圖八的錦墩，圖六與圖八二位女子執卷倚案、對晤相談等，如出一轍。

圖一—二　《吴生三美集》第4b—5a頁

圖三　《吴生三美集》第26a頁

圖四　《吴生三美集》第29a頁

圖五—六 《吴生三美集》第 78b—79a 頁

圖七 《評釋嬌紅記》下卷第 13b 頁

圖八 《評釋嬌紅記》下卷第 14a 頁

圖九 《評釋嬌紅記》下卷第 29b 頁

圖十 《評釋嬌紅記》下卷第 30a 頁

凡此現象表明，二書插圖當有淵源。《吴生三美集》第四葉版心署名「黄德懋」爲解答這一謎題留下了線索。黄德懋（一五七一—一六四一）是萬曆時期的一名新安刻工，參刻過《書言故事大全》《舌華録》《淮南鴻烈解》《重修考古圖》等書。其中，《書言故事大全》乃萬曆十七年（一五八九）新安書坊七松居所刊，版心留有以黄德懋爲首的新安虬村黄氏「德」字輩刻工〔二七〕的單名，曰懋、進、時、新、奇、公、寵。兩年後，宗文書舍翻刻此書，改題《京本音釋注解書言故事大全》，這是筆者所知宗文書舍與虬村黄氏的最早關聯〔二八〕。虬村黄氏自第二十六世「德」「應」字輩起，從純粹擔任文字刻工轉向文圖刻印的分流和專業版畫創作的參與，正是他們繪刻了《評釋嬌紅記》的插圖〔二九〕。

《評釋嬌紅記》的刊刻情況，反映了萬曆時期建安、金陵、新安等地書坊從業者交流之深入、頻繁，這可歸因於其時書籍板片流通與書坊異地設肆之風。研究表明，可能在金陵開設分店的建安書坊至少有以下六家。

1　熊雲濱的書坊

金陵世德堂本《新刻出像官板大字西遊記》卷九、十、十九、二十署「金陵榮壽堂梓行」，卷十六作「書林熊雲濱重鍥」〔三〇〕，熊雲濱或在金陵開有名爲榮壽堂的分肆〔三一〕。

2　余昌宗的書坊

其所編類書《藝林尋到源頭》序曰「寓金陵有年矣」，故此「殆爲建安余氏之設坊于金陵者」〔三二〕。

3　葉貴的近山堂

所刻《卜居秘髓圖解》前集卷三末云「萬曆二十三年（一五九五）歲次乙未孟夏之吉，刊于金陵建陽葉氏近山書舍」〔三三〕。

4　熊成應的種德堂

所刻《新鍥京本校正按鑑演義全像三國志傳》署「萬卷書樓」，種德堂後期或設分店于金陵〔三四〕。

5　鄭尚玄的人瑞堂

所刻《新鐫全像通俗演義隋煬帝豔史》，題材逸出建本傳統，插圖、刊刻形態近于金陵風格〔三五〕。

6　蕭騰鴻的師儉堂

所刻《古今律條公案》卷二首頁署「金陵陳玉秀選校　書林師儉堂梓行」；所刻戲曲插圖乃劉素明、蔡沖寰等活躍于金陵的畫師手筆，故可能「設在金陵」或「初設于建陽，後來又遷到金陵」〔三六〕。

結合以上案例與宗文書舍刊刻特點，筆者推測，鄭世豪的宗文書舍後期或亦設肆金陵。宗文書舍源于建安名肆宗文堂而自成一家〔三七〕，筆者對照《評釋嬌紅記》與鄭世豪堂兄弟鄭世容萬曆三十年（一六〇二）所刻《新鍥京本校正通俗演義按鑑三國志傳》，發現二者時代相近，後者即典型建本，風格全然異於前者。

今存宗文書舍所刊書籍約有二十種〔三八〕，以書題有無「京本」標識及版式變化爲據，可在萬曆二十年設界，劃爲前、後兩個階段。筆者認爲，金陵分肆的設立與《評釋嬌紅記》的刊刻當晚于萬曆二十年。首先，在萬曆十九年《京本音釋注解書言故事大全》刊行後，宗文書舍便不再推出帶「京本」字樣的書籍。自稱「京本」乃建本慣用策略，金陵書坊極少如此〔三九〕，宗文書舍此後的情況與之相符。其次，宗文書舍萬曆二十一年本《鼎鐫校增評注五倫日記故事大全》的插圖版式已向江南風格靠攏。鄭振鐸藏有此書上圖下文式的嘉靖本，而至萬曆本已易作雙面連式的大幅插圖〔四〇〕。實際上，絶大多數建本在萬曆二十年至三十年仍沿襲上圖下文版式〔四一〕，倘若彼時宗文書舍已設肆金陵，這一例外即可得到解釋。再次，萬歷時虬村黄氏的繪刻名手雖頗多外遷，但從刊刻成品與合作書坊來看，活動範圍依然不出江南一帶，换言之，假使宗文書舍仍地處建安，邀請他們合作的概率微乎其微，這與上引師儉堂的情況近似。最後，宗文書舍與新安、金陵的互動連續而自成規模，除開前述《評釋嬌紅記》《書言故事大全》帶有江南印記，宗文書舍也有刻本直接影響了金陵書坊。萬曆二十三年宗文書舍出版《新刻注釋草堂詩餘評林》，董其昌點評《草堂》時以之爲據，天啟年間金陵周文耀循此而套印了《新刻朱批注釋草堂詩餘評林》〔四二〕。正因宗文書舍與江南關係甚密，有學者徑直將宗文書舍解讀爲「明萬曆間金陵人鄭氏的書坊名」〔四三〕。

本文第一部分以彭濱、鄭世豪的活動時間爲據，判斷《評釋嬌紅記》在萬曆二十年至三十年間刊行，亦契合于上述宗文書舍後期設肆金陵的推想。如果這一假設成立，《評釋嬌紅記》即爲萬曆二十年以後地處金陵的宗文書舍所刻。正如其他關於私人書坊異地設肆之説尚無定讞〔四四〕，宗文書舍究竟是否另有金陵分店，因史料有限，仍難以遽斷。不過，針對《評釋嬌紅記》刊刻過程的考察，有助於進一步認知萬曆時期金陵、建安、新安等地私人書坊的互動情況，其意義確是無以辯駁的。

總而言之，明刻單行本《評釋嬌紅記》的評釋、版本和刊刻皆有特色與價值。此書可用以完善《嬌紅記》的版本系統，更新《嬌紅記》的文本面貌，補充元明中篇文言傳奇的評點資料和刊播歷史，印證《鍾情麗集》《懷春雅集》二文的流行程度及與《嬌紅記》的承續淵源。與此同時，《評釋嬌紅記》刊刻信息的還原，也爲探究萬曆時期私人書坊異地設肆和交流互動的情形提供了一份珍稀的樣本。

【注釋】

〔一〕〔日〕大木康：《所長致辭》，《東京大學東洋文化研究所藏程乙本紅樓夢　嬌紅記》，（東京）日本汲古書院二〇一四年版。

〔二〕參見〔日〕ITŌ Sōhei, “Formation of the Chiao-hung chi: Its change and dissemination”, *ACTA ASIATICA* 32（1997），中譯版見謝碧霞譯《〈嬌紅記〉成書經緯：其變遷及流傳過程》，《中外文學》一九八五年第十二期；陳益源《從〈嬌紅記〉到〈紅樓夢〉》，遼寧古籍出版社一九九六年版；陳益源《元明中篇傳奇小説研究》，（香港）學峰文化事業公司一九九七年版。

〔三〕（明）晁瑮：《晁氏寶文堂書目》（與《徐氏紅雨樓書目》合刊），古典文學出版社一九五七年版，第九九頁。

〔四〕虞伯生即虞集。此説不確，學界多據《新編金童玉女嬌紅記》丘汝乘序將作者定爲元人宋梅洞。

〔五〕同書載有「國朝閩南三山趙元暉編輯」的三卷本《李嬌玉香羅記》，已佚，見（明）高儒《百川書志》（與《古今書刻》合刊）卷六「史志・小史類」，古典文學出版社一九五七年版，第九〇頁。

〔六〕另有一個清刊單行本《嬌紅雙美全傳》，浙江圖書館藏，當係《花陣綺言》别出的版本，見陳益源《從〈嬌紅記〉到〈紅樓夢〉》，第八五—八六頁。

〔七〕小説注釋始於嘉靖本《三國志通俗演義》雙行小字夾註。萬曆十九年（一五九一）萬卷樓本在此基礎上增訂，涵括釋義、補遺、考證、論曰、音釋、補注、斷論等内容，「釋義」比重最大，較之嘉靖本更詳，形式一仍其舊。萬曆三十四年（一六〇六）三臺館《列國前編十二朝傳》於回末設釋疑、地考、總釋等欄；而同爲余象斗校梓的《三國志傳評林》則將釋義、考證、補遺等連同眉批置於上欄，形成上評中圖下文的版式。參見譚帆《中國小説評點研究》，華東師範大學出版社二〇〇一年版，第一六九—一七〇、一七四—一七五、一八一—一八二頁。

〔八〕但釋義也偶有錯誤，如卷上第九b頁將吴惟信《閨怨》「别是春風一種愁」誤歸於李煜。

〔九〕鄭振鐸：《西諦書話》，三聯書店二〇〇五年版，第三一四—三一五頁；陳于全：《楊炯研究》，華中科技大學出版社二〇一一年版，第一四三—一四四頁；謝國楨：《江浙訪書記》，三聯書店二〇〇七年版，第一七六頁。

〔一〇〕他本評點較簡，且多就内容而發，較少藝術方面的分析總結；《艷異編》本有眉批，《花陣綺言》本、《風流十傳》本均有旁批，余公仁刊本《燕居筆記》旁批同《風流十傳》本，僅多出題解和總評。

〔一一〕潘建國：《明弘治單刻本〈新刊鍾情麗集〉考》，《中國典籍與文化》二〇一五年第三期。

〔一二〕刊於嘉靖及以前，今據《古本小説集成》，上海古籍出版社一九九四年版，日藏明刻本。

〔一三〕刊于萬曆間，今據日本内閣文庫藏余泗全梓行本。

〔一四〕刊于萬曆間，今據《古本小説集成》，影印復旦大學圖書館藏本。

〔一五〕刊于萬曆間（或謂二十六年至三十三年，即一五九八—一六〇五年，見陳國軍《〈繡谷春容〉的成書年限》，《明清小説研究》二〇一七年第一期），今據《古本小説集成》，影印中國藝術研究院戲曲研究所藏世德堂刻本。

〔一六〕刊于萬曆四十年（一六一二）後（關於成書時間的考證，參見陳國軍《明代志怪傳奇小説敘録》，商務印書館二〇一六年版，第三六〇頁），今據《古本小説集成》影印明刻本。

〔一七〕全名爲《陳眉公先生批評嬌紅傳》，僞託陳繼儒批評，今據東京大學東洋文化研究所藏萬曆四十八年（一六二〇）序刊本。

〔一八〕此書刊於晚明（晚於《古今小説》《拍案驚奇》），本文據《古本小説集成》影印本。此書收文九篇，其中八篇挪自《風流十傳》本。就《嬌紅傳》而言，此本多出題解和文末評，正文部分與《風流十傳》本一致。

〔一九〕丁煒：《〈嬌紅記〉研究二題》，《明清小説研究》二〇〇五年第三期。

〔二〇〕按：「空悲弱質」，單行本作「空悲弱負」，誤，據林本改。

〔二一〕按：「又加舉問」，單行本作「又加學問」，誤，據林本改。

〔二二〕潘建國：《白話小説對明代中篇文言傳奇的文體滲透——以若干明代中篇文言傳奇的刊行與删改爲例》，《暨南學報》（哲學社會科學版）二〇一二年第二期。

〔二三〕參見潘建國《明弘治單刻本〈新刊鍾情麗集〉考》（《中國典籍與文化》二〇一五年第三期）和《新發現明代中篇傳奇小説〈巫山奇遇〉考略》（《明清小説研究》二〇〇五年第三期）。

〔二四〕參見程毅中《〈嬌紅記〉在小説藝術發展中的歷史價值》〔《許昌師專學報》（社會科學版）一九九〇年第二期〕、黄霖《元代戲曲小説史上的雙璧——〈西廂記〉與〈嬌紅記〉》（《古典文學知識》一九九六年第二期）、陳大康《論元明中篇傳奇小説》（《文學遺産》一九九八年第三期）、陳益源《元明中篇傳奇小説在中國文學發展史上的價值》《明清小説裡的〈嬌紅記〉》（《從〈嬌紅記〉到〈紅樓夢〉》，第一—七六頁）、林瑩《〈紅樓夢〉與元明中篇文言傳奇淵源補論》（《紅樓夢學刊》二〇一九年第六輯）。

〔二五〕插圖本《嬌紅記》另有林本、余本兩種。余本遲至晚明出現，暫不詳論。林本計有「中生嬌紅會話」「中生嬌娘雲雨」「中生兄弟聯捷」「遣媒求婚」「復書舉柩」五幅「嵌圖式」插圖（馬幼垣形容建陽藜光堂本《水滸志傳》語，見《嵌圖本〈水滸傳〉四種簡介》，《水滸論衡》，三聯書店二〇〇七年版，第一二〇頁），每幅佔據半葉上欄的大部分空間，爲上圖下文版式。

〔二六〕此書今存插圖四十八幅，雙面連式，插于文中。見《新刊出相稗史遺編三美集》，國家圖書館藏明刻本，善本書號一八一〇六。

〔二七〕張秀民：《明代徽派板畫黄姓刻工考略》，《張秀民印刷史論文集》，印刷工業出版社一九八八年版，第一七六頁。

〔二八〕比照二書插圖，翻刻本的精細程度遠不如七松居本。彼時宗文書舍尚未北遷（詳後），借由此書接觸到江南地區精湛的繪刻技術，或是其稍後考慮設肆金陵的契機之一。

〔二九〕或謂虬村黄氏以「畫刻一體」著稱，實則版畫史上確知畫師兼刻工的僅有劉素明一個孤例。此外，有學者提出版畫研究應走出「刻工中心論」誤區，注重刻書家和畫師的作用（參見董捷《版畫及其創造者：明末湖州刻書與版畫創作》第五章，中國美術學院出版社二〇一五年版）。根據已有材料，黄德懋當爲文字刻工，其同輩黄德新、黄應瑞爲版畫刻工，黄應澄爲畫師。儘管不清楚《評釋嬌紅記》如何進行繪刻分工，但從《吴生三美集》《書言故事大全》與黄德懋的關聯以及此書插圖筆法特徵（接近黄應澄所繪《狀元圖考》《閨範》插圖）來看，判定其出自黄氏族人之手當不謬。
〔三〇〕經辨識，標爲榮壽堂梓行的四卷和熊雲濱重鍥的一卷，比署世德堂校梓的另十五卷字跡略纖細，「殆世德堂板後歸熊氏榮壽堂」（王重民撰《中國善本書提要》，上海古籍出版社一九八三年版，第四〇二頁）。
〔三一〕蘇興：《現存世德堂本〈西遊記〉是否即熊雲濱重刻本的探討》，《文獻》一九九〇年第一期。
〔三二〕王重民撰《中國善本書提要》，第三八四頁。
〔三三〕轉引自方彥壽《建陽刻書史》，中國社會出版社二〇〇三年版，第三五六—三五七頁。
〔三四〕「人情小説之《繡榻野史》，現存刊本中有一種是種德堂刊本，但據學界考證，種德堂後期設分店于金陵，很可能《繡榻野史》不刻于建陽。 另外如歷史小説人情化的《隋煬帝豔史》，現存人瑞堂刊本，但據考證也可能設肆于金陵。」見涂秀虹《明代建陽書坊刊刻小説之概況》，《閩江學院學報》二〇一四年第三期。「唯有熊成應的『種德堂』書坊不是開設在建陽，而是開設在南京。」見劉世德《〈三國志演義〉熊成治刊本試論》，《文獻》二〇〇四年第二期。
〔三五〕見涂秀虹《明代建陽書坊刊刻小説之概況》（《閩江學院學報》二〇一四年第三期）、程國賦《明代書坊與小説研究》（中華書局二〇〇八年版，第三八七頁）。
〔三六〕謝水順、李珽：《福建古代刻書》，福建人民出版社一九九七年版，第三二二頁。
〔三七〕「試想，當鄭世魁的『宗文堂』在萬曆十八年刻印《新刊箋注決科古今源流至論》前集、後集、續集、别集的時候，鄭世豪卻在前一年（萬曆十七年）用『宗文書舍』的名義刻印《新鍥鼇頭歷朝實録音釋引蒙鑒鈔》，在後一年（萬曆十九年）仍然用『宗文書舍』的名義刻印《京本音釋注解書言故事大全》，在這樣的情況下，『宗文堂』和『宗文書舍』會是同一家書肆嗎？」見劉世德《〈三國志演義〉四鄭刊本試論》（上），《文獻》二〇〇五年第三期。

〔三八〕綜合瞿冕良編著《中國古籍版刻辭典》（齊魯書社一九九九年版）、劉世德《〈三國志演義〉四鄭刊本試論》、鄭振鐸《西諦書話》、穆克宏《魏晉南北朝文學史料述略》（中華書局一九九七年版）、沈津《美國哈佛大學哈佛燕京圖書館中文善本書志》（上海辭書出版社。一九九九年版）得出。

〔三九〕程國賦《明代書坊與小説研究》附録《明代坊刻小説目録》收録四十餘種金陵刻書，幾乎無一標舉「京本」（僅大業堂《重刻京本增評東漢十二帝通俗演義志傳》例外，或據建本重刻），反倒有自稱「古本」「官板」者。

〔四〇〕鄭振鐸：《西諦書話》，第三一四—三一五頁。

〔四一〕「明萬曆年間，各地刻書的插圖大多採用了大圖形式，但建安的許多刻書仍然保留著上文下圖（按：當爲上圖下文）的古風」，所舉例證從萬曆二十七年余文台《新刻天下四民便覽三台萬用正宗》到萬曆三十九年鄭世容《新鍥京本校正通俗演義按鑑三國志傳》，宗文書舍《鼎鐫校增詳注五倫日記故事大全》作爲例外被提出。見徐小蠻、王福康《中國古代插圖史》，上海古籍出版社二〇〇七年版，第八六—八七頁。

〔四二〕彭玉平：《中國分體文學學史・詞學》卷上，山西教育出版社二〇一三年版，第一九八—一九九頁。

〔四三〕瞿冕良：《中國古籍版刻辭典》，第三九九頁。

〔四四〕前文所舉六個建安書坊在金陵開設分肆的案例，以及關於雲林（今江西省金溪縣雲林鎮）周氏、唐氏家族書坊在金陵開設分店（見文革紅《江西小説刊刻地——「雲林」考》，《明清小説研究》二〇一〇年第一期）的分析，均含有推測的成分。

（本文原載於《勵耘學刊》二〇二一年第一輯，收入時略有改動，感謝《勵耘學刊》編輯部授權。文中所引《評釋嬌紅記》插圖經由東京大學東洋文化研究所授權，感謝東京大學教授大木康先生大力協助。）